A

À 80 ans, cet ami
une longue carri… metteur en scène pour le théâtre, la radio et la télévision, où il a adapté Maigret. Auteur de poèmes et de nouvelles, Camilleri s'est mis sur le tard à écrire dans la langue de cette Sicile qu'il a quittée très tôt pour y revenir sans cesse. Depuis de nombreuses années, la rumeur d'abord, puis l'intérêt des médias ensuite, ont donné naissance en Italie à ce que l'on appelle le « phénomène » Camilleri : ses livres sont régulièrement en tête des ventes en Italie.

Son héros Salvo Montalbano, un concentré détonnant de fougue méditerranéenne et d'humeur bougonne, évolue avec humour et gourmandise au fil des enquêtes qu'il résout, de *La forme de l'eau* (Prix Mystère de la Critique 1999) à *La démission de Montalbano* en passant par *Chien de faïence* ou *La voix du violon*. Plus récemment, *Le tour de la bouée* (2005) et *La première enquête de Montalbano* (2006) sont parus au Fleuve Noir.

Per Isabella, 1/7/06

for a nice laughing afternoon!

Giuliano

LE TOUR DE LA BOUÉE

DU MÊME AUTEUR
CHEZ POCKET

LA FORME DE L'EAU
CHIEN DE FAÏENCE
LE VOLEUR DE GOÛTER
LA VOIX DU VIOLON
L'EXCURSION À TINDARI
LA DÉMISSION DE MONTALBANO

ANDREA CAMILLERI

LE TOUR DE LA BOUÉE

Traduit de l'italien (Sicile)
par Serge Quadruppani
avec l'aide de Maruzza Loria

Texte proposé par Serge Quadruppani

FLEUVE NOIR

Titre original :
IL GIRO DI BOA
Publié pour la première fois
par Sellerio editore, Palermo (Italie)

ISBN : 2-266-15280-7

Avertissement du traducteur

L'œuvre littéraire d'Andrea Camilleri connaît dans son pays un succès tel, qu'on lui trouverait difficilement un équivalent dans le demi-siècle qui vient de s'écouler en Italie. Une bonne part de cette réussite tient à la langue si particulière qu'il emploie. En rendre la saveur est une entreprise délicate. Il faut d'abord faire percevoir les trois niveaux sur lesquels elle joue, chacun d'eux posant des problèmes spécifiques.

Le premier niveau est celui de l'italien « officiel », qui ne présente pas de difficulté particulière pour le traducteur : on le transpose dans un français le plus souvent situé, comme l'italien de l'auteur, dans un registre familier. Le troisième niveau est celui du dialecte pur : dans ces passages, toujours dialogués, soit le dialecte est suffisamment près de l'italien pour se passer de traduction, soit Camilleri en fournit une à la suite. A ce niveau-là, j'ai simplement traduit le dialecte en français en prenant la liberté de signaler dans le texte que le dialogue a lieu en sicilien (et en reproduisant parfois, pour la saveur, les phrases en dialecte, à côté du français).

La difficulté principale se présente au niveau intermédiaire, celui de l'italien sicilianisé, qui est à la fois celui du narrateur et de bon nombre de personnages. Il est truffé de termes qui ne sont pas du pur dialecte, mais plutôt des régionalismes (pour citer deux exemples très fréquents, *taliare* pour *guardare*, regarder, *spiare* pour *chiedere*, demander). Ces mots, Camilleri n'en fournit pas la traduction, car il les a placés de telle manière qu'on en saisisse le sens grâce au contexte (et aussi, souvent, grâce à la sonorité proche d'un mot connu). Voilà pourquoi les Italiens de bonne volonté (l'immense majorité, mais on en trouve encore qui prétendent ne rien comprendre à la langue « camillerienne ») n'ont pas besoin de glossaire, goûtent l'étrangeté de la langue et la comprennent pourtant.

Remplacer cette langue par un des parlers régionaux de la France ne m'a pas paru la bonne solution : soit ces parlers, tombés en désuétude, sont incompréhensibles à la plupart des lecteurs (et il semblerait bizarre de remplacer une langue bien vivante et ancrée dans les mots de la Sicile d'aujourd'hui, par une langue morte), soit ce sont des modes de dire beaucoup trop éloignés des langues latines (un Camilleri en ch'timi aurait-il encore quelque chose de sicilien ?). Il a donc fallu renoncer à chercher terme à terme des équivalents à la totalité des régionalismes. Le « camillerien » n'est pas la transcription pure et simple d'un idiome par un linguiste, mais la création personnelle d'un écrivain, à partir du parler de la région d'Agrigente. Et cependant, si toute vraie traduction comporte une part de création littéraire, le traducteur doit aussi éviter de disputer son rôle à l'auteur : il était hors de question d'inventer une langue artificielle.

Pour rendre le niveau de l'italien sicilianisé, j'ai donc placé en certains endroits, comme des bornes rappelant à quels niveaux on se trouve, des termes du français du Midi. D'abord, parce que le français occitanisé s'est assez répandu, par diverses voies culturelles, pour que jusqu'à Calais on comprenne ce qu'est un « minot ». Ensuite, ces régionalismes apportent en français un parfum de Sud. J'ai par ailleurs choisi le parti de la littéralité, quand il s'est agi de rendre perceptibles certaines particularités de la construction des phrases (inversion sujet verbe : « Montalbano sono » : « Montalbano, je suis ») ou ce curieux emploi du passé simple (chè fu ? « qu'est-ce qu'il fut ? », pour « qu'est-ce qui se passe ? ») par où passe l'emphase sicilienne, ou bien encore l'usage intempérant de la préposition « à » avec des verbes directs, et le recours très fréquent à des formes pronominales (« se faisait un rêve » pour « faisait un rêve »), etc.

J'ai tenté aussi de transposer certaines des déformations qu'impose le maître de Porto Empedocle à l'italien classique pour faire entendre la prononciation de sa terre : « pinsare » au lieu de « pensare » (« penser », en italien classique) a été traduit par « pinser », « aricordarsi » au lieu de « ricordarsi » (se rappeler) a été traduit par s'« arappeler », « vrazzi » pour « bracci » (les bras) a été transposé en « vras », etc. Choix sûrement discutable, mais qui me paraît encore la moins mauvaise des solutions, car elle permet de suivre l'évolution du style de notre auteur. En effet, l'abondance des transpositions de déformations orales n'est pas la même dans les premiers Montalbano que dans les derniers (il semble que, son public désormais conquis et habitué, Camilleri hésite moins à faire entendre les singularités de sa musique), et leur présence plus ou moins importante dans tel ou tel passage du même livre n'est pas dépourvue de significations, volontaires ou non.

L'ensemble de ces partis pris de traduction aboutit à une langue assez éloignée de ce qu'il est convenu d'appeler le « bon français » : ma traduction peut paraître peu fluide et s'éloigne souvent délibérément de la correction grammaticale. Mais depuis quelques dizaines d'années, le travail des traducteurs a été orienté par la tentative de mieux rendre la langue de leurs auteurs en échappant à la dictature de la « fluidité » et du « grammaticalement correct », qui avait imposé à des générations de lecteurs français une idée trop vague du style réel de tant d'auteurs. Un tel mouvement rejoint aussi le travail des auteurs francophones qui s'emploient à libérer leur expression du carcan d'une langue sur laquelle on a beaucoup trop légiféré. A l'intérieur de ce cadre, à mon artisanal niveau, l'essentiel était, me semble-t-il, de tenter de restituer auprès du lecteur français la plus grande partie de ce que ressent le lecteur italien non sicilien à la lecture de Camilleri. Ce sentiment d'étrange familiarité que procure sa langue, écho de ce qu'on éprouve en rencontrant, en même temps qu'une île, une très ancienne et très moderne civilisation.

Serge Quadruppani

Un

Une bordille de dégueulasserie de nuit toute gangassée, et que tu vires et que tu tournes, que tu t'endors et tu t'aréveilles, que tu te lèves et tu te couches. Et pas à cause d'une bâfrée de poulpes au sel ou de sardines à la becfigue qu'il se serait faite le soir d'avant, parce qu'au moins il y aurait eu une raison à cette insomnie haletante, non monsieur, en fait, même pas cette satisfaction il pouvait se prendre, le soir d'avant, il avait eu l'estomac tellement serré qu'il y serait même pas entré un brin d'herbe. Il s'agissait de noires pensées qui l'avaient submergé après qu'il eut entendu une nouvelle au journal télévisé national. *All'anigatu, petri di 'ncoddru* : « au noyé, une pierre par-derrière », tel était le dicton populaire qu'on lançait quand une insupportable série de déveines s'abattait sur quelque malheureux. Et pour lui qui, depuis quelques mois déjà, nageait désespérément au milieu d'une mer en tempête, cette nouvelle avait été bel et bien digne d'une pierre lancée sur lui, une caillasse même qui l'aurait pris en pleine tronche, l'assommant et lui prenant les très faibles forces qui lui restaient.

Avec un air d'absolue indifférence, la journaliste de la télé avait dit que le parquet de Gênes, dans l'affaire de l'intervention de la police dans l'école Diaz au cours du G8[1], était arrivé à la conviction que les deux cocktails Molotov, trouvés dans l'école, avaient été portés là par les policiers eux-mêmes, pour justifier l'opération. Ceci faisait suite – avait continué la journaliste – à la découverte que l'agent qui avait déclaré avoir été victime d'une agression au couteau de la part d'un manifestant, toujours au cours de l'intervention, avait en réalité menti : la coupure à son uniforme, c'était lui-même qui se l'était faite, pour démontrer la dangerosité de ces jeunes qui, en fait, d'après ce qu'on révélait peu à peu, dormaient tranquillement dans l'école. Après avoir entendu la nouvelle, Montalbano était resté assis sur le fauteuil pendant une demi-heure, privé de la capacité de pinser, secoué par un mélange de colère et de vergogne, trempé de sueur. Il n'avait pas même trouvé la force de se lever pour aller répondre au téléphone qui sonna longtemps. Suffisait de raisonner un petit peu sur ces nouvelles que la presse et la télévision livraient au compte-gouttes et, avec beaucoup d'égards envers le gouvernement, pour se faire une idée précise : ses camarades et collègues, à Gênes, avaient accompli un acte illégal de violence clandestine, une espèce de vengeance à froid en fabriquant en plus de fausses preuves. Ce qui ramenait à l'esprit des épisodes enterrés de la police fasciste ou de celle de Scelba[2]. Puis

1. Rappelons qu'en juillet 2001, s'est tenue une réunion du G8 à Gênes, marquée par des violences policières d'une gravité inhabituelle en Occident. Ces violences se sont soldées, entre autres, par le meurtre d'un manifestant, Carlo Giuliani, et par l'opération à laquelle fait allusion Camilleri : une intervention ultraviolente de la police contre des manifestants endormis. *(N.d.T.)*

2. Homme politique italien qui, comme ministre de l'Intérieur (1947-1953), s'illustra par une répression féroce des manifestations. *(N.d.T.)*

il s'arésolut à aller se coucher. Comme il se levait du fauteuil, le téléphone recommença de sonner. Sans même s'en rendre compte, il souleva le combiné. C'était Livia.

— Salvo ! Mon Dieu, combien de fois je t'ai appelé ! Je commençais à m'inquiéter ! Tu n'entendais pas ?

— J'ai entendu, mais je n'avais pas envie de répondre. Je ne savais pas que c'était toi.

— Qu'est-ce que tu faisais ?

— Rien. Je pensais à ce qu'on a dit au journal télévisé.

— Sur les événements de Gênes ?

— Oui.

— Ah. Moi aussi, j'ai vu le journal.

Pause. Et puis :

— Je voudrais être là avec toi. Tu veux que demain je prenne un avion ? On peut en parler ensemble, calmement. Tu verras que…

— Livia, maintenant, il n'y a pas grand-chose à dire. Ces derniers mois, on en a parlé et reparlé. Cette fois, j'ai pris une décision sérieuse.

— Laquelle ?

— Je démissionne. Demain je vais chez le Questeur[1] et je lui présente ma démission. Bonetti-Alderighi en sera très heureux.

Livia ne réagit pas tout de suite, au point que Montalbano eut l'impression qu'ils avaient été coupés.

— Allô, Livia ? Tu es là ?

— Je suis là. Salvo, d'après moi, tu commets une erreur très grave de t'en aller comme ça.

— Comment, comme ça ?

1. J'ai choisi de traduire ainsi le terme *Questore*, qui correspond aux fonctions de préfet de police, comme il en existe à Paris, Lyon, Marseille et en Corse. La Questure est le siège de son administration. *(N.d.T.)*

— En colère et déçu. Tu veux quitter la police parce que tu te sens comme si tu avais été trahi par la personne en qui tu avais le plus confiance et alors…

— Livia, moi, je ne me sens pas trahi. J'ai été trahi. Il ne s'agit pas de sensations. J'ai toujours fait mon métier avec honnêteté. En honnête homme. Si je donnais ma parole à un délinquant, je la respectais. Et c'est pour ça que je suis respecté. C'était ma force, tu comprends ? Mais maintenant, j'en ai plein le dos, lança-t-il en sicilien.

— Ne crie pas, je t'en prie, fit Livia d'une voix qui tremblait.

Montalbano ne l'écoutait pas. En dedans de lui, il y avait un bruit étrange, comme si son sang était arrivé au point d'ébullition. Il continua.

— Même contre les pires délinquants, j'ai jamais fabriqué de preuves ! Jamais ! Si je l'avais fait, je me serais mis à leur niveau. Alors oui, que mon métier de flic serait devenu un truc dégueulasse ! Mais tu te rends compte, Livia ? A attaquer cette école, et fabriquer de fausses preuves, ça n'a pas été quelques agents ignorants et violents qui l'ont fait, mais des questeurs et des questeurs adjoints, les chefs de la Criminelle et compagnie !

Alors seulement, il comprit que le bruit qu'il entendait dans le combiné, c'étaient les sanglots de Livia. Il respira profondément.

— Livia ?

— Oui.

— Je t'aime. Bonne nuit.

Il raccrocha. Se coucha. Et il eut une bordille de nuit.

La vraie virité était que le début du malaise de Montalbano remontait à un peu de temps auparavant, quand la télévision avait montré le président du

Conseil qui traînassait dans les ruelles de Gênes en arrangeant des fleurs et en ordonnant d'enlever les culottes qui séchaient aux fenêtres pendant que son ministre de l'Intérieur prenait des mesures de sécurité plus faites pour une guerre civile imminente que pour une réunion de chefs de gouvernement : grillages d'acier qui empêchaient l'accès à certaines routes, scellement des égouts, fermeture des frontières et de certaines gares, patrouilles en mer et jusqu'à l'installation d'une batterie de missiles. Il y avait – pinsa le commissaire – un excès de défense ostentatoire au point de constituer une espèce de provocation. Après, il était arrivé ce qu'on sait : certes, il y avait un mort parmi les manifestants mais la chose la plus grave avait peut-être été le comportement de certains services de police qui avaient préféré tirer des lacrymogènes contre des manifestants pacifiques en laissant les dénommés Black Blocks libres d'agir suivant leur bon plaisir. Et ensuite, il y avait eu l'affreuse affaire de l'école Diaz qui ressemblait non pas à une opération de police, mais à une espèce de triste et violent abus de pouvoir pour soulager des instincts de vengeance réprimés.

Trois jours après le G8, alors que les polémiques se déchaînaient dans toute l'Italie, Montalbano était arrivé en retard au bureau. Il venait à peine d'arrêter la voiture et d'en descendre qu'il s'aperçut que deux peintres en bâtiment étaient en train de passer à la chaux un mur latéral du commissariat.

— *Ah,* dottori dottori ! *dit Catarella en le voyant entrer. Des dégueulasseries, ils nous ont écrit cette nuit !*

Montalbano ne comprit pas tout de suite :

— *Qui nous a écrit ?*

— Je suis pas à connaissance de qui fut qui nous a écrit pirsonnellement di pirsonne.

Mais, merde, qu'est-ce qu'il voulait dire, Catarella ?

— C'était une lettre anonyme ?

— Oh que non, dottori, *elle était pas gnonyme,* dottori, *murale, elle était. C'est justement à cause de cette muralité que Fazio, ce matin dès de bonne heure, il m'envoya appeler les peintres pour les affacer.*

Alors, enfin, le commissaire s'expliqua la présence des deux peintres en bâtiment.

— Qu'est-ce qu'il y avait d'écrit ?

Catarella arougit violemment et tenta une diversion.

— Avec les bombes sprailles noires, ils les ont écrits, les gros mots.

— Oui bon, qu'est-ce qu'il y avait d'écrit ?

— Flics salauds, arépondit Catarella, les yeux baissés.

— C'est tout ?

— Oh que non, monsieur. Aussi, asasins, c'était écrit. Salauds et asasins.

— Catarè, mais pourquoi tu le prends si mal ?

Catarella parut sur le point de se mettre à chialer.

— Passque là-dedans, pirsonne est un salaud ou un asasin, à commincer par vosseigneurie, dottori, et à finir par moi que je suis la darnière roue du carrosse.

Montalbano lui donna une tape réconfortante sur l'épaule et se dirigea vers son bureau. Catarella le rappela.

— Ah, dottori ! J'oubliais : très grands cornards, il y avait aussi écrit.

Figurez-vous si en Sicile, dans une inscription insultante, il pouvait venir à manquer le mot « cornard » ! Ce terme, c'est l'Appellation d'Origine Contrôlée, un mode d'expression typique de la fameuse sicilianité. Le commissaire s'était à peine assis qu'entrait Mimì

Augello. Il était tout tranquille, le visage détendu et serein.

— Quoi de neuf ? demanda-t-il.

— Tu sais ce qu'on a écrit sur le mur cette nuit ?

— Oui, Fazio me l'a raconté.

— Et ça te paraît pas du neuf, ça ?

Mimì le regarda, ahuri.

— Tu galèjes ou tu es sérieux ?

— Je suis sérieux.

— Beh, réponds-moi la main sur le cœur. Tu penses que Livia te met les cornes ?

Au tour de Montalbano de lancer un regard étonné.

— Mimì, merde, qu'est-ce qui te passe par la tête ?

— Donc, t'es pas cornard. Et moi non plus, je pense pas l'être du fait de Beba. Passons à un autre mot, salaud. A moi, deux ou trois nanas me l'ont dit que je suis un salaud. A toi, je crois que jamais personne te l'a dit, et donc, t'es pas concerné par ce mot. Assassin, n'en parlons pas. Et alors ?

— Mais comme t'es spirituel, Mimì, avec ta logique de revue de mots croisés !

— Excuse, Salvo, mais quoi, c'est la première fois, peut-être, qu'on nous traite de bâtards, de fils de putes et d'assassins ?

— Sauf que, cette fois, au moins en partie, ils ont raison.

— Ah, toi, comme ça tu penses ?

— Oh que oui, monsieur. Explique-moi pourquoi on a agi de cette manière à Gênes après des années et des années qu'il n'arrivait rien de ce genre.

Mimì le fixa, paupières baissées presque complètement, sans ouvrir la bouche.

— Eh non ! dit le commissaire. Réponds-moi par des mots, pas avec ton regard de flic.

— Eh, bon ça va. Mais d'abord, je voudrais dire une

chose. Je n'ai aucune 'ntention de m'engueuler avec toi. D'accord ?

— D'accord.

— J'ai compris ce qui te ronge. Le fait que tout cela soit arrivé sous un gouvernement qui suscite ta méfiance, ta contrariété. Tu penses que les gouvernants d'aujourd'hui, dans cette affaire, ils y sont jusqu'au cou.

— Pardon, Mimì, tu as lu les journaux ? Tu as regardé la télé ? On a dit, plus ou moins clairement, que dans la salle de commandement génoise, pendant cette période, il y avait des gens qui n'auraient pas dû y être. Des ministres, des députés et tous du même parti[1]*. Ce parti qui invoque toujours l'ordre et la légalité. Mais fais bien attention, Mimì : leur ordre, leur légalité.*

— Et ça, ça veut dire quoi ?

— Ça veut dire qu'une partie de la police, la plus fragile même si elle se croit la plus forte, s'est sentie protégée, garantie. Et elle s'est déchaînée. Ceci dans la meilleure des hypothèses.

— Il y en a une pire ?

— Bien sûr. C'est qu'on ait été manœuvrés comme des marionnettes dans l'opera des pupi, par des gens qui voulaient faire une espèce de test.

— Sur quoi ?

— Sur la façon dont les gens réagiraient à une action de force, combien seraient consentants, combien opposés. Heureusement, ça ne leur a pas réussi.

— Bah ! fit Augello, dubitatif.

Montalbano décida de changer de discours.

— Comment va Beba ?

— Pas trop bien. Elle a une grossesse difficile. Il faut

1. Il s'agit de représentants d'Alleanza Nazionale, parti postfasciste au pouvoir et particulièrement de son président, Francesco Fini. Tout ce que raconte ici Montalbano est avéré. *(N.d.T.)*

qu'elle reste plutôt au pieu que debout, mais le docteur dit qu'il n'y a pas de quoi s'inquiéter.

A force de kilomètres et de kilomètres de balades solitaires sur le môle, à force de longs moments assis sur le rocher des pleurs à raisonner sur les affaires génoises jusqu'à se faire fumer la coucourde, à force de bâfrées de graines et simences qui approchèrent le bon quintal, à force de coups de fil nocturnes à Livia, la blessure que le commissaire se portait en lui commençait de cicatriser, quand on eut des nouvelles d'un autre joli tour de la police, cette fois à Naples. Une poignée de policiers avaient été arrêtés pour avoir raflé de présumés manifestants violents au pital où ils étaient soignés. Transportés à la caserne, ils avaient été traités à coups de beignes et à coups de lattes au milieu d'un déluge de grossièretés, d'offenses, d'insultes. Mais ce qui avait surtout bouleversé Montalbano, ça avait été la réaction des autres policiers à la nouvelle de l'arrestation : certains s'étaient enchaînés au portail de la Questure par solidarité, d'autres avaient organisé des manifestations de rue, les syndicats avaient poussé de hauts cris, un questeur adjoint qui, à Gênes, avait pris à coups de pied un manifestant tombé à terre vint à Naples accueilli comme un héros. Les mêmes politiciens qui se trouvaient à Gênes durant le G8 soutinrent cette curieuse (mais pas si curieuse que ça pour Montalbano) révolte d'une partie des forces de l'ordre contre les magistrats qui avaient décidé l'arrestation. Et Montalbano craqua. Cette nouvelle couleuvrasse, il réussit pas à l'avaler. Un matin, à peine arrivé au bureau, il téléphona au dottor *Lactes, chef du cabinet du Questeur de Montelusa. Une demi-heure plus tard, Lactes, par l'intermédiaire de Catarella, fit savoir à Montalbano que le Questeur était disposé à le recevoir à midi pile. Les types du commissariat, qui avaient commencé à comprendre l'humeur du commissaire, s'étaient tout de suite convaincus que c'était pas le jour. C'est pourquoi le commissariat, depuis le bureau de Montalbano, paraissait désert : pas une voix, pas la moindre rumeur. Catarella, de garde à la porte d'entrée, dès qu'il voyait apparaître quelqu'un, écarquillait les yeux, portait son index à la bouche et intimait :*

— Chuuuuuuut !

Et tous d'entrer dans le commissariat avec l'air de qui entre dans la chambre d'un mort.

Vers les dix heures, Mimì Augello, après avoir discrètement frappé et obtenu l'autorisation, s'apprésenta. Il avait le visage sombre. Et Montalbano, au premier regard, s'apréoccupa.

— Comment va Beba ?

— Bien. Je peux m'asseoir ?

— Bien sûr.

— Je peux fumer ?

— Bien sûr, mais te fais pas voir du ministre.

Augello s'alluma une cigarette, inspira, retint longtemps la fumée.

— Tu peux expirer, tu sais, observa Montalbano. Je t'en donne la permission.

Mimì le regarda, interloqué.

— Eh oui, continua le commissaire. Ce matin, t'as l'air d'un Chinois. Tu me demandes la permission pour n'importe quelle connerie. Qu'est-ce qu'y a ? T'as du mal à me dire ce que tu veux me dire ?

— Oui, admit Augello.

Il éteignit la cigarette, se carra mieux sur le siège, poussa un soupir et attaqua :

— Salvo, tu sais que je t'ai toujours considéré comme un père…

— Qui te l'a dit ?

— Quoi ?

— Cette histoire que je serais ton père. Si c'est ta mère qui te l'a dit, elle t'a raconté des blagues. Entre toi et moi, il n'y a que quinze ans de différence et même si j'ai été précoce, à quinze ans, je ne...

— Mais, Salvo, moi j'ai pas dit que tu étais mon père, j'ai dit que je te considère comme un père.

— Et t'es parti du mauvais pied. Laisse tomber ces conneries de père, fils et saint esprit. Dis-moi ce que tu dois me dire et lâche-moi la grappe, qu'aujourd'hui c'est pas le jour.

— Pourquoi tu as demandé à être reçu par le Questeur ?

— Qui te l'a dit ?

— Catarella.

— Tout à l'heure, il va avoir affaire à moi.

— Il aura pas affaire à toi, si tu veux, moi, j'ai affaire à toi. C'est moi qui ai ordonné à Catarella de me rapporter si tu te mettais en contact avec Bonetti-Alderighi. Je m'y attendais à ce que tu le fasses, tôt ou tard.

— Mais qu'est-ce qu'il y a d'étrange si moi, qui suis un commissaire, je veux rencontrer mon supérieur ?

— Salvo, toi, à Bonetti-Alderighi, tu peux pas le supporter. Si c'était un curé venu te donner l'absolution à l'article de la mort, tu te lèverais du lit pour le chasser à coups de pied. Je parle latin[1]*, d'accord ?*

— Parle comme tu veux, merde.

— Tu veux t'en aller.

— Un peu de vacances me feront pas de mal.

— Salvo, t'es lourd, là. Tu veux démissionner.

1. Comme Camilleri l'a expliqué ailleurs (voir *L'Opéra de Vigatà*, éd. Métailié), dans la mentalité sicilienne, « parler latin » signifie « parler clair ». *(N.d.T.)*

— Je suis pas libre de le faire ? rétorqua Montalbano, en s'avançant au bord de la chaise, prêt à bondir sur ses pieds.

Augello ne se laissa pas intimider.

— Tout à fait libre, tu es. Mais d'abord, je dois terminer avec toi une discussion. Tu te souviens quand tu m'avais dit avoir un soupçon ?

— Lequel ?

— Que les événements de Gênes avaient été provoqués exprès par une tendance politique qui, d'une manière ou d'une autre, avait protégé les mauvaises actions de la police. Tu t'en souviens ?

— Oui.

— Voilà : je voudrais que te rappeler que ce qui s'est passé à Naples est arrivé alors qu'il y avait un gouvernement de centre-gauche, avant le G8, donc. Sauf qu'on l'a su après. Alors, comment tu vois les choses, avec ça ?

— Je les vois encore pires. Tu crois que j'y ai pas réfléchi, Mimì ? Ça veut dire que toute l'affaire est encore plus grave.

— C'est-à-dire ?

— Que cette dégueulasserie est dedans nous.

— Et cette belle découverte, tu la fais qu'aujourd'hui ? Toi qui as tant lu ? Si tu veux t'en aller, va-t'en. Mais pas maintenant. Va-t'en passque t'es cané, passque t'as atteint la limite d'âge, passque t'as mal aux hémorroïdes, passque la coucourde te fonctionne plus, mais pas juste maintenant.

— Et pourquoi ?

— Passque ça serait une offense.

— A qui ?

— A mia, à moi, par exemple. Que je sois coureur, d'accord, mais une pirsonne honnête, je suis. A Catarella, qui est un angilu, *un ange. A Fazio, qui est un*

homme de bien. A tout le monde, dedans le commissariat de Vigàta. Au Questeur Bonetti-Alderighi, qui est chiant et formaliste, mais qui est une brave pirsonne. A tous tes collègues que tu estimes et qui sont tes amis. A la très grande majorité des gens qui sont dans la police et qui ont rien à faire avec quelques voyous de la base ou du sommet. Tu t'en vas en nous claquant la porte au nez. Réfléchis-y. Salut.

Il se leva, ouvrit la porte, sortit. A onze heures et demie, Montalbano se fit passer la Questure par Catarella et annonça au dottor *Lattes qu'il ne viendrait pas chez M. le Questeur, de toute façon ce qu'il voulait lui dire n'avait pas d'importance, vraiment aucune.*

Une fois passé le coup de fil, il se sentit le besoin de respirer l'air de la mer. En passant devant le standard, il lança à Catarella :

— Et maintenant, va faire ton rapport au dottor *Augello, espion.*

Catarella le regarda avec des yeux de chien battu.

— Pourquoi vous voulez m'offanenser, dottori ?

L'offenser. Tout le monde se sentait offensé par lui, et lui il n'avait le droit de se sentir offensé par personne.

Tout d'un coup, il n'y arriva plus à rester couché en tournant et retournant les propos échangés avec Mimì les jours derniers. Il n'avait pas communiqué sa décision à Livia ? Maintenant, c'était fait. Il regarda vers la fenêtre, une faible lumière filtrait. Le réveil annonçait presque six heures. Il se leva, ouvrit les volets. Au levant, la clarté du soleil qui allait apparaître dessinait des arabesques de nuées légères, qui ne portaient pas de pluie. La mer s'agitait un peu sous la brise matutinale. Il se remplit les pourmons d'air, sentant que chaque expiration emportait un bout de la nuit dégueulasse. Il gagna la cuisine, pripara le café et, en attendant que ça passe, ouvrit la véranda.

La plage, du moins pour ce qu'on pouvait voir malgré la grisaille, semblait dépourvue de présence humaine ou arnimale. Il se but deux tasses de café coup sur coup, passa le maillot de bain et sortit. Le sable était mouillé et compact, peut-être qu'au début de la soirée, il avait un peu plu. Arrivé au bord de la mer, il tendit un pied. L'eau lui parut beaucoup moins gelée que ce qu'il aurait pinsé. Il avança avec précaution, pris de temps à autre d'un frisson de froid qui se récampait le long du dos. Mais pourquoi, se demanda-t-il à un certain moment, à cinquante ans passé, il me vient encore en tête de faire ces couillonnades ?

Si ça se trouve, je vais me prendre un de ces refroidissements que je devrai rester une simaine à éternuer, avec la tête comme un ballon. Il commença à nager à brasses lentes et larges. L'agitation de la mer était violente, l'écume piquait les narines, qu'on aurait dit du champagne. Et Montalbano s'enivra quasiment, parce qu'il continua à nager et nager encore, la tête enfin libre de toute pinsée, se réjouissant d'être devenu une espèce de marionnette mécanique. Ce qui le ramena d'un coup à lui, ce fut la crampe soudaine qui le mordit au mollet de la jambe gauche. En jurant, il se tourna sur le dos et fit la planche. La douleur était si forte qu'elle l'obligeait à serrer les dents, tôt ou tard, elle allait lui passer lentement. Ces maudites crampes étaient devenues de plus en plus fréquentes ces trois dernières années. Prodromes de la vieillesse qui l'attendait au coin de la rue ? Le courant le portait paresseusement. La douleur commençait à baisser, au point de lui permettre de faire deux brassées en arrière. A la seconde, sa main droite battit contre quelque chose.

En une fraction de seconde, Montalbano comprit que

ce quelque chose était un pied humain. Quelqu'un d'autre faisait la planche juste devant lui et il ne s'en était même pas aperçu.

— Excusez-moi, s'empressa-t-il de dire en se remettant sur le ventre pour lancer un regard.

L'autre devant lui ne répondit pas parce qu'il ne faisait pas la planche. Il était bel et bien devenu une sorte de planche : un mort. Et, d'après son apparence, il était mort depuis un bon bout de temps.

Deux

Abasourdi, Montalbano se mit à tourner tout autour du *catafero*, du cadavre, en essayant de ne pas faire de dégâts avec les bras. Maintenant, il y avait assez de lumière et la crampe lui était passée. Ce mort n'était certes pas frais, il devait se trouver depuis longtemps dans l'eau, parce que de la chair attachée à l'os, il en restait guère et la tête était adevenue pratiquement un crâne de squelette. Un crâne à la chevelure d'algues. La jambe droite se détachait du reste du corps. Les poissons et la mer avaient mis à mal le pauvret, un naufragé ou un non-Européen qui, poussé par la faim, le désespoir, avait tenté d'émigrer clandestinement et avait été jeté à la mer par quelque marchand d'esclaves plus salopard et fumier que les autres. Ce *catafero* devait débarquer de très loin. Etait-il possible que durant tous ces jours où il avait flotté, pas un chalutier, pas la moindre barque n'ait remarqué cette dépouille ? C'était difficile. Il y avait certainement quelqu'un qui l'avait vue, mais qui s'était promptement conformé à la nouvelle morale courante, selon laquelle si tu renverses quelqu'un sur la route, tu dois filer sans lui porter secours : alors figure-toi si un chalutier allait s'arrêter pour un truc aussi inutile qu'un mort. Du reste, n'y avait-il pas eu des pêcheurs qui, ayant trouvé dans leurs filets des restes humains, les avaient promptement rejetés à la mer pour éviter les emmerdes bureaucratiques ? « Pitié est morte » comme disait prophétiquement une chanson, ou un genre de chanson, voilà pas mal de temps. Et peu à peu agonisaient aussi la compassion, la fraternité, la solidarité, le respect des vieux, des malades, des minots, et mouraient les règles de la...

— Fais pas ton moraliste de merde, dit Montalbano à Montalbano. Essaie plutôt de te sortir de ce guêpier.

Il s'arracha à ses pinsées, regarda vers la rive. Sainte mère, qu'est-ce qu'elle était éloignée ! Et comment s'était-il débrouillé pour se retrouver si loin au large ? Et comment allait-il pouvoir ramener à terre le *catafero* ? Lequel, en attendant, s'était éloigné de quelques mètres, entraîné par le courant. Il avait envie de le défier à la nage ? Et ce fut à ce moment qu'il trouva la solution du problème. Il ôta le maillot de bain qui, en plus de l'élastique, avait à la taille une cordelette assez longue qui ne servait à rien, elle était là juste pour faire beau. En deux brassées, il se mit à côté du cadavre et, après y avoir pinsé un peu, lui enfila le maillot au bras gauche, le plaça à la hauteur du poignet, le lui roula bien bien serré, l'attacha avec un bout du cordon. L'autre bout, il le fixa d'un double nœud à son pied gauche. Si le bras du mort ne se détachait pas durant le remorquage, ce qui était très possible, toute l'affaire arriverait à bon port, ce qui était le cas de le dire, tranquillement, au prix peut-être d'une grande fatigue. Il commença à nager. Et il nagea longtemps, lentement, n'utilisant les bras que le strict nécessaire, s'arrêtant de temps à autre, tantôt pour reprendre souffle, tantôt pour contrôler si le cadavre était toujours attaché à lui. A un peu plus de la moitié de la route, il dut s'arrêter plus longtemps, sa respiration était celle d'un soufflet de forge. Il se mit sur le dos pour faire la planche et le mort, lui, se tourna visage vers l'eau, à cause du mouvement que lui avait transmis la cordelette.

— Un peu de patience, s'excusa Montalbano.

Quand il sentit son halètement se calmer, il se remit en marche. Après un moment qui lui parut ne jamais passer, il comprit qu'il était arrivé à un endroit où on avait pied. Il défit la cordelette de sa cheville et, en serrant toujours dans la main le bout, se redressa. L'eau lui arrivait au nez. En sautant sur la pointe des pieds, il se déplaça de quelques mètres et enfin put poser la plante sur le sable. A ce point, se sentant désormais en sûreté, il voulut faire le premier pas.

Il le fit, mais ne bougea pas. Il essaya de nouveau. Rien. Ô Seigneur, il était adevenu paralytique ! Il était comme un poteau planté au milieu de l'eau, un poteau auquel était amarré un *catafero*. Sur la plage, on n'apercevait pas âme qui vive, personne à qui demander de l'aide. Tu veux voir que tout ça, c'est un rêve, un cauchemar ?

« Maintenant, je m'aréveille », se dit-il.

Mais il ne s'aréveilla pas. Disispéré, il pencha la tête en arrière et poussa un hurlement à s'en faire tinter ses propres tympans. Le hurlement eut deux effets immédiats : le premier fut qu'une paire de mouettes qui voltigeaient au-dessus de sa tête et restaient là à se marrer du spectacle s'enfuirent épouvantées ; le second fut que les muscles, les nerfs, en somme l'enveloppe de son corps se remit en mouvement, quoique avec une difficulté extrême. Une trentaine de pas le séparaient de la rive, mais ce fut un véritable chemin de croix. A la lisière de l'eau, il se laissa tomber sur le cul et resta longtemps comme ça, avec toujours la cordelette à la main. On aurait dit un pêcheur qui n'arrivait pas à tirer sur la rive le poisson trop gros qu'il avait chopé. Il s'aconsola en se disant que le pire était passé.

— Mains en l'air ! intima une voix dans son dos.

Abasourdi, Montalbano tourna la tête pour regarder. Celui qui avait parlé, et qui le tenait en joue avec un revorber qui devait avoir fait la guerre italo-turque (1911-1912), était un plus que septuagénaire sec, nerveux, l'œil écarquillé et son peu de cheveux hérissé comme du fil de fer. A côté de lui, il y avait une bonne femme, elle aussi plus que septuagénaire, avec un chapeau de paille, armée d'une barre de fer qu'elle agitait, sans qu'on sache bien si c'était pour le menacer ou à cause d'un Parkinson avancé.

— Un moment, dit Montalbano, je suis…

— Tu es un assassin ! dit la femme d'une voix si haute et aiguë que les mouettes, qui entre-temps s'étaient approchées pour profiter de la deuxième partie de la farce, filèrent au loin en criant.

— Mais, madame, je…

— Ne nie pas, assassin, ça fait deux heures que je te regarde à la jumelle ! cria encore plus fort la vieille.

Montalbano se sentit complètement pris par les Turcs. Sans pinser à ce qu'il faisait, il lâcha la cordelette et se releva en se retournant.

— Ô Seigneur, il est nu ! cria la vieille en reculant de deux pas.

— Vil personnage ! Tu es mort ! cria le vieux en reculant de deux pas.

Et il tira. Le coup, assourdissant, passa à une vingtaine de mètres du commissaire, pétrifié, surtout par le bruit. Le vieux, que le recul avait déplacé de deux pas encore en arrière, le remit en joue, testard.

— Mais qu'est-ce que vous faites ? Vous êtes fou ? Je suis le…

— Tais-toi et ne bouge pas ! intima le vieux. Nous avons averti la police. Dans un instant, elle sera là.

Montalbano ne bougea pas. Du coin de l'œil, il vit le *catafero* qui, lentement, prenait le large. Ensuite, quand le petit Jésus y consentit, deux autos arrivèrent à grande vitesse sur la route. De la première sortirent en courant Fazio et Gallo, tous deux en civil. Il sentit revenir l'espoir, mais cela dura peu parce que de la deuxième voiture jaillit un photographe qui commença à mitrailler. Fazio, ayant reconnu aussitôt le commissaire, se mit à crier au vieux :

— Police ! Ne tirez pas !

— Qui me le dit que vous êtes pas ses complices ? fut la réponse de l'homme.

Et il pointa le revorber sur Fazio. Mais pour le faire, il détourna son attention de Montalbano. Lequel en avait plein le cul. Il bondit en avant, agrippa le poignet du vieux et le désarma. Mais il ne put éviter le grand coup sur la tête que la vieille lui balança avec la barre de fer. D'un coup, il ne vit plus rien, tomba à genoux et s'ébanouit.

C'était sûr, il était passé de l'ébanouissement au sommeil parce que, quand il s'aréveilla dans son lit et regarda le réveil, il était onze heures et demie. La première chose qu'il fit, ce fut un éternuement, et ensuite un autre et un autre encore. Il s'était arefroidi et la tête lui faisait très mal. Dans la cuisine, il entendit la voix d'Adelina, la bonne.

— Réveillé vous êtes, *dutturi* ?

— Oui, mais j'ai mal à la tête. Tu veux voir que la vieille me l'a fêlée ?

— *A vossia la testa nun ci rumpinu mancu i cannunati*, à votre seigneurie, même les coups de canon, ils lui fêlent pas la tête.

Il entendit sonner le téléphone, essaya de se lever mais une espèce de vertige le fit retomber sur le lit. Mais quelle force elle avait dans les vras, cette maudite vieille ? En attendant, Adelina avait répondu. Il entendit qu'elle disait :

— Il s'aréveille juste maintenant. Bon, d'accord, je le lui dis.

Elle apparut avec une tasse de café fumant.

— M. Fazio, c'était, dit-elle en dialecte. Il dit comme ça qu'il va venir vous trouver d'ici une demi-heure grand maximum.

— Adelì, quand est-ce que t'es arrivée, toi ?

— A neuf heures, comme de toujours, *dutturi*. A vosseigneurie, ils l'avaient couché et il était resté M. Gallo pour vous aider. Moi alors, j'y ai dit que maintenant c'était moi qui m'occuperais de vosseigneurie et alors, il s'en fut.

Elle sortit de la chambre et revint au bout d'un petit moment, un verre à la main et un cachet dans l'autre.

— Une spirine je vous amenai.

Montalbano la prit, 'béissant. Assis dans le lit, il eut quelques frissons de froid. Adelina s'en aperçut, ouvrit en murmurant l'*armuàr*, ramassa un plaid et l'étendit sur le drap.

— A l'âge qu'a vosseigneurie, certaines galéjades, ça se fait plus.

Montalbano la détesta. Il se recouvrit jusque par-dessus la tête et ferma les yeux.

Il entendit le téléphone sonner longuement. Comment se faisait-il qu'Adelina ne répondait pas ? Il se leva en râlant, passa dans la pièce d'à côté.

— Allô ? dit-il d'une voix enrhubée.

— *Dottore* ? C'est Fazio. Malheureusement, je ne peux pas venir, il y a un contretemps.

— Sérieux ?

— Oh que non, une connerie. Je passe après déjeuner. Pensez à vous soigner le refroidissement.

Il raccrocha, gagna la cuisine. Adelina était partie, sur la table, il y avait un billet d'elle.

« Vosseigneurie dormé et je voulus pas l'aréveiller. Toute façon mossieur Fazziu arrive. Je vous priparai dans le frigidère. Adelina. »

Il n'éprouvait pas d'envie d'ouvrir le réfrigérateur, il n'avait pas de pétit. Il s'aperçut qu'il se baladait à travers la maison en costume d'Adam, comme aiment dire les journalistes qui se croient spirituels. Il passa une chemise, un caleçon, le pantalon et s'assit sur son fauteuil préféré devant le téléviseur. Une heure un quart avait sonné, l'heure du premier journal télévisé de Televigàta, journal pro-gouvernemental par vocation, que le gouvernement soit d'extrême gauche ou d'extrême droite. La première image qu'il vit fut la *sò*, la sienne. Il était complètement nu, bouche bée, l'œil écarquillé, la main en coupe pour se cacher les parties honteuses. On aurait dit une chaste Suzanne plus très jeune et très très poilue. Une légende apparut : « Le commissaire Montalbano (photo ci-dessus) sauve un mort. » Montalbano pinsa au photographe arrivé derrière Fazio et Gallo et lui envoya, mentalement, ses vœux les plus sincères et cordiaux de bonheur et de longue vie. Sur l'écran surgit la face en cul de poule du journaliste Pipo Ragonese, ennemi juré du commissaire.

— Ce matin, comme l'aube pointait…

Sur l'écran, pour qui n'aurait pas compris, pointa une aube quelconque.

— …notre héros le commissaire Salvo Montalbano est allé se faire une belle baignade…

Apparut une portion de mer avec un type, très loin et pas reconnaissable, qui nageait.

— Vous me direz que non seulement ce n'est pas encore la saison des bains, mais surtout ce n'était pas l'heure la plus opportune. Mais que voulez-vous y faire ? Notre héros est ainsi fait, peut-être a-t-il ressenti la nécessité de ce bain pour se laver la cervelle de certaines idées farfelues qui l'affectent souvent. En nageant au large, il est tombé sur le cadavre d'un inconnu. Au lieu de téléphoner à qui de droit…

— …avec le mobile greffé dans le cul, continua pour lui-même Montalbano, furieux.

— …notre commissaire a décidé de conduire le cadavre sur la berge sans l'aide de personne, en l'attachant à son pied avec le maillot qu'il portait. Je fais tout moi-même, telle est sa devise. Ces manœuvres n'ont pas échappé à Mme Pina Bausan qui s'était mise à observer la mer à la jumelle.

Surgit le visage de Mme Bausan, celle qui lui avait fracassé la tête avec la barre de fer.

— D'où êtes-vous, madame ?

— Mon mari Angelo et moi, nous sommes de Trévise.

A côté de la tête de la femme apparut celle du mari, le tireur.

— Vous vous trouvez en Sicile depuis longtemps ?

— Depuis quatre jours.

— En vacances ?

— Mais non ! Moi, je souffre d'asthme et alors le médecin m'a dit que l'air de la mer me ferait du bien. Ma fille Zina, qui est mariée à un Sicilien qui travaille à Trévise…

Le récit fut interrompu par un long soupir malheureux de Mme Bausan, à qui un destin mauvais avait attribué un Sicilien pour gendre.

— …m'a dit de venir passer quelque temps ici, dans

la maison de son mari qu'ils utilisent seulement l'été. Et nous y sommes venus.

Le soupir chagriné, cette fois, fut encore plus fort : vie dure et dangereuse, sur cette île sauvage !

— Dites-moi, madame, pourquoi scrutiez-vous la mer ?

— Je me lève tôt, je dois bien faire quelque chose, non ?

— Et vous, monsieur Bausan, vous portez toujours cette arme avec vous ?

— Non. Je n'ai pas d'armes. Le revolver, je me le suis fait prêter par mon cousin. Vous comprendrez que, étant obligés de venir en Sicile…

— Vous estimez qu'on doit venir armé en Sicile ?

— Si la loi n'existe pas, ici, ça me paraît logique, non ?

Réapparut la tête en cul de poule de Ragonese.

— C'est là qu'est née l'équivoque grotesque. Croyant…

Montalbano éteignit. Il était furieux contre Bausan, non parce qu'il lui avait tiré dessus mais à cause de ce qu'il avait dit. Il prit le téléphone.

— Allô, Cadarella ?

— Ecoute, grand cornard et fils de radasse…

— Cadarè, tu me regonnais pas ? Montalbano, je suis.

— Ah, vosseigneurie, vous êtes ? Enrhumé vous êtes ?

— Non, Cadarè, ça m'abbuse de barler cobbe ça. Passe-moi Fazio.

— Tout de suite, *dottori*.

— Je vous écoute, *dottore*.

— Fazio, où est passé le revolver du vieux ?

— De Bausan, vous dites ? Je le lui ai redonné.

— Il a le bord d'arme ?

Il y eut une pause embarrassée.

— Je sais pas, *dottore*, dans ce bazar, ça m'est sorti de la tête.

— Bien. Ou plutôt non, c'est bas bien. Alors, tu vas aller tout de suite chez ce monsieur et tu vas voir s'il est en règle. S'il l'est pas, agis gonformément à la loi. On beut pas laisser en liberté un vieux gui dire sur tout ce gui bouge.

— Compris, *dottore*.

Une bonne chose de faite. Comme ça, M. Bausan et son aimable moitié allaient apprendre qu'en Sicile aussi, il y avait quelques lois. Quelques-unes, mais il y en avait. Il retournait se coucher quand le téléphone sonna.

— Allô ?

— Salvo, mon chéri, pourquoi tu as cette voix ? Tu dormais ? Tu es enrhumé ?

— La deuxième hypothèse.

— Je t'ai appelé au bureau, mais on m'a répondu que tu étais chez toi. Dis-moi comment ça s'est passé.

— Qu'est-ce tu veux gue je te dise ? Ça a été un truc gomique. Moi, j'étais nu et lui y m'a tiré dessus. Et voilà, je me suis enrhubé.

— Ta ta ta…

— Qu'est-ce gue ça signifie, tatata ?

— Tu… tu t'es déshabillé devant le Questeur et il t'a tiré dessus ?

Montalbano s'ébahit.

— Livia, pourquoi je devrais me déshabiller devant le Questeur ?

— Parce que toi, hier, tu m'as dit que ce matin, quoi qu'il advienne, tu irais présenter ta démission.

De sa main libre, Montalbano se donna une grande claque sur le front. Sa démission ! Il se l'était complètement oubliée !

— Ecoute, Livia, ce matin, comme je faisais la planche, il y avait un mort qui…

— Bon, salut, le coupa Livia, furieuse. Quand tu auras retrouvé l'usage de la parole, tu m'appelles.

La seule chose à faire était se reprendre une spirine, se mettre sous les couvrantes et suer tout son saoul.

Avant de s'enfoncer au pays des songes, il lui arriva de faire, tout à fait involontairement, une espèce de récapitulation de sa rencontre avec le *catafero*.

Arrivé au point où il lui soulevait le bras pour y glisser le maillot de bain et tandis qu'il le lui enroulait autour du poignet, il s'arrêta et revint en arrière, comme sur une table de montage. Bras soulevé, maillot glissé, maillot enroulé… Stop. Bras soulevé, maillot enroulé… Et le sommeil l'emporta.

A six heures du soir, il était debout, il avait dormi comme un minot et sentait que le coup de froid lui était presque passé. Mais il fallait pour ce jour-là s'armer de patience et rester à la maison.

Il éprouvait encore une certaine fatigue, mais en comprenait la raison : c'était la somme de la nuit dégueue, du bain, de la fatigue pour porter à terre un mort, du coup de barre sur la tête et, surtout, de la baisse de tension pour n'être pas allé chez le Questeur. Il s'enferma dans la salle de bains, prit une très longue douche, se rasa soigneusement, se vêtit comme s'il devait aller au bureau. A la place, tranquille et décidé, il téléphona à la Questure de Montelusa.

— Allô ? Le commissaire Montalbano, je suis. Je voudrais parler à M. le Questeur. C'est urgent.

Il dut attendre quelques secondes.

— Montalbano ? Lactes, à l'appareil. Comment allez-vous ? Comment va la famille ?

Bouh, quel tracassin ! Le *dottor* Lactes, chef de cabinet, dit « Lacté et miélé » en raison de son onctuosité, était du genre à lire *L'Avvenire* et *Famiglia cristiana*. Il était persuadé que tout homme estimable devait avoir une épouse et une progéniture nombreuse. Et comme, à sa façon, il estimait Montalbano, personne n'aréussissait à lui faire entrer dans la tête que le commissaire n'était pas marié.

— Tout le monde va bien, grâces soient rendues à la Madone, répliqua Montalbano.

Désormais, il avait appris que rendre grâce à la Madone suscitait la disponibilité maximale de Lactes.

— Puis-je vous être utile ?

— Je souhaiterais une audience du Questeur.

Une « audience » ! Montalbano se méprisa. Mais quand on avait affaire aux bureaucrates, le mieux était de parler comme eux.

— Mais M. le Questeur n'est pas là. Il a été convoqué par (pause) Son Excellence le Ministre, à Rome.

La pause, et Montalbano en eut la claire vision, avait été provoquée par le respectueux garde-à-vous du *dottor* Lactes obligé d'invoquer, même si ce n'était qu'en vain, Son Excellence.

— Ah ! fit Montalbano qui sentit son énergie retomber. Et savez-vous combien de temps il sera parti ?

— Deux ou trois jours encore, je crois. Puis-je vous être utile ?

— Je vous remercie, *dottore*. J'attendrai qu'il rentre.

« ...et passeront les jours... » chantonna-t-il pour lui-même avec fureur tandis qu'il raccrochait brusquement le combiné.

Maintenant, il avait l'impression d'être un ballon dégonflé. A peine décidait-il de donner, ou plutôt de remettre, comme il convenait de dire, sa démission, que quelque chose se mettait en travers. Il s'aperçut que, malgré la fatigue aggravée par le coup de fil, il lui était venu un pétit de loup.

Il était six heures dix du soir, pas encore l'heure de

dîner. Mais depuis quand faudrait-il manger à horaire fixe ? Il gagna la cuisine, ouvrit le réfrigérateur. Adelina lui avait priparé un plat de malade : des merlus bouillis. Sauf qu'ils étaient énormes, très frais et au nombre de six. Il ne les réchauffa pas, il les aimait froids assaisonnés avec de l'huile, quelques gouttes de citron et du sel. Le pain, Adelina l'avait acheté dans la matinée : une *scanata*, une miche, recouverte de *giuggiulena*, ces graines de sésame, merveille à ramasser une à une quand elles tombent sur la nappe, en les collant au bout du doigt mouillé d'un peu de salive. Il prépara la table sur la véranda et se régala, savourant chaque bouchée comme si c'était la dernière de son existence.

Quand il desservit, il était à peine huit heures passées. Et maintenant, comment tuer le temps jusqu'à ce qu'il fasse nuit ? A peine posé, le problème fut résolu par Fazio qui frappait à la porte.

— Bonsoir, *dottore*. Je viens rendre compte. Comment vous sentez-vous ?

— Beaucoup mieux, merci. Assieds-toi. Comment t'as fait avec Bausan ?

Fazio s'installa mieux sur son siège, tira de sa poche un bout de papier, commença à le lire.

— Bausan Angelo né de feu Angelo et de feu Crestin Angela, à...

— Angelo, Angela, tous des anges, dans ce coin, l'interrompit le commissaire. Et maintenant, choisis. Ou tu te remets ce papier en poche ou je te latte.

Fazio ravala son « complexe de l'état civil », comme l'appelait le commissaire, rempocha dignement le papier et dit :

— *Dottore*, après votre coup de fil, je me suis immédiatement transporté dans la maison où habite le dénommé Bausan Angelo. Le logement, qui se trouve à quelques centaines de mètres d'ici, appartient à son gendre, Rotondò Maurizio. Bausan n'a pas de port d'arme. Pour me faire remettre le revolver, vous n'imaginez pas ce que j'ai dû subir. Entre autres, je me suis pris un coup sur la tête que m'a flanqué *sò mogliere*, sa femme, avec un balai. Le balai de Mme Bausan est une arme par destination et la vieille a une force… Vous en savez quelque chose.

— Pourquoi il voulait pas te donner le revolver ?

— Parce que, d'après lui, il devait le rendre à l'ami qui le lui avait prêté. Cet ami s'appelle Pausin Roberto. J'ai transmis son identité à la Questure de Trévise. Le vieux, je l'ai emmené en prison. Maintenant, c'est le juge d'instruction qui va s'en occuper.

— Du neuf sur le cadavre ?

— Celui que vous avez trouvé ?

— Et lequel, alors ?

— Vous savez, *dottore*, que pendant que vous étiez là, à Vigàta et alentours, on en a retrouvé deux autres, de morts.

— A moi, c'est celui que j'ai trouvé qui m'intéresse.

— Rien de neuf, *dottore*. Il s'agit sûrement de quelque immigré noyé durant la traversée. En tout cas, à cette heure, le Dr Pasquano a dû faire l'autopsie.

Comme un fait exprès, le téléphone sonna.

— Réponds, toi, dit Montalbano.

Fazio tendit la main, souleva le combiné.

— Domicile du *dottor* Montalbano. Qui je suis ? L'inspecteur Fazio. Ah, c'est vous ? Excusez-moi, je ne vous avais pas reconnu. Je vous le passe tout de suite.

Il tendit le combiné au commissaire.

— C'est le Dr Pasquano.

Pasquano ?! Et depuis quand le Dr Pasquano lui téléphonait-il ? Ça devait être un gros truc.

Trois

— Allô ? Montalbano, je suis. Je vous écoute, docteur.

— Vous pouvez m'expliquer quelque chose ?

— A vos ordres.

— Comment se fait-il que toutes les autres fois, quand vous m'avez gentiment fait parvenir un cadavre, vous m'avez cassé les burnes pour avoir immédiatement les résultats de l'autopsie et que cette fois vous vous en contrefoutez ?

— Ecoutez, il s'est passé que…

— Je vais vous le dire, moi, ce qui s'est passé. Vous vous êtes convaincu que le mort venu se faire récupérer par vous était un misérable immigré victime d'un naufrage, un des cinq cents et quelques morts qui flottent dans le canal de Sicile, que bientôt on pourra aller à pied en Tunisie, en leur marchant dessus. Et vous vous en êtes lavé les mains. De toute façon, un de plus, un de moins, qu'est-ce que ça fait ?

— Docteur, si vous avez envie de vous passer les nerfs sur moi parce que quelque chose n'a pas collé pour vous, allez-y. Mais vous savez bien que c'est pas ce que je pense. Et en outre, ce matin…

— Ah, oui ! Ce matin, vous étiez occupé à exhiber

vos attributs virils au concours de « Mister Commissaire ». Je vous ai vu à Televigàta. On m'a dit que vous avez eu ce truc, là, comment ça s'appelle, un audimat très élevé. Compliments, vraiment.

Pasquano était ainsi fait, il était grossier, 'ntipathique, agressif, intolérant. Mais le commissaire savait qu'il s'agissait d'une forme instinctive et exaspérée de défense contre tout et tous. Il passa à la contre-attaque, utilisant le ton nécessaire.

— Docteur, on peut savoir pourquoi vous venez m'emmerder chez moi à cette heure ?

Pasquano apprécia.

— Parce que les choses ne sont pas comme elles paraissent.

— C'est-à-dire ?

— D'abord, le mort est de par chez nous.

— Ah.

— Et puis, selon moi, on l'a tué. Je n'ai fait qu'un examen superficiel, attention, je ne l'ai pas ouvert.

— Vous avez trouvé des blessures d'armes à feu ?

— Non.

— D'arme blanche ?

— Non.

— D'explosion atomique ? demanda Montalbano qui en avait marre. Docteur, qu'est-ce que c'est ? Un jeu de devinettes ? Vous voulez bien vous expliquer ?

— Demain après-midi, venez ici, et mon illustre collègue Mistretta, qui exécutera l'autopsie, vous rapportera mon opinion que, attention, lui ne partage pas.

— Mistretta ? Pourquoi, vous ne serez pas là ?

— Non, moi non. Je pars demain matin tôt, je vais trouver ma sœur qui ne va pas trop bien.

Alors Montalbano comprit pourquoi Pasquano lui avait téléphoné. C'était un geste de courtoisie, d'amitié.

Le docteur savait combien Montalbano détestait son confrère Mistretta, homme péremptoire et prétentieux.

— Mistretta, comme je vous l'ai déjà dit, n'est pas d'accord avec moi sur ce cas. Voilà pourquoi j'ai voulu vous dire, en privé, ce que j'en pensais.

— J'arrive, dit Montalbano.

— Où ?

— Chez vous, au bureau.

— Je ne suis pas au bureau, je suis chez moi. Nous sommes en train de préparer les valises.

— Je viens chez vous.

— Non, écoutez, il y a trop de désordre. Voyons-nous au premier bar de l'avenue Liberté, d'accord ? Ne me faites pas perdre trop de temps, parce que je dois me lever tôt.

Il se débarrassa de Fazio que la curiosité piquait et qui voulait en savoir davantage, fit un brin de toilette, monta en voiture et partit pour Montelusa. Le premier bar de l'avenue de la Liberté tendait au sordide, Montalbano y était entré une seule fois et cela lui avait plus que suffi. En y pénétrant, il aperçut tout de suite le Dr Pasquano assis à une table.

Il fit de même.

— Qu'est-ce que vous prenez ? demanda Pasquano qui se buvait un café.

— Ce que vous avez pris.

Ils gardèrent le silence jusqu'à ce que le garçon apporte la deuxième tasse.

— Alors ? attaqua Montalbano.

— Vous avez vu dans quel état était le cadavre ?

— Ben, pendant que je le remorquais, j'avais peur que son bras se détache.

— Si vous l'aviez traîné encore un peu, c'est ce qui

serait arrivé, assura Pasquano. Ce malheureux était dans l'eau depuis plus d'un mois.

— Donc, la mort remonterait au mois précédent ?

— Plus ou moins. Etant donné l'état du cadavre, il m'est difficile…

— Il avait d'autres signes particuliers ?

— On lui a tiré dessus.

— Alors, pourquoi m'avez-vous dit…

— Montalbano, vous me laissez finir ? Il avait une vieille blessure d'arme à feu à la jambe gauche. Le projectile lui a éraflé l'os. Ça remonte à quelques années. Je m'en suis aperçu parce que la jambe avait été décharnée par la mer. Peut-être qu'il boitait légèrement.

— D'après vous, quel âge avait-il ?

— Approximativement, une quarantaine d'années. Et ce n'était certainement pas un immigré. Mais il sera difficile de l'identifier.

— Pas d'empreintes digitales ?

— Vous plaisantez ?

— Docteur, pourquoi vous êtes-vous convaincu qu'il s'agit d'un homicide ?

— C'est une opinion, attention. Vous voyez, le corps est plein de blessures provoquées par les rochers contre lesquels il est allé battre de manière répétée.

— Il n'y a pas de rochers là où je l'ai recueilli.

— Et qu'est-ce que vous en savez, d'où il vient ? Il a navigué longtemps avant de venir s'offrir à vous. Par ailleurs, il a été mangé par les crabes, il en avait encore deux dans la gorge, morts… Je disais qu'il est plein de blessures évidemment asymétriques, toutes post mortem. Mais il y en a quatre, symétriques et parfaitement définies, circulaires.

— Où ?

— Aux poignets et aux chevilles !

— Voilà ce qu'il y avait ! s'exclama Montalbano en sursautant.

Avant de s'endormir, l'après-midi, il lui était revenu à l'esprit un détail qu'il n'avait pu déchiffrer : le bras, le maillot de bain enroulé autour du poignet...

— C'était une coupure tout autour du poignet gauche, dit-il lentement.

— Vous l'avez noté vous aussi ? Et il y en avait aussi autour de l'autre poignet et des chevilles. Cela, à mon avis, signifie une seule chose...

— Qu'on l'avait gardé attaché, conclut le commissaire.

— Exactement. Mais vous savez avec quoi on l'a attaché ? Du fil de fer. En le serrant au point de lui scier les chairs. S'il s'était agi de corde ou de nylon, les blessures n'auraient pas été assez profondes pour lui arriver presque à l'os et en outre, nous en aurions trouvé sûrement des restes. Non, avant de le noyer, le fil de fer lui a été enlevé. Ils voulaient faire croire à une noyade normale.

— Il n'y a pas d'espoir de réussir à avoir quelques preuves scientifiques ?

— Il y en aurait. Et cela dépend du Dr Mistretta. Il faudrait commander des analyses spéciales à Palerme pour voir si le long des blessures circulaires aux poignets et aux chevilles, il est resté des traces de métal ou de rouille. Mais c'est long. Et bon, voilà. Il se fait tard.

— Merci pour tout, docteur.

Ils se serrèrent la main. Le commissaire remonta en voiture et partit, perdu dans ses pinsées, roulant lentement. Une voiture se mit derrière lui et lui envoya des appels de phares pour lui reprocher sa lenteur. Montalbano se mit sur le côté et l'autre auto, une espèce de torpille argentée, le dépassa et s'arrêta d'un coup. Le commissaire freina en jurant. A la lumière des phares, il vit sortir de la fenêtre de la torpille une main qui lui faisait les cornes. Ecumant de rage, il descendit pour en découdre. Le chauffeur de la torpille fit de même. Et Montalbano s'immobilisa. C'était Ingrid qui lui souriait en ouvrant les bras.

— J'ai reconnu la voiture, dit la Suédoise.

Depuis combien de temps, ils ne s'étaient pas vus ? Un an au moins, c'était sûr. Ils s'embrassèrent avec force, Ingrid lui donna un baiser puis tendit les vras et l'éloigna pour mieux l'observer.

— Je t'ai vu à la télévision, dit-elle en riant. T'es encore très bandant.

— Et toi, tu es encore plus belle, dit, sincère, le commissaire.

Ingrid l'embrassa de nouveau.

— Livia est là ?

— Non.

— Alors, je viendrais volontiers m'asseoir un peu sur la véranda.

— D'accord.

— Attends que je me libère.

Elle papota sur son mobile, puis demanda :

— Tu as du whisky ?

— Une bouteille que je n'ai pas encore ouverte. Tiens, Ingrid, prends-toi les clés de chez moi et va devant. J'y arrive pas, à te suivre.

La Suédoise rit, prit les clés et elle avait déjà disparu que le commissaire tentait encore de démarrer. Il était content de cette rencontre qui allait lui offrir, outre le plaisir de passer quelques heures avec une vieille amie, la possibilité de prendre la distance nécessaire pour raisonner, à tête reposée, sur ce que lui avait révélé le Dr Pasquano.

Quand il arriva à Marinella, Ingrid vint à sa rencontre, l'embrassa, le tint serré.

— J'ai reçu l'autorisation, lui dit-elle à l'oreille.

— De qui ?

— De Livia. Quand je suis arrivé, j'ai répondu au téléphone qui sonnait. Je n'aurais pas dû, je sais, mais je l'ai fait sans y penser. C'était elle. Je lui ai dit que tu allais arriver d'un moment à l'autre, mais elle a répondu qu'elle ne rappellerait pas. Elle m'a dit que tu avais été malade et que, comme infirmière, j'étais autorisée à te soigner et te réconforter. Et moi, je sais soigner et réconforter seulement de cette manière.

Merde ! Livia devait être sérieusement fâchée. Ingrid n'avait pas compris, ou faisait semblant de ne pas comprendre, l'ironie venimeuse de Livia.

— Excuse-moi, dit Montalbano, se libérant de l'étreinte.

Il composa le numéro de Boccadasse, mais c'était occupé. Elle avait sûrement décroché. Il essaya de nouveau pendant qu'Ingrid parcourait la maison, elle était allée chercher la bouteille de whisky, avait tiré du freezer les glaçons et était sortie s'installer sur la véranda. Le téléphone était toujours occupé et le commissaire s'arésigna, il alla s'asseoir à côté d'Ingrid sur le banc. C'était une nuit délicate, il y avait quelques légers nuages effilés et de la mer arrivait le bruissement d'un ressac caressant. Une pinsée, ou plutôt une question, se présenta à l'esprit du commissaire et le fit sourire. Cette nuit aurait-elle été pareillement idyllique s'il n'avait pas eu Ingrid à ses côtés, Ingrid qui, après lui avoir préparé une dose généreuse de whisky, se tenait maintenant la tête posée sur son épaule ? Ensuite, la Suédoise se mit à parler d'elle et finit trois heures et demie plus tard, quand à la bouteille ne manquaient plus que quatre doigts pour être officiellement déclarée défunte. Elle parla de son mari qui était le connard habituel et avec lequel elle vivait désormais séparée sous le même toit, avoua être allée en Suède parce qu'il lui était venu des envies de famille (« vous autres, Siciliens, vous m'avez contaminée »), expliqua qu'elle avait eu deux aventures. La première avec un député de stricte observance cléricale, qui s'appelait quelque chose comme Frisella ou Grisella, le commissaire ne comprit pas bien, qui avant de se mettre au lit avec elle s'agenouillait 'n terre et ademandait pardon à Dieu pour le piché qu'il allait commettre ; la seconde histoire, avec un capitaine de pétrolier qui avait pris une retraite précoce grâce à un héritage, ça aurait pu devenir sérieux mais elle avait voulu rompre. Cet homme, qui s'appelait Lococo ou Lococco, le commissaire ne comprit pas bien, l'inquiétait, la mettait mal à l'aise. Ingrid avait une extraordinaire capacité pour saisir l'aspect comique ou grotesque de ses amants et Montalbano s'amusa. Ce fut une soirée plus relaxante qu'un massage.

Malgré une douche interminable et quatre cafés bus coup sur coup, quand il monta en voiture, il avait encore la tête comme un ballon à cause de l'excès de whisky du soir précédent. Pour le reste, il se sentait complètement remis en forme.

— *Dottori*, vous vous êtres aremis de votre indispositation ? lui demanda Catarella.

— Je m'aremis, merci.

— *Dottori*, je vous vis à la télévision. Sainte mère, quelle corporation vous avez !

Il entra dans son bureau, appela Fazio qui s'aprécipita, dévoré de la curiosité de savoir ce qu'avait dit le Dr Pasquano. Mais il ne demanda rien, n'ouvrit pas la vouche, il savait très bien que ces jours étaient des jours noirs pour le commissaire, suffisait d'un rien pour qu'il s'enflamme comme une allumette. Montalbano attendit qu'il se soit assis, fit semblant d'examiner des papiers par pure et simple méchanceté, car il voyait très bien la question dessinée sur la courbe des lèvres de Fazio, mais il voulait le laisser mijoter un moment. Tout à coup, il dit, sans lever les yeux des feuilles :

— Homicide.

Pris au dépourvu, Fazio sursauta sur son siège.

— On lui tira dessus ?

— Hon.

— On le poignarda ?

— Non. On le noya.

— Et comment il a fait, le Dr Pasquano, pour savoir…

— Pasquano a juste jeté un coup d'œil au mort et il s'est fait une opinion. Mais il est très difficile que Pasquano se plante.

— Et sur quoi s'appuie le docteur ?

Le commissaire lui raconta tout. Et il ajouta :

— Le fait que Mistretta ne soit pas d'accord avec Pasquano nous aide. Dans son rapport, à la rubrique : « cause du décès », il va sûrement écrire : « noyade », en utilisant naturellement des termes scientifiques. Et ça, ça va nous couvrir. On va pouvoir besogner en paix sans être emmerdés par le Questeur, la Criminelle et compagnie.

— Et moi, qu'est-ce que je dois faire ?

— Pour commencer, tu te fais envoyer une fiche signalétique, taille du mort, couleur des cheveux, âge, ce genre de choses.

— Une photo, aussi.

— Fazio, t'as vu dans quel état il était, non ? Selon toi, c'était une tête, ça ?

Fazio eut une expression déçue.

— Je peux te dire, si ça peut te réconforter, qu'il boitait probablement ; il y a un certain temps, on lui avait tiré dans une jambe.

— Ça reste difficile de l'identifier.

— Et toi, essaie. Regarde aussi les signalements de disparitions, Pasquano dit que le mort était en croisière depuis au moins un mois.

— Je vais essayer, dit Fazio, dubitatif.

— Moi, je sors. Je serai dehors deux heures, plus ou moins.

Il roula jusqu'au port, s'arrêta, sortit de la voiture et se dirigea vers le quai, là où étaient amarrés deux chalutiers, les autres étaient déjà depuis longtemps en mer. Il eut un coup de chance, le *Madre di Dio* était là, on révisait le moteur. En s'approchant, il vit le capitaine et propriétaire, Ciccio Albanese, qui se tenait à l'ombre, à surveiller les opérations.

— Ciccio !

— Commissaire, c'est vous ? J'arrive tout de suite.

Depuis longtemps, ils se connaissaient et s'aimaient bien. Albanese était un sexagénaire rongé par le sel, il était sur les bateaux de pêche depuis l'âge de six ans et de lui, on disait que personne ne pouvait l'égaler pour la connaissance de la mer entre Vigàta et Malte, entre Vigàta et la Tunisie. Il était capable de corriger les cartes nautiques et les portulans. On murmurait au pays que dans les périodes où la besogne venait à manquer il n'avait pas dédaigné la contrebande de cigarettes.

— Ciccio, je te dérange ?

— Oh que non, commissaire. Pour vosseigneurie, toujours à disposition.

Montalbano lui expliqua ce qu'il voulait de lui. Albanese se limita à demander combien de temps il faudrait. Le commissaire le lui dit.

— Les gars, je reviens dans deux heures.

Et il suivit Montalbano qui allait vers sa voiture. Ils firent le voyage en silence. A la morgue, le garde dit au commissaire que le Dr Mistretta n'était pas encore arrivé, il n'y avait que Jacopello, l'assistant. Montalbano se sentit soulagé, une rencontre avec Mistretta lui aurait gâché le reste de la journée. Le visage de Jacopello, qui était un fidèle très fidèle de Pasquano, s'illumina.

— Quel bonheur !

Avec lui, le commissaire savait qu'il pouvait jouer franc jeu.

— Voici mon ami Ciccio Albanese, homme de mer. Si Mistretta avait été là, on lui aurait dit que mon ami voulait voir le mort parce qu'il craignait que ce soit un de ses marins tombé à l'eau. Mais avec toi, pas besoin de jouer la comédie. Si Mistretta arrive, tu as la réponse prête, d'accord ?

— D'accord. Suivez-moi.

Le *catafero* était entre-temps devenu encore plus pâle. Sa peau semblait une pellicule d'oignon posée sur un squelette avec des bouts de chair attachés çà et là à la *sanfasò*[1], à la sans-façon. Tandis qu'Albanese l'examinait, Montalbano demanda à Jacopello :

— Tu la connais l'idée du Dr Pasquano sur la façon dont on a fait mourir ce pauvre type ?

— Bien sûr. J'étais présent à la discussion. Mais Mistretta, il a tort. Regardez vous-même.

Les sillons circulaires et profonds autour des poignets et des chevilles avaient, en plus, pris une espèce de couleur grisâtre.

— Jacopè, tu y arrives, à convaincre Mistretta de faire faire ces recherches sur les tissus que voulait Pasquano ?

Jacopello éclata de rire.

1. « A la sans-façon » : un des nombreux gallicismes du sicilien. *(N.d.T.)*

— Vous pariez, que j'y arrive ?

— Parier avec toi ? Jamais.

Jacopello était connu comme un malade du pari. Il pariait sur tout, des prévisions météo aux nombres de personnes mortes de mort naturelle durant la semaine, et le plus beau était qu'il perdait rarement.

— Je lui dirai que, pour une raison ou pour une autre, ces analyses, il vaut mieux les faire. De quoi il aurait l'air ensuite si le commissaire Montalbano venait à découvrir que ce n'était pas un accident mais un homicide ? Mistretta préférerait perdre son cul que la facc. Mais je vous avertis, commissaire, il s'agit d'examens de longue durée.

Ce n'est que sur la route du retour qu'Albanese s'adécida à sortir de son mutisme. Rouvrant la bouche, il murmura :

— Bah !

— Bah quoi ? le reprit le commissaire, agacé. Tu restes une demi-heure à regarder le mort et tout ce que tu sais dire, c'est « bah » ?

— Tout est étrange, dit Albanese. Et on peut dire que j'en ai vu, des noyés. Mais celui-là...

Il s'interrompit, saisi par une pensée.

— D'après le docteur, depuis combien de temps il était dans l'eau ?

— Depuis un mois.

— Oh que non, commissaire. Au minimum, minimum, deux mois.

— Mais au bout de deux mois, on n'aurait plus trouvé de cadavre, rien que des morceaux.

— Et c'est ça qui est drôle, dans l'histoire.

— Explique-toi mieux, Ciccio.

— Le fait est que j'aime pas dire des conneries.

— Si tu savais combien j'en dis et j'en fais ! Courage, Ciccio !

— Vous avez vu les blessures provoquées par les récifs ?

— Oui.

— Elles sont superficielles, *dottore*. Le mois dernier, nous avons eu une mer forte dix jours de suite. Si le *catafero* allait battre contre les rochers, il n'aurait pas eu ce type de blessures. La tête aurait pu se détacher, les côtes se casser, il aurait pu se faire transpercer par une pointe de roche.

— Et alors ? Peut-être que le corps, durant ces mauvais jours que tu dis, se trouvait en haute mer et n'a pas rencontré d'écueils.

— Commissaire, mais vosseigneurie l'a trouvé dans une zone de mer où les courants vont à l'envers !

— C'est-à-dire ?

— Vous l'avez trouvé devant Marinella ?

— Oui.

— Là, il y a des courants qui ou bien mènent au large ou bien poursuivent parallèlement à la côte. Deux jours auraient suffi pour que le *catafero* arrive au cap Russello. Vosseigneurie peut en mettre la main au feu.

Montalbano réfléchit en silence. Puis il dit :

— Cette histoire des courants, tu devrais me l'expliquer mieux.

— Quand vosseigneurie voudra.

— Ce soir, t'es libre ?

— Oh que si. Pourquoi vous venez pas manger chez moi ? *Mè mogliere*, ma femme, va nous préparer des rougets de roche comme elle sait les faire.

Tout de suite, la langue de Montalbano fut submergée : ce qu'on appelle la salive à la bouche !

— Merci. Mais toi, Ciccio, quelle idée tu as ?

— Je peux parler comme je pense ? D'abord, les rochers ne peuvent pas faire des blissures comme celles que le mort avait autour des poignets et des chevilles.

— D'accord.

— A cet homme, ils l'ont noyé après lui avoir attaché les mains et les pieds.

— En utilisant du fil de fer, selon Pasquano.

— Juste. Après, ils ont pris le *catafero* et l'ont mis à macérer dans l'eau de mer, dans un endroit querconque à l'abri. Quand ils ont pensé qu'il était arrivé à point dans la salaison, ils l'ont largué.

— Et pourquoi est-ce qu'ils ont tant attendu ?

— Commissaire, ceux-là, ils voulaient faire croire que le mort, il venait de loin.

Montalbano lui lança un regard admiratif. Et ainsi, Ciccio Albanese, homme de mer, n'était pas seulement arrivé aux mêmes conclusions que Pasquano, homme de science, et que Montalbano, homme de logique flicarde, mais il avait fait un grand pas en avant.

Quatre

Mais il était écrit que, des rougets de roche pріparés par la femme à Ciccio Albanese, le commissaire ne sentirait même pas de loin le parfum. Vers les huit heures du soir, quand déjà il se pripаrait à sortir du bureau, il reçut un coup de fil du vice-questeur Riguccio. Ils se connaissaient depuis des années et, quoique éprouvant de la sympathie l'un pour l'autre, ils n'avaient que des rapports de travail. Il aurait suffi de peu pour passer à l'amitié, mais ils ne se décidaient pas.

— Montalbano ? Excuse-moi, y aurait-il quelqu'un chez vous au commissariat qui porte des lunettes de 3 et 3 ?

— Bah, répondit le commissaire. Ici, il y a deux agents avec des lunettes, Cusumano et Torretta, mais je connais pas leurs dioptries. Pourquoi tu me demandes ça ? C'est un recensement de ton cher ministre ?

Les idées politiques de Riguccio, très proches du nouveau gouvernement, étaient connues.

— J'ai pas le temps de galéjer, Salvo. Vois si tu peux me trouver ça et tu me les envoies dès que possible. Les miennes se sont cassées et juste maintenant, sans les lunettes, je suis perdu.

— Tu n'en as pas de rechange au bureau ? demanda Montalbano tandis qu'il appelait Fazio.

— Oui, mais à Montelusa.

— Pourquoi, où es-tu ?

— Ici, à Vigàta. Service touristique.

Le commissaire expliqua l'affaire à Fazio.

— Riguccio, j'ai envoyé chercher. Combien ils sont, cette fois, les touristes ?

— Au moins cent cinquante, sur deux de nos vedettes. Ils naviguaient sur deux grosses barques qui embarquaient de l'eau et qui allaient s'échouer sur les rochers de Lampedusa. Les pilotes, d'après ce que j'ai compris, les ont abandonnés en mer et se sont enfuis avec le hors-bord. Les pauvres types ont bien failli tous se noyer. Tu sais quoi, Montalbà ? J'en peux plus de voir tous ces malheureux qui…

— Dis-le à tes petits copains du gouvernement.

Fazio revint avec des lunettes.

— L'œil gauche est de 3, celui de droite 2,5.

Montalbano transmit.

— Parfait, dit Riguccio. Tu me les envoies ? Les vedettes sont en train de s'amarrer.

Va savoir pourquoi, Montalbano décida de les lui porter, en pirsonne pirsonellement, pour parler comme Catarella. Tout compte fait, Riguccio était vraiment un brave homme. Et tant pis s'il arrivait avec un peu de retard chez Ciccio Albanese.

Il était content de ne pas se trouver à la place de Riguccio. Le Questeur s'était mis d'accord avec la capitainerie pour qu'elle avertisse directement la Questure de Montelusa de chaque arrivée d'immigrés. Et alors Riguccio s'en allait à Vigàta avec une file de bus réquisitionnés, de véhicules chargés de policiers, d'ambulances, de jeeps. Et chaque fois, tragédies, scènes de larmes et de douleurs. Il fallait porter secours à des femmes en couches, à des minots disparus dans la confusion, à des pirsonnes qui avaient perdu la tête ou qui étaient tombées malades durant d'interminables voyages sous les assauts du vent et de la mer. Quand ces gens débarquaient, l'air frais de la mer n'aréussissait pas à disperser l'odeur insupportable qui leur collait, qui n'était pas la puanteur d'humains pas lavés, mais celle de la terreur, de l'angoisse, de la souffrance, du désespoir arrivés à cette limite au-delà de laquelle il n'y a plus d'espérance que dans la mort. Impossible de rester indifférent et c'est pourquoi Riguccio lui avait avoué qu'il n'en pouvait plus.

Quand il arriva sur le port, le commissaire vit que la première vedette avait déjà abaissé la passerelle. Les policiers s'étaient disposés sur deux files pour former une espèce de couloir humain jusqu'au premier autocar qui attendait, moteur allumé. Riguccio, qui se trouvait au pied de la passerelle, remercia à peine Montalbano et mit les lunettes. Le commissaire eut l'impression que son collègue ne l'avait même pas reconnu, tant il était occupé à contrôler la situation.

Riguccio donna le signal du débarquement. La première à descendre fut une femme noire avec un ventre si gros qu'elle semblait sur le point d'accoucher d'un moment à l'autre. Elle arrivait pas à avancer. Elle était aidée par un marin de la vedette et un autre homme, un Noir. Quand ils furent à l'ambulance, il y eut une engueulade passque le Noir voulait monter en même temps que la femme. Le marin essayait d'expliquer aux policiers que ce type était sûrement le mari, passque durant toute la traversée il l'avait tenue serrée contre lui. Mais il n'y eut pas moyen, ce n'était pas possible. L'ambulance partit, sirènes hurlantes. Alors le marin prit sous le bras le Noir qui s'était mis à pleurer et l'accompagna à l'autocar en lui parlant sans arrêt. Pris par la curiosité, le commissaire s'approcha. Le marin lui parlait en dialecte, il devait être de Venise ou de sa région, et le Noir ne comprenait rien, mais se sentait réconforté quand même par le son amical des paroles.

Montalbano venait à peine d'adécider de retourner à sa voiture quand il vit zigzaguer, vaciller comme des ivrognes, un groupe de quatre immigrés arrivés au bas de la passerelle. Pendant quelques instants, il ne comprit pas ce qui se passait. Ensuite, il vit surgir d'entre les jambes des quatre personnes un minot qui pouvait avoir au maximum six ans. Apparu soudain, il disparut aussi soudainement, contournant en un vire-tourne le déploiement des agents. Tandis que deux policiers se lançaient à sa poursuite, Montalbano 'ntrevit le gamin qui, avec l'instinct de l'arnimal traqué, se dirigeait vers la zone du quai la moins éclairée, où s'élevaient les restes d'un vieux silo qui, par sécurité, avaient été entourés d'un mur. Il ne sut ce qui le poussait à crier :

— Arrêtez ! Le commissaire Montalbano, je suis ! Revenez en arrière ! J'y vais, moi.

Les policiers obéirent.

Maintenant, le commissaire avait perdu de vue le minot, mais la direction qu'il avait prise ne pouvait que le conduire en un seul lieu et ce lieu était fermé, une espèce d'impasse entre les parois postérieures du vieux silo et le mur d'enceinte du port, qui n'offrait pas d'autre voie de fuite. En outre, l'espace était encombré de bidons et de bouteilles vides, de centaines de cageots de poisson cassés, d'au moins deux ou trois moteurs de chalutier en panne. Difficile de bouger dans ce capharnaüm de jour, alors, dans la lumière blême d'un réverbère ! Sûr que le minot l'observait, il affecta d'y aller tranquillement, avança avec lenteur, un pied après l'autre, s'alluma même une cigarette. Arrivé à l'entrée de cette ruelle, il s'arrêta et dit d'une voix très vasse :

— *Veni ccà, picciliddru, nenti ti fazzu*, viens là, minot, je te ferai rien.

Pas de réponse. Mais en tendant l'oreille, au-delà du bruit qui arrivait du quai, comme un ressac de cris, de pleurs, de gémissements, de jurons, de coups de klaxon, de sirènes, de crissements de pneus, il perçut nettement le souffle léger, le halètement du petit qui devait se trouver accroupi à quelques mètres.

— Allez, sors, *nenti ti fazzu*, je te ferai rien.

Il entendit un froissement. Cela venait d'une caisse de bois juste devant lui. Le gamin était certainement là derrière, recroquevillé. Le commissaire aurait pu bondir et l'attraper, mais il préféra rester immobile. Puis il vit lentement apparaître les mains, les vras, la tête, le buste. Le reste du corps demeurait caché par la caisse. Le minot tenait les mains en l'air, en signe de reddition, les yeux écarquillés par la terreur, mais il s'efforçait de ne pas pleurer, de ne pas manifester de faiblesse.

Mais de quel coin 'nfernal fallait-il qu'il arrive, se demanda Montalbano soudain bouleversé, si à son âge il avait déjà appris ce geste terrible des mains levées, qu'il n'avait certainement pas vu faire ni au cinéma, ni à la télévision ?

Il eut une réponse rapide, passque que tout à coup, dans sa tête, il y eut comme un éclair, un véritable flash. Et dedans cet éclair, pendant sa durée, disparurent la caisse, l'impasse, le port, Vigàta elle-même, tout disparut et ensuite areparut une image, recomposée à la taille et dans le noir et blanc d'une vieille photographie, vue bien des années auparavant mais prise plus tôt encore, durant la guerre, avant qu'il naisse, et qui montrait un minot juif, ou polonais, les mains en l'air, exactement les mêmes yeux écarquillés, la même volonté exactement de ne pas se mettre à pleurer, tandis qu'un sordat le braquait de son fusil.

Le commissaire ressentit un élancement violent dans la poitrine, une douleur qui lui coupa le souffle ; effrayé, il ferma étroitement les paupières, et les rouvrit de nouveau. Enfin, chaque objet reprit des proportions normales, à la lumière réelle, et le minot n'était plus juif ou polonais mais nouvellement un minot noir. Montalbano avança d'un pas, lui prit ses mains glacées, les tint serrées entre les siennes. Et il resta ainsi, attendant qu'un peu de sa chaleur se transmette à ces tout petits doigts. Lorsqu'il sentit qu'ils commençaient à se détendre, en le tenant par la main, il fit le premier pas. Le minot le suivit, s'abandonnant docilement à lui. Et sans crier gare, revint à l'esprit de Montalbano l'image de François, le petit Tunisien qui aurait pu devenir son fils, comme le voulait Livia. De justesse, il aréussit à bloquer l'émotion, en se mordant presque au sang la lèvre supérieure. Le débarquement continuait.

Au loin, il vit une femme plutôt jeune qui faisait un ramdan de tous les diables, avec deux minots accrochés à ses jupons, elle hurlait des paroles qu'on ne comprenait pas, s'arrachait les cheveux, trépignait, se déchirait la chemisette. Trois agents tentaient de la carmer, mais ils n'y arrivaient pas. Puis elle aperçut le commissaire et le minot et alors, il n'y eut pas moyen, elle repoussa de toutes ses forces les agents, s'aprécipita vras tendus vers eux deux. A ce moment, il se passa deux choses. La première fut que, distinctement, Montalbano comprit que le gamin, à voir la mère, se raidissait, prêt à s'enfuir nouvellement. Pourquoi faisait-il ça au lieu d'aller vers elle ? Montalbano le fixa et s'aperçut, avec stupeur, que le minot le regardait lui, et non pas la mère, avec une question désespérée dans l'œil. Peut-être voulait-il être laissé libre de s'enfuir, parce que sa mère, certainement, allait lui flanquer une rouste. La seconne chose qu'il comprit fut que la femme, dans sa course, avait fait un faux pas et qu'elle tombait. Les agents tentèrent de la relever, mais ils n'y réussirent pas pass-qu'elle n'y arrivait pas, elle se plaignait, se touchait le genou gauche. En même temps, elle faisait signe au commissaire d'approcher son fils. Dès que le minot fut à sa portée, elle l'embrassa, le couvrit de baisers. Mais elle ne parvint pas à rester debout. Elle se forçait, mais retombait. Alors quelqu'un appela l'ambulance. De la voiture descendirent deux infirmiers, un très sec à moustache se pencha sur la femme, lui toucha la jambe.

— Elle a dû se la casser, dit-il.

On la chargea sur l'ambulance avec ses trois enfants et ils partirent. Maintenant commençaient à descendre ceux de la seconne vedette, mais le commissaire avait maintenant adécidé de rentrer à Marinella. Il regarda sa montre : il était presque dix heures, inutile de se présenter chez Ciccio Albanese. Adieu rougets de roche. A cette heure, on ne l'attendait plus. En outre, pour être sincère, son estomac s'était serré, le pétit lui était complètement passé.

A son arrivée à Marinella, il téléphona. Ciccio Albanese lui dit qu'ils l'avaient longtemps attendu, mais qu'ensuite, ils avaient compris qu'il ne viendrait plus.

— Je reste toujours à votre disposition pour l'histoire des courants.

— Merci, Ciccio.

— Si vous voulez, étant donné que demain je sors pas avec le bateau, je peux passer chez vosseigneurie, au commissariat, dans la matinée. J'amène les cartasses.

— D'accord.

Sous la douche, il y resta longtemps, à se laver des scènes qu'il avait vues et qu'il se sentait entrées en lui, réduites en infimes fragments, par tous les pores. Il s'habilla avec le premier pantalon qui lui tomba sous la main et alla dans la salle de séjour parler avec Livia. Il tendit la main et le téléphone sonna tout seul. D'une secousse, il retira la main, comme s'il avait touché le feu. Une réaction instinctive et incontrôlée, certes, mais qui tendait à démontrer que, malgré la douche, la pinsée de ce qu'il avait vu sur le quai besognait encore en lui et le rendait nirveux.

— Bonjour, mon chéri. Tu vas bien ?

D'un coup, il éprouva le besoin d'avoir Livia à côté de lui, de l'embrasser, de se faire réconforter par elle. Mais puisqu'il était fait comme il était fait, il arépondit seulement :

— Oui.

— Ton refroidissement est passé ?

— Oui.

— Complètement ?

Il aurait dû comprendre que Livia lui préparait un guet-apens, mais il était trop nirveux et la tête ailleurs.

— Complètement.

— Donc Ingrid a dû bien te soigner. Dis-moi ce qu'elle t'a fait. Elle t'a mis au lit ? Elle t'a entassé des couvertures dessus ? Elle t'a chanté une berceuse ?

Il s'était fait avoir comme un crétin ! La seule chose à faire, c'était contre-attaquer.

— Ecoute, Livia, j'ai eu une journée vraiment difficile. Je suis très fatigué et je n'ai aucune envie de...

— Tu es vraiment si fatigué que ça ?

— Oui.

— Pourquoi tu n'appelles pas Ingrid pour te faire remettre en forme ?

Avec Livia, il allait perdre toutes les guerres d'agression. Peut-être une guerre défensive lui réussirait-elle mieux.

— Pourquoi tu ne viens pas, toi ?

C'était parti comme une réplique tactique, mais en

réalité, il le dit avec une telle sincérité que Livia dut en être démontée.

— Tu parles sérieusement ?

— Bien sûr. Aujourd'hui, on est quoi, mardi ? Bien, demain, tu vas au bureau et tu demandes quelques jours de congés anticipés. Puis tu prends un avion et tu viens...

— Je pourrais presque...

— Pas de presque.

— Salvo, si ça ne dépendait que de moi... On a beaucoup de travail au bureau. En tout cas, je tente le coup.

— Entre autres, je voudrais te raconter quelque chose qui m'est arrivé ce soir.

— Raconte-le-moi, allez.

— Non, je veux te *taliare*, pardon, te regarder dans les yeux pendant que je parle.

Ils restèrent une demi-heure au téléphone. Et ils auraient voulu y rester plus longtemps.

Mais le téléphone lui avait fait rater le journal de Retelibera.

Il alluma quand même le téléviseur en se réglant sur Televigàta.

La première chose qu'ils dirent fut que, tandis qu'on faisait débarquer cent cinquante émigrés à Vigàta, une tragédie était survenue à Scroglitti, dans la partie orientale de l'île. Là, le temps était mauvais et une grosse barque chargée de candidats à l'émigration était allée heurter les écueils. Quinze corps avaient été récupérés.

— Mais le bilan des victimes est destiné à s'élever, dit un journaliste, utilisant, hélas, une phrase toute faite.

Cependant, on voyait des images de corps de noyés, des bras qui pendaient, inertes, de têtes renversées en arrière, de minots enveloppés dans des couvertures inutiles qui ne pourraient réchauffer la mort, de visages bouleversés de sauveteurs, de courses éperdues vers les ambulances, d'un prêtre agenouillé qui priait. Bouleversant. Oui, mais bouleversant pour qui ? se demanda le commissaire. A force de les voir, ces images si différentes et si semblables, lentement, on s'y habituait. On les regardait, on disait « les pôvres » et on continuait à manger les spaghettis aux praires.

Sur ces images, apparut la face en cul de poule de Pippo Ragonese.

— Dans des cas de ce genre, dit le journaliste vedette de la chaîne, il est absolument nécessaire de faire appel à la froideur de la raison sans se laisser assaillir par des sentiments instinctifs. Il faut réfléchir sur un fait élémentaire : notre civilisation chrétienne ne peut être dénaturée jusque dans ses fondements par des hordes incontrôlables de désespérés et de délinquants qui, quotidiennement, débarquent sur nos côtes. Ces gens représentent un authentique danger pour nous, pour l'Italie, pour tout le monde occidental. La loi Cozzi-Pini, récemment présentée par notre gouvernement, est, quoi qu'en dise l'opposition, le seul, l'unique rempart contre l'invasion. Mais écoutons à ce sujet l'avis d'un homme politique éclairé, le député Cenzo Falpalà.

Falpalà était un type qui tentait d'avoir toujours la tête de celui que personne au monde ne pourrait baiser.

— Je n'ai qu'une brève déclaration à faire. La loi Cozzi-Pini est en train de démontrer qu'elle fonctionne de manière parfaite et que si les immigrés meurent, c'est justement parce que la loi fournit les instruments pour poursuivre les passeurs qui, en cas de difficulté, n'hésitent pas à jeter à la mer les désespérés pour ne pas risquer d'être arrêtés. En outre, je voudrais dire que...

D'un bond, Montalbano se leva et changea de chaîne, plus abattu que furieux devant tant de stupidité présomptueuse. Ils s'imaginaient arrêter un mouvement de population historique par des mesures de police et des décrets-lois. Et il s'arappela avoir vu un jour, dans un village toscan, les gonds du portail d'une église tordus par une pression si forte qu'elle les avait fait tourner dans le sens opposé à celui pour lequel ils avaient été construits. Il avait demandé des explications à quelqu'un du coin. Et celui-ci lui avait raconté que, durant la guerre, les nazis avaient entassé les hommes du pays dans l'église, fermé le portail et commencé à jeter des grenades d'en haut. Alors les pirsonnes, sous le coup du désespoir, avaient forcé la porte à se rouvrir en sens contraire et beaucoup avaient réussi à s'échapper.

Voilà : ces gens qui arrivaient de toutes les parties les plus pauvres et dévastées du monde avaient en eux assez de force, assez de désespoir, pour faire tourner les gonds de l'histoire en sens contraire. Et tant pis pour Cozzi, Pini, Falpalà et consorts. Lesquels étaient cause et effet d'un monde fait de terroristes qui tuaient d'un seul coup trois mille Américains, d'Américains qui considéraient des centaines et des centaines de morts civils comme des « effets collatéraux » de leurs bombardements, d'automobilistes qui écrabouillaient des pirsonnes et ne s'arrêtaient pas pour les secourir, de mères qui tuaient leurs enfants au berceau sans raison, d'enfants qui tuaient mères, pères, frères et sœurs pour de l'argent, de faux bilans comptables que les nouvelles règles ne considéraient plus comme faux, de gens qui auraient dû depuis des années se trouver en prison et qui, non contents d'être libres, faisaient et dictaient les lois.

Pour se détendre, pour se calmer un peu les nerfs qui lui étaient venus, il continua à passer d'un canal à l'autre jusqu'à ce qu'il s'arrête sur l'image de deux bateaux à voile, très rapides, qui disputaient une régate.

— L'affrontement attendu, dur mais très sportif, entre les deux bateaux toujours rivaux, le *Stardust* et le

Brigadoon, atteint maintenant son terme. Et nous ne réussissons toujours pas à pronostiquer qui sera le vainqueur de cette magnifique compétition. Le prochain tour de bouée apportera certainement la réponse, dit le commentateur.

Il y eut un panoramique depuis un hélicoptère. Derrière les deux bateaux en tête, se traînaient une dizaine d'autres.

— Nous sommes à la bouée, cria le commentateur.

Une des deux barques manœuvra, vira avec une élégance extrême, tourna au plus près de la bouée, entreprit le chemin dans l'autre sens.

— Mais qu'arrive-t-il au *Stardust* ? Quelque chose ne va pas, dit le commentateur, excité.

Curieusement, le *Stardust* n'avait pas esquissé la moindre manœuvre, il filait droit, plus vite qu'avant, vent en poupe, c'était vraiment le cas de le dire. Se pouvait-il qu'ils n'aient pas vu la bouée ? Et alors, survint du jamais-vu. Le *Stardust*, à l'évidence hors de contrôle, peut-être avec un gouvernail bloqué, alla éperonner avec violence une espèce de chalutier qui s'atrouvait immobile sur sa route.

— C'est incroyable ! Il a pris en pleine coque la barque des commissaires de la régate ! Les deux embarcations sont en train de couler ! Voici qu'accourent les premiers secours ! Incroyable ! On dirait qu'il n'y a pas de blessés. Croyez-moi, mes amis, en tant d'années de régates, je n'ai jamais vu un événement pareil !

Et là, le commentateur laissa échapper un rire. Montalbano aussi riait en éteignant le téléviseur.

Il dormit malement, avec des rêves dont il s'éveillait chaque fois hébété. L'un d'eux le frappa particulièrement. Il se trouvait avec le Dr Pasquano qui devait exécuter l'autopsie d'un poulpe.

— Excusez-moi, docteur, demandait-il, mais depuis quand on fait l'autopsie des poulpes ?

— Vous ne le savez pas ? C'est une nouvelle instruction du ministère.

— Ah. Et après, qu'est-ce que vous faites des restes ?

— On les distribue aux pauvres qui les mangent.

Mais le commissaire n'arrivait pas à y croire.

— Je ne comprends pas le pourquoi de cette instruction.

Pasquano le fixait longuement et disait :

— Parce que les choses ne sont pas comme elles paraissent.

Et Montalbano s'arappelait que la même phrase, le docteur la lui avait dite à propos du *catafero* découvert par lui.

— Vous voulez voir ? demandait Pasquano en brandissant le bistouri et en le plongeant.

Et d'un coup, le poulpe se transformait en minot, un minot noir. Mort, bien sûr, mais avec les yeux encore écarquillés.

Tandis qu'il se rasait la varbe, les scènes de la veille au soir sur le quai lui revinrent à l'esprit. Et il commença à ressentir, au fur et à mesure qu'il se les repassait à tête reposée, une sensation de gêne, de malaise. Il y avait querque chose qui tournait pas rond, un détail hors cadre.

Il s'entêta à se repasser les scènes, à faire mieux le point. Rien. Il en fut abattu. C'était là, certainement, un signe de vieillesse, autrefois il aurait su trouver avec certitude où était la faille, le détail qui détonnait dans le tableau d'ensemble.

Mieux valait n'y plus pinser.

Cinq

A peine arrivé au bureau, il appela Fazio.

— Du nouveau ?

Fazio eut une expression étonnée.

— *Dottore*, ça fait trop peu de temps. J'en suis encore au tout début du début. Bien sûr, j'ai contrôlé les déclarations de disparition, ici et à Montelusa...

— Ah, bravo ! s'exclama le commissaire, goguenard.

— *Dottore*, pourquoi vous vous foutez de moi ?

— Tu crois que ce mort était en train de se ramener chez lui à la nage de bon matin ?

— Oh que non, mais je ne pouvais pas quand même négliger de regarder de ce côté. Et puis j'ai demandé à droite et à gauche mais on dirait que personne ne le connaît.

— Tu t'es fait donner la fiche ?

— Oh que oui. Age : une quarantaine d'années, taille : 1 m 74, cheveux noirs, yeux marron. Corpulence robuste. Signes particuliers : vieille cicatrice à la jambe gauche un peu au-dessous du genou. Claudication probable. Et c'est tout.

— Pas de quoi sauter au plafond.

— Eh oui. Voilà pourquoi j'ai fait une chose.

— Et c'est quoi ?

— Beh, vu que vosseigneurie s'entend pas vraiment avec le *dottor* Arquà, je suis allé à la police scientifique et j'ai demandé un service à un ami.

— C'est-à-dire ?

— De me faire à l'ordinateur la tête probable que le mort avait de son vivant. Ce soir, il devrait me la faire avoir.

— Attention que moi, un service, à Arquà, je le lui demande pas, même le couteau sous la gorge.

— Ne vous inquiétez pas, *dottore*, ça restera entre mon ami et moi.

— En attendant, qu'est-ce que tu penses faire ?

— Le commis voyageur. Pour l'instant, j'ai quelques tracassins à régler, mais plus tard, je vais prendre la voiture, la mienne, et commencer à traîner dans les villages sur la côte, aussi bien au levant qu'au ponant. A la première nouveauté qui sort, je vous informe tout de suite.

Fazio sorti, la porte fut violemment projetée contre le mur. Mais Montalbano ne broncha pas, c'était sûrement Catarella. Désormais, il s'y était habitué, à ces entrées. Que faire ? Lui tirer dessus ? Garder la porte du bureau toujours ouverte ? La seule chose à faire, c'était de prendre son mal en patience.

— *Dottori*, excusez-moi, ça m'a achoppé…

— Approche, Catarè.

Phrase qui, à l'intonation, correspondait parfaitement au légendaire « approche, crétin », des frères De Rege.

— *Dottori*, comme ce matin de bon matin tiliphona un journaliste demandant après vous pirsonnellement en pirsonne, moi je voulais vous faire l'avertissement qu'il dit comme ça qu'il retiliphonerait.

— Il a dit comment il s'appelait ?

— Ponce Pilate, *dottori*.

Ponce Pilate ?! Comme si Catarella était capable de rapporter exactement un nom et un prénom !

— Catarè, quand Ponce Pilate retiliphone, dis-lui que je suis en réunion urgente avec Caïphe, au sanhédrin.

— Caïphe, vous dites, *dottori* ? Je vous assure que je me l'arappellerai.

Mais il ne se décollait pas de la porte.

— Catarè, il y a autre chose ?

— A hier soir, tardivement du soir, je vis vosseigneurie à la télévision.

— Catarè, mais tu passes tout ton temps libre à regarder la télévision ?

— Oh que non, *dottori*, ce fut un hasard.

— Qu'est-ce que c'était, une rediffusion de quand j'étais nu ? Visiblement, j'ai fait de l'audience !

— Oh que non, *dottori*, habillé, vous étiez. Je vous vis à minuit et demi sur Retelibera. Vous étiez sur le quai et vous disiez à deux des nôtres de revenir immédiatement narrière, que vous vous seriez occupé de tout vous. Sainte Mère, comme vous étiez commandateur, *dottori* !

— Bon, Catarè, merci, tu peux y aller.

Catarella l'inquiétait beaucoup. Non qu'il eût des doutes sur sa normalité sexuelle, mais parce que, s'il donnait sa démission, comme il l'avait désormais décidé, ce gars-là, certainement, allait souffrir animalement, comme un chien abandonné par son maître.

Ciccio Albanese se présenta sur le coup de onze heures passé.

— T'as pas amené tes cartasses avec toi ?

— Si je vous montrais les cartes nautiques, vosseigneurie les comprendrait ?

— Non.

— Et alors, pour quoi faire, les porter ? Mieux vaut s'expliquer de vive voix.

— Dis-moi une chose, par curiosité, Ciccio. Vous autres, les capitaines de chalutier, vous utilisez tous les cartes ?

Albanese lui répondit d'un regard étonné.

— Vous voulez galéjer ? Pour la besogne qu'on fait, ce bout de mer qui nous sert, on le connaît par cœur. Tout comme nos pères l'ont appris, nous l'avons appris à nos dépens. Pour les nouveautés, le radar est utile. Mais la mer, elle est toujours la même.

— Et alors, toi, pourquoi tu t'en sers ?

— Je m'en sers pas, *dottore*. Je les mate et je les étudie passque c'est un truc qui me plaît *a mia*, à moi. Les cartes, je les emmène pas à bord. Je me fie plus à la pratique.

— Alors, qu'est-ce que tu peux me dire ?

— *Dottore*, d'abord, je dois vous dire que ce matin, avant de venir, j'allai à trouver *'u zu* Stefanu.

— Pardon, Ciccio, mais je ne…

— Stefano Lagùmina, mais tout le monde l'appelle *'u zu*, l'oncle Stefanu, il a 85 ans, avé la tête claire que c'est pas possible. *'U zu* Stefanu ne pêche plus en mer, mais c'est le plus vieux picheur de Vigàta. Avant, il avait une *paranza*, une barque à voile, après il a eu un chalutier. Ce que lui il dit, c'est parole d'évangile.

— Tu as voulu le consulter, en somme.

— Oh que oui. Moi, je voulais être sûr de ce que je pinsais. Et *'u zu* Stefanu est d'accord avec *mia*, avec moi.

— Et quelles sont vos conclusions ?

— Attendez, *vegnu e mi spiegu*, je vais m'expliquer. Le mort a été porté par un courant de surface qui avance à une vitesse toujours égale d'est en ouest et que nous aconnaissons bien. Là où vosseigneurie a croisé le *cata-*

fero, devant Marinella, c'est le point où le courant vient à se trouver le plus près de la côte. Je m'expliquai ?

— Parfaitement. Continue.

— Ce courant est lent. Vous savez combien de nœuds il fait ?

— Non, et je veux pas le savoir. Et soit dit entre nous, je ne sais pas à quoi correspond un nœud ou un mille.

— Le mille correspond à 1851,85 mètres. En Italie. Passque, en Angleterre…

— Laisse tomber, Ciccio.

— Comme vosscigneurie voudra. Ce courant vient de loin, il est pas de chez nous Suffit de vous dire qu'on le trouve déjà devant le cap Passero. C'est par là qu'il entre dans nos eaux et qu'il se fait toute la côte jusqu'à Mazara. Après, il continue son chemin à lui.

Et bonjour chez vous ! Cela signifiait que ce corps pouvait avoir été jeté en mer d'un point quelconque sur la moitié de la côte méridionale de l'île.

— Je le sais, ce que vosseigneurie est en train de pinser. Mais je dois vous dire une chose 'mportante. Ce courant, un peu avant Bianconara, est coupé par un autre plus fort qui avance dans l'autre sens. Or donc un *catafero* qui se retrouverait emporté de Pachino vers Marinella, à Marinella, il arriverait jamais, passque le second courant l'enverrait vers le golfe de Fela.

— Donc, ça signifie que l'histoire de mon mort est arrivée sûrement après Bianconara.

— Exactement, *dottore* ! Vosseigneurie a tout compris.

Et donc, l'éventuel terrain de recherche s'aréduisait à une soixantaine de kilomètres de côte.

— Et maintenant, je dois vous dire, poursuivit Albanese, que je parlai aussi avec *'u zu* Stefanu de l'état dans lequel était le mort quand vous l'avez trouvé. Moi, je le vis : l'homme était un *catafero* d'au moins deux mois. Vous êtes d'accord ?

— Oui.

— Alors, moi, je vous dis : un *catafero*, il met pas deux mois à faire la distance entre Bianconara et Marinella. Au grand massimum, il lui faut dix-quinze jours, en calculant la vitesse du courant.

— Et alors ?

Ciccio Albanese se leva, tendit la main à Montalbano.

— *Dottore*, donner une réponse à cette question, c'est pas à moi de le faire, que je suis un marin, mais à vous, que vous êtes commissaire.

Parfait jeu de rôles. Ciccio ne voulait pas s'aventurer sur un terrain qui n'était pas le sien. A Montalbano, ne restait plus qu'à le remercier et à l'accompagner à la porte. Là, il s'arrêta et appela Fazio.

— T'en as une, de carte de la province ?

— Je vais la trouver.

Quand Fazio la lui apporta, il le fixa un moment et puis lui dit :

— Pour ta consolation, je te dirai que, sur la base des informations que m'a fournies Ciccio Albanese, le mort à identifier a sûrement traîné entre Bianconara et Marinella.

Fazio le dévisagea, ahuri :

— Eh bé ?

Le commissaire s'énerva.

— Qu'est-ce que ça signifie, « eh bé » ? Ça, ça diminue beaucoup les recherches !

— *Dottore*, mais n'importe qui le sait, à Vigàta, que ce courant part de Bianconara ! Je serais jamais allé demander des informations à Fela !

— D'accord. Reste le fait que, maintenant, nous savons qu'il n'y a que cinq villages à visiter.

— Cinq ?

— Cinq, oh que oui, monsieur ! Viens les compter sur la carte.

— Dottore, les villages sont au nombre de cinq. A ces cinq, il faut ajouter Spigonella, Tricase et Bellavista.

Montalbano baissa la tête sur la carte, la releva de nouveau.

— Cette carte est de l'an dernier. Comment ça se fait qu'ils apparaissent pas ?

— Ce sont des villages abusifs, sans permis de construire.

— Des villages ! Il y aura quatre maisons qui...

Fazio l'interrompit en faisant signe que non.

— Oh que non, *dottore*. Des vrais villages, c'est. Les propriétaires de ces maisons paient l'impôt local à la commune la plus proche. Elles ont le tout-à-l'égout, l'eau, l'électricité, le téléphone. Et chaque année, ça s'agrandit. De toute façon, ils le savent très bien que ces maisons ne seront jamais abattues, aucun politicien ne veut perdre de voix. Vous saisissez ? Après ça, arrivera une loi d'amnistie et comme ça, tout le monde sera content. Et je vous dis pas la quantité de villas petites et grandes construites sur la plage ! Il y en a quatre ou cinq qui ont carrément une espèce de petit port privé.

— Disparais ! ordonna Montalbano, furieux.

— *Dottore*, attention que j'y suis pour rin, dit Fazio en sortant.

En fin de matinée lui arrivèrent deux coups de fil destinés à aggraver sa mauvaise humeur. Le premier, de Livia, pour lui annoncer qu'elle n'avait pas réussi à avoir un congé anticipé. Le second, de Jacopello, l'assistant de Pasquano.

— Commissaire, attaqua-t-il dans un souffle, vosseigneurie, vous êtes ?

— Oui, c'est moi, répondit Montalbano en baissant instinctivement la voix.

On aurait dit deux conjurés.

— Excusez-moi si je vous parle comme ça, mais je veux pas que mes collègues m'entendent. Je voulais vous dire que le *dottor* Mistretta a avancé à ce matin l'autopsie et que pour lui il s'agit d'une noyade. Ce qui revient à dire qu'il ne fera pas faire les analyses voulues par le Dr Pasquano. J'ai essayé de le convaincre, mais il n'y a pas eu moyen. Si vous aviez fait le pari avec moi, vous gagniez.

Et maintenant ? Comment faisait-il pour bouger officiellement ? Le rapport de cette tête de con de Mistretta, en excluant l'homicide, fermait la voie à toute enquête possible. Et le commissaire n'avait pas même en main un signalement de disparition. Pas la moindre couverture. Pour l'heure, ce mort était *un nuddru ammiscatu cu nenti*, personne mélangé à rien. Mais comme disait Eliot dans son poème, à propos de Fleba, un Phénicien mort noyé : « Gentil ou Juif,/ô toi qui dévies ta route et regardes la direction du vent,/pense à Fleba… », lui, à ce mort sans nom, il continuerait à penser. C'était un engagement d'honneur parce que c'était le mort lui-même, par une froide matinée, qui était venu le chercher.

L'heure était venue d'aller manger. Oui, mais où ? La confirmation que son monde avait commencé à partir en quenouille, le commissaire l'avait eue à peine un mois après le G8, quand, à la fin d'une bouffe digne de respect, Calogero, le propriétaire-cuisinier-serveur de la trattoria San Calogero, lui avait annoncé que, bien qu'à regret, il prenait sa retraite.

— Tu déconnes, Calò ?

— Oh que non, *dottore*. Comme vosseigneurie le sait, moi j'ai deux apontages au cœur et soixante-trois ans bien sonnés. *'U medicu*, le médecin, ne veut plus que je continue à besogner.

— Et moi, alors ?! n'avait pu s'empêcher de se récrier Montalbano.

D'un coup, il s'était senti malheureux comme un personnage de roman populaire, la séduite et abandonnée chassée de chez elle avec le fils du péché dans son giron, la petite marchande d'allumettes sous la neige, l'orphelin qui cherche dans les bordilles querque chose à manger…

Calogero, en réponse, avait écarté les vras, l'air désespéré. Et ensuite, était arrivé le tirible jour où Calogero lui avait murmuré :

— *Dumani, non vinissi*, demain ne venez pas. C'est fermé.

Ils s'étaient embrassés, au bord des larmes. Et le chemin de croix avait commencé. Entre restaurant, trattorias, auberges, il essaya, dans les jours suivants, une demi-douzaine d'établissements, mais c'était pas ça. Non pas que, en conscience, on pouvait dire qu'ils cuisinaient mal. Le fait est qu'il leur manquait à tous l'indéfinissable patte de Calogero. Pendant une certaine période, il adécida de devenir casanier et de rentrer à Marinella au lieu de manger dehors. Adelina, un plat par jour, elle le lui priparait, mais ça créait un problème : si ce repas, il le mangeait à midi, le soir, il devait s'arranger avec un peu de fromage ou d'olives, de sardines salées ou de saucisson. Si, au contraire, il se le mangeait le soir, ça voulait dire qu'à midi, il devait s'arranger avec fromage, olives, sardines ou saucisson. A la longue, ça devenait désespérant. Il se remit en chasse. Un bon restaurant, il l'atrouva dans les parages du cap Russelo. C'était juste sur la plage, les plats étaient civilisés et c'était pas cher. Le problème était qu'entre l'aller, le repas et le retour, il lui fallait au grand minimum trois heures et lui, tout ce temps, il ne l'avait pas toujours.

Ce jour-là, il décida d'essayer une trattoria que lui avait indiquée Mimì.

— Tu y as mangé ? lui avait demandé, soupçonneux, Montalbano.

Il ne nourrissait aucune estime pour le palais d'Augello.

— Moi non, mais un ami qui est plus chiant que toi m'en a dit du bien.

Etant donné que la trattoria, qui s'appelait Chez Enzo, se trouvait en haut du bourg, le commissaire se résigna à prendre sa voiture. De dehors, la salle de la trattoria s'aprésentait comme une construction en tôle ondulée, alors que la cuisine devait se trouver dedans une maison qu'il y avait à côté. Il y avait une sensation de provisoire, de bricolage, qui plut à Montalbano. Il entra, s'assit à une table libre. Un sexagénaire sec, aux yeux très clairs, qui surveillait les mouvements des deux serveurs, se planta devant lui sans ouvrir la vouche, même pas pour dire bonjour. Il souriait.

Montalbano lui jeta un regard interrogateur.

— Je le savais, dit l'homme.

— Quoi ?

— Que, après avoir viré et tourné, vous viendriez ici. Je vous attendais.

A l'évidence, au pays, le bruit s'était répandu de son chemin de croix consécutif à la fermeture de la trattoria habituelle.

— Et me voilà, répondit sèchement le commissaire.

Ils se fixèrent, les yeux dans les yeux. Le défi à la OK Corral était lancé. Enzo appela un serveur :

— Mets la table pour le *dottor* Montalbano et

occupe-toi de la salle. Moi, je vais en cuisine. Au commissaire, je m'en occupe pirsonnellement.

Le hors-d'œuvre de poulpes à la croque-au-sel parut fait de mer condensée, qu'ils fondaient à peine entrés dans la bouche. Les pâtes au noir de seiche pouvaient dignement rivaliser avec celles de Calogero. Et dans le mélange de rougets, de bar et de daurade à la grille, le commissaire retrouva la saveur paradisiaque qu'il avait crue perdue pour toujours. Un motif musical commença de sonner dans sa tête, une espèce de marche triomphale. Il se cala, béat, sur son siège. Puis il poussa un soupir profond.

Après une longue et périlleuse navigation, Ulysse, enfin, avait trouvé son Ithaque tant désirée.

En partie réconcilié avec l'existence, il monta en voiture pour se diriger vers le port. Inutile de passer à la baraque de graines et semences, à cette heure, elle était fermée. Sur le quai, il laissa son auto et commença à marcher le long du môle. Il rencontra l'habituel pécheur à la ligne qui le salua de la main.

— Ça pite ?

— Même pas en les payant.

Il arriva aux rochers sous le phare et s'assit. S'alluma une cigarette et la savoura. Quand il l'eut terminée, il la jeta à la mer. Le mégot, à peine soulevé par les mouvements de l'eau, allait effleurer tantôt la roche sur laquelle le commissaire était assis, tantôt une autre derrière. Montalbano eut une pinsée comme un éclair. Si à la place du mégot il y avait eu un corps humain, ce corps serait certainement allé non pas effleurer, mais battre contre les écueils, même si ce n'était pas avec violence. Exactement comme avait dit Ciccio Albanese. En levant les yeux, il vit à distance sa voiture sur le quai. En la regardant, il s'aperçut qu'il l'avait placée dans l'endroit même où, durant le débarquement, il s'était arrêté avec le minot noir pendant que sa mère faisait tant d'estrambord, jusqu'à se casser une jambe. Il se leva, revint en arrière, il lui était venu l'envie de savoir comment était finie l'histoire. La mère était sûrement au pital avec une jambe dans le plâtre. Il entra dans son bureau et téléphona tout de suite à Riguccio :

— Oh, mon Dieu, Montalbano, de quoi j'ai l'air !

— De quoi ?

— Je vous ai pas encore rendu les lunettes. Je me les suis complètement oubliées ! Ici, y a un bordel que…

— Rigù, je te téléphonais pas pour les lunettes. Je voulais te demander un truc. Les blessés, les malades, les femmes enceintes, dans quel hôpital ils vont ?

— Au moins dans trois hôpitaux de Montelusa, un de…

— Attends, je ne m'intéresse qu'à ceux débarqués à hier au soir.

— Donne-moi un instant.

Riguccio dut évidemment farfouiller dans la paperasse avant de répondre :

— Ici, au San Gregorio.

Montalbano avertit Catarella qu'il serait sorti une heure, monta en voiture, s'arrêta devant un bar, acheta trois tablettes de chocolat, repartit pour Montelusa. Le pital de San Gregorio était situé hors de la ville, mais de Vigàta on y arrivait facilement. Il lui fallut une vingtaine de minutes. Il se gara, demanda où était le service où on ajustait les os. Il prit l'ascenseur, monta jusqu'au troisième étage et s'adressa à la première 'nfirmière qu'il rencontra.

Il lui dit qu'il cherchait une immigrée qui, le soir précédent, s'était rompu une jambe en débarquant à Vigàta. Il ajouta, pour mieux l'identifier, que la femme trimbalait avec elle trois minots. La 'nfirmière parut un peu étonnée.

— Vous voulez attendre ici ? Je fais un contrôle.

Elle revint au bout d'une dizaine de minutes.

— C'est bien ce que je pensais. On n'a admis aucune immigrée avec une fracture à une jambe. On en a une qui s'est fracturé un bras.

— Je peux la voir ?

— Pardon, vous êtes qui ?

— Le commissaire Montalbano, je suis.

La 'nfirmière lui lança un coup d'œil. Elle dut se convaincre que la pirsonne devant elle avait bien une tête de flic car elle dit seulement :

— Suivez-moi.

L'immigrée au vras cassé d'abord n'était pas noire, mais on aurait dit qu'elle avait chopé une jaunisse ; ensuite, elle était gracieuse, maigre et petite.

— Je vois, fit Montalbano quelque peu perdu. Le fait est que hier soir j'ai vu des infirmiers qui la conduisaient en ambulance...

— Pourquoi vous ne demandez pas aux urgences ?

Eh oui. Peut-être l'infirmier s'était-il trompé en diagnostiquant une fracture. Peut-être que la femme s'était fait juste une entorse, et qu'il n'y avait pas eu abesoin de l'hospitaliser.

Aux urgences, des trois personnes qui étaient de service la veille au soir, aucune ne s'arappelait avoir vu une bonne femme noire avec la jambe cassée et trois minots dans ses jupes.

— Qui était le médecin de service ?

— Le Dr Mendolìa. Mais aujourd'hui, il est de repos.

A force de peines et de blasphèmes, il réussit à avoir son numéro de téléphone. Le Dr Mendolìa fut courtois mais ferme : il n'avait vu aucune immigrée avec une fracture à la jambe. Non, pas même d'entorse. Et là-dessus bonsoir chez vous.

A peine sorti sur l'esplanade du pital, il vit quelques ambulances arrêtées. Non loin de là, quelques personnes en blouses blanches parlaient entre elles. Il s'approcha et aussitôt areconnut l'infirmier très maigre à moustaches. L'autre aussi l'areconnut...

— Hier, vous n'étiez pas... ?

— Oui. Le commissaire Montalbano, je suis. Où avez-vous porté la bonne femme à la jambe cassée avec ses trois enfants ?

— Ici, aux urgences. Mais elle n'avait rien de cassé, je me suis trompé. La preuve, elle est desdendue toute seule, avec un peu de mal, c'est vrai. Je l'ai vue entrer aux urgences.

— Pourquoi ne l'avez-vous pas accompagnée personnellement ?

— Mon cher commissaire, on nous appelait pour aller d'urgence à Scroglitti. Là-bas, il y avait une tragédie. Pourquoi, vous ne la trouvez pas ?

Six

Vu à la lumière du jour, Riguccio avait le visage jaune, des bourses sous les yeux, la varbe longue. Montalbano en fut impressionné.

— Tu vas mal ?

— Je suis fatigué. Mes hommes et moi, on n'en peut plus. Chaque soir, il y a un débarquement et chaque fois, il s'agit au minimum de vingt et au maximum de cent cinquante clandestins. Le Questeur est allé à Rome justement pour expliquer la situation et demander d'autres hommes. Mais tu parles ! Il va revenir avec beaucoup de bonnes paroles. Qu'est-ce que tu veux ?

Quand Montalbano lui eut raconté la disparition de l'immigrée et des trois minots, Riguccio ne desserra pas les dents. Il se contenta de lever les yeux de ses papiers entassés et de le fixer.

— Tu le prends tranquille, dit le commissaire, n'y tenant plus.

— Et qu'est-ce que tu voudrais que je fasse ? rétorqua Riguccio.

— Bah, je sais pas, faire faire des recherches, envoyer des dépêches…

— Mais toi, t'en as après ces malheureux ?

— Moi ?!

— Eh oui. Il me semble que tu veux t'acharner.

— M'acharner, moi ?! C'est toi qui es d'accord avec ce gouvernement.

— Pas toujours. Certaines fois oui, d'autres non. Montalbà, pour être bref, moi, je suis un type qui va à la messe le dimanche parce que j'y crois. Un point c'est tout. Maintenant je vais te dire comment ça s'est passé, il y a eu des précédents. Tu vois, cette bonne femme vous a baisés, toi, les infirmiers…

— Elle a fait semblant de tomber ?

— Oh que oui, monsieur. De la comédie. Elle, ce qui l'intéressait, c'était d'être emmenée aux urgences, où il est facile d'entrer et de sortir à volonté.

— Mais pourquoi ? Elle avait quelque chose à cacher ?

— Probablement que oui. D'après moi, il s'agit d'un rapprochement familial opéré en dehors des lois.

— Explique-toi mieux.

— Presque certainement, son mari est un clandestin qui a trouvé par chez nous un travail au noir. Et il a rappelé sa famille, en se servant de gens qui y gagnent, dans cette histoire. Si la femme avait fait les choses en règle, elle aurait dû déclarer que son mari est clandestin en Italie. Et avec la nouvelle loi, ils se seraient tous trouvés de nouveau jetés dehors. Alors ils ont utilisé un *accurzo*, un raccourci.

— J'ai compris, dit le commissaire.

Il tira de sa poche les trois tablettes de chocolat et les posa sur la table de Riguccio.

— Je les avais achetées pour ces minots, murmura-t-il.

— Je les donnerai au mien, répondit Riguccio en les empochant.

Montalbano lui jeta un regard interloqué. Il savait

que son collègue, marié depuis six ans, avait perdu la spérance d'avoir un enfant. Riguccio acomprit ce qui lui passait par la tête.

— Teresa et moi avons réussi à adopter un minot du Burundi. Ah, j'allais oublier. Voilà tes lunettes.

Catarella était rapugué à l'ordinateur, mais dès qu'il vit le commissaire, il laissa tout tomber et courut à sa rencontre.

— Ah, *dottori*, *dottori* ! commença-t-il.

— Qu'est-ce que tu faisais à l'ordinateur ? lui demanda Montalbano.

— Ah, ça ? S'agissant d'une itintification que Fazio me l'ademanda. De ce mort nageant que vosseigneurie atrouva pendant que vous aussi vous nagiez.

— D'accord. Qu'est-ce que tu voulais me dire ?

Catarella se troubla, fixa la pointe de ses chaussures.

— Beh ?

— Je vous ademande pardonnance, mais je me l'oubliai, *dottori*.

— Ne t'inquiète pas, quand ça te revient à l'esprit, tu me le...

— Ça me revint, *dottori* ! De nouveau nouvellement Ponce Pilate tilifona ! Moi j'y dis comme vosseigneurie m'avait dit de dire d'y dire, que vosseigneurie était aréunie avec M. Caïphe et M. Sanhédrin, mais lui il n'y fit pas intention, il dit comme ça de vous dire d'y dire à vosseigneurie qu'il doit vous dire quelque chose.

— Très bien, Catarè. S'il ritiliphone, dis-lui de te dire ce qu'il doit me dire et après tu me le dis.

— *Dottori*, ascusez-moi, je suis pris par la curiosité. Mais Ponce Pilate, ce fut pas celui-là ?

— Celui là quoi ?

— Celui-là que, dans les temps anciens, il se lava les mains ?

— Oui.

— Alors celui qui tiliphone, ça serait un adescendant ?

— Quand il appellera, demande-le-lui. Fazio est là ?

— Oh que oui, *dottori*. Tout juste à l'instant il rentra.

— Envoie-le-moi.

— Vous permettez que je m'assoie ? demanda Fazio. Sauf votre respect, j'ai les pieds qui fument, tellement j'ai marché. Et encore, je fais que commencer.

Il s'assit, tira de sa poche une liasse de photographies, les tendit au commissaire.

— Mon ami de la Scientifique me les a fait avoir.

Montalbano les examina. Elles représentaient la tête d'un quadragénaire quelconque, sur l'une d'elles il portait les cheveux longs, sur une autre les moustaches, sur une troisième les cheveux très courts et ainsi de suite. Mais elles étaient toutes, comment dire, absolument anonymes, inertes, elles n'étaient pas personnalisées par la lumière des yeux.

— Il m'a toujours l'air mort, dit le commissaire.

— Et qu'est-ce que vous vouliez, qu'ils le ressuscitent ? explosa Fazio. Mieux que ça, ils pouvaient pas. Vous vous souvenez dans quel état était la tête de ce type ? A moi, ça va beaucoup m'aider. J'en ai donné copie à Catarella pour les recherches d'archives, mais ça sera long, un grand tracassin.

— Je n'en doute pas, dit Montalbano. Mais je te vois un peu nirveux. Y a quelque chose ?

— *Dottore*, y a que peut-être la besogne que j'ai faite et celle qui me reste à faire est inutile.

— Pourquoi ?

— On est en train de chercher dans les villages de bord de mer. Et qui nous dit que cet homme n'a pas été tué dans un querconque pays de l'intérieur, mis dans un coffre de voiture, porté sur la plage et jeté à la mer ?

— Je ne crois pas. En général, ceux qu'on tue à la campagne ou dans un village de l'intérieur finissent dedans un puits ou enfoncés dans un tas de pierres. De toute façon, qu'est-ce qui nous empêche de chercher d'abord dans tous les pays en bord de mer ?

— Mes pauvres pieds nous en empêchent, *dottore*.

Avant d'aller se coucher, il téléphona à Livia. Il la trouva d'humeur sombre parce qu'elle n'avait pas eu la possibilité de partir pour Vigàta. Sagement, Montalbano la laissa râler, en faisant « hum » de temps en temps, ce qui servait à certifier son attention. Puis Livia, sans crier gare, demanda :

— Qu'est-ce que tu voulais me dire ?

— Moi ?

— Allez, Salvo. L'autre soir, tu m'as dit que tu me raconterais quelque chose, mais que tu préférais le faire quand je serais là. Je ne peux pas être là et donc, maintenant, tu me dis tout au téléphone.

Montalbano maudit sa langue trop longue. Si Livia avait été devant lui pendant qu'il lui racontait la fuite du minot durant le débarquement, il aurait pu opportunément doser ses mots, son ton et ses gestes, pour éviter qu'elle soit prise de mélancolie au souvenir de François. Au moindre changement d'expression d'elle, il aurait su comment modifier la couleur de ses propos, mais là, en fait… Il tenta une défense extrême.

— Mais tu sais quoi, là, je ne me rappelle pas ce que je voulais te dire.

Et aussitôt, il se mordit la langue, il avait dit une connerie. Même à dix mille kilomètres de distance, Livia, au téléphone, d'après le ton de sa voix, elle aurait immédiatement compris qu'il lui racontait une blague.

— Salvo, n'essaie pas ça, va. Allez, dis-moi.

Pendant les dix minutes qu'il parla, à Montalbano il sembla marcher sur un terrain miné. Livia ne l'interrompit jamais, ne fit aucun commentaire.

— …et donc mon collègue Riguccio est convaincu qu'il s'agit d'un rapprochement familial, comme il l'appelle, heureusement réussi, conclut-il en essuyant sa sueur.

Même la fin heureuse de l'histoire ne fit pas réagir Livia. Le commissaire s'apréoccupa.

— Livia, tu es encore là ?

— Oui. Je réfléchis.

Le ton était ferme, pas de chat dans la gorge.

— Sur quoi ? Il n'y a rien à réfléchir, c'est une petite histoire sans aucune importance.

— Ne dis pas de bêtises. J'ai compris aussi pourquoi tu aurais préféré me la raconter en tête à tête.

— Mais qu'est-ce que tu vas chercher, je ne…

— Laisse tomber.

Montalbano ne souffla mot.

— Sûr que c'est bizarre, dit Livia après un petit moment.

— Quoi ?

— A toi, ça te paraît normal ?

— Mais si tu me dis pas quoi !

— Le comportement de l'enfant.

— Il t'a semblé étrange ?

— Bien sûr. Pourquoi est-ce qu'il a essayé de s'enfuir ?

— Livia, essaie de te rendre compte de la situation ! Ce gamin devait certainement être en proie à la panique.

— Je ne crois pas.

— Et pourquoi ?

— Parce qu'un enfant en proie à la panique, s'il a sa

mère à côté, il s'accroche à ses jupes de toutes ses forces, comme tu m'as dit que faisaient les autres petits.

« Vrai, c'est », songea le commissaire.

— Quand il s'est rendu, continua Livia, il ne s'est pas rendu à l'ennemi que tu étais à ce moment, mais aux circonstances. Avec lucidité, il s'est rendu compte qu'il n'avait plus d'issue. Tu parles d'une panique !

— Fais-moi comprendre, dit Montalbano. Toi, en somme, tu penses que ce gamin aprofitait de la situation pour échapper à sa mère et à ses frères ?

— Si c'est comme tu me l'as raconté, je pense exactement ça.

— Mais pourquoi ?

— Ça, je ne sais pas. Peut-être qu'il ne veut pas revoir son père, ça pourrait être une explication logique.

— Et il préfère s'en aller à l'aventure dans un pays inconnu dont il ne connaît pas la langue, sans un sou, sans appui, sans rien ? C'était un gamin qui devait avoir dans les six ans !

— Salvo, tu aurais raison s'il s'était agi d'un enfant de chez nous, mais ces gamins-là… Ils semblent avoir six ans, mais en termes d'expérience, ce sont déjà des adultes. Avec la faim, la guerre, les massacres, la mort, la peur, on mûrit vite.

« Et ça aussi, c'est vrai », se dit Montalbano.

D'une main, il souleva le drap, de l'autre s'appuya au lit, leva la jambe gauche et resta comme ça, foudroyé.

D'un coup, il se sentit pétrifié. Parce que tout d'un coup lui était revenu à l'esprit le regard du minot tandis qu'il le tenait par la main et que sa mère courait pour le reprendre. Alors, il ne l'avait pas compris, ce regard ; maintenant, après ce que lui avait dit Livia, oui. Les yeux du minot le suppliaient. Ils lui disaient : je t'en supplie, laisse-moi partir, laisse-moi fuir. Et ce fait de ne pas avoir tout de suite su lire le sens de ce regard, il se le reprocha amèrement tandis qu'il se remettait au lit. Il perdait du terrain, c'était difficile à admettre, mais c'était comme ça. Comment avait-il fait pour ne pas se rendre compte que, à parler comme le Dr Pasquano, les choses n'étaient pas comme elles semblaient ?

— *Dottori ?* Il y a au tiliphone une 'nfirmière du pital de Montelusa, le San Gregorio.

Qu'est-ce qu'il lui arrivait, à Catarella ? Il avait dit comme il faut le nom du pital !

— Et qu'est-ce qu'elle veut ?

— Elle veut parler avec vous pirsonnellement en pirsonne. Elle dit qu'elle s'appelle Militello Agata. Je vous la passe ?

— Oui.

— Commissaire Montalbano ? Agata Militello à l'appareil. Je…

Miracle ! Elle s'appelait vraiment comme ça. Qu'est-ce qui se passait, si Catarella avait saisi deux noms de suite ?

— … je suis infirmière au San Gregorio. J'ai su que, hier, vous êtes venu ici pour avoir des nouvelles d'une immigrée avec trois enfants et que vous ne l'avez pas trouvée. Moi, cette femme et ses trois enfants, je les ai vus.

— Quand ?

— L'autre soir. Comme il commençait à arriver des blessés de Scoglitti, on m'a appelée de l'hôpital pour reprendre le service. C'était mon jour de repos. Chez moi, c'est pas loin, à travailler, j'y vais à pied. Et comme ça, arrivée dans les parages de l'hôpital, j'ai vu cette femme qui courait vers moi en se traînant derrière elle les trois enfants. Quand elle était presque à ma hauteur, est arrivée une voiture qui s'est arrêtée d'un coup.

L'homme qui se trouvait au volant a appelé la femme. Dès qu'ils sont tous montés, il est reparti à toute vitesse.

— Ecoutez, je vais vous poser une question qui va vous paraître bizarre, mais je vous prie de bien réfléchir avant de répondre. Vous avez vu quelque chose qui vous a frappée ?

— En quel sens ?

— Beh, je ne sais pas... Est-ce que par hasard le plus grand des enfants a essayé de s'échapper avant de monter dans la voiture ?

Militello Agata réfléchit consciencieusement.

— Non, commissaire. L'enfant le plus grand est monté en premier, poussé par la mère. Puis les deux autres petits, la femme en dernier.

— Vous avez réussi à voir la plaque ?

— Non. Il ne m'est pas venu à l'esprit de le faire. Il n'y avait pas de raison.

— En effet. Je vous remercie.

Et, avec ce témoignage, l'affaire était définitivement close. Riguccio avait raison, il s'agissait d'un rapprochement familial. Peut-être que, sur ce rapprochement, l'aîné des enfants avait une pinion et des sentiments particuliers.

La porte se rabattit avec violence, Montalbano sauta sur son siège, un bout de crépi qui avait été refait moins d'un mois plus tôt se détacha. Levant les yeux, le commissaire vit Catarella immobile sur le seuil, cette fois, il n'avait pas même daigné dire que ça lui avait échappé des mains. Il avait un air tel qu'une marche triomphale eût été l'accompagnement idéal.

— Beh ? demanda Montalbano.

Catarella gonfla sa poitrine et lança une espèce de

barrissement. De la pièce voisine, Mimì, alarmé, s'aprécipita.

— Qu'est-ce qui se passe ?

— Je l'attrouvai ! L'itintification, je fis ! hurla Catarella en avançant pour poser sur le bureau une photo agrandie et le tirage d'une fiche d'ordinateur.

Aussi bien la grande photo que celle, beaucoup plus petite, qui se trouvait dans le coin à gauche de la fiche, semblaient représenter la même personne.

— Vous m'expliquez ? demanda Mimì Augello.

— Bien sûr, *dottori*, dit Catarella avec orgueil. Cette grande photographie, c'est Fazio qui me la donna et elle raprisente l'homme mort qui nageait l'autre matin avec le *dottori*. Cette fiche, là, je l'itentifiai, moi. Regardez, *dottori*. Elles se ressemblent pas comme deux gouttes d'eau ?

Mimì contourna le bureau, se plaça derrière le commissaire, se baissa pour regarder. Après quoi, il émit son verdict :

— Ils se ressemblent. Mais ce n'est pas la même personne.

— *Dottori*, mais vosseigneurie doit considérer une considération, répliqua Catarella.

— Et laquelle ?

— Que la photoraphie grande est pas une photoraphie photoraphée d'une probable tête d'un mort. Un dessin, c'est. Des erreurs, il peut y en avoir.

Mimì sortit du bureau, entêté :

— Ce n'est pas la même personne.

Catarella écarta les vras, et se tourna vers le commissaire, remettant à lui son destin. Ou dans la poussière ou sur l'autel. Une certaine ressemblance existait, cela était indiscutable. Autant essayer de faire une vérification. L'homme s'appelait Errera Ernesto, il avait un casier long comme le bras, pour des délits tous commis à Cosenza et alentours, allant du cambriolage avec effraction au vol à main armée, et il était recherché depuis plus de deux ans. Pour gagner du temps, mieux valait ne pas suivre la procédure.

— Catarè, va voir le *dottor* Augello et fais-toi dire si nous avons des amis à la Questure de Cosenza.

Catarella sortit, revint et dit :

— Vattiato, *dottori*. Il s'appelle comme ça.

C'était vrai. Pour la troisième fois, en un bref laps de temps, Catarella avait réussi à saisir un nom. Peut-être la fin du monde était-elle proche ?

— Téléphone à la Questure de Cosenza, demande le commissaire Vattiato et passe-le-moi.

Le collègue de Cosenza était un homme d'un sale caractère. Cette fois encore, il ne démentit pas sa réputation.

— Qu'est-ce qu'il y a, Montalbano ?

— J'ai peut-être trouvé un de vos types recherchés, un certain Errera Ernesto.

— Vraiment ?! Tu l'as arrêté ! C'est pas vrai !

Pourquoi s'étonnait-il tant ? Montalbano trouva que ça sentait le roussi.

Il se mit sur la défense.

— Mais pas du tout ! Peut-être, j'en aurais trouvé le cadavre.

— Allez ! Errera est mort il y a presque un an et il a été enterré dans notre cimetière. C'est ce qu'a voulu sa femme.

Montalbano se sentit furieux de la honte subie.

— Mais sa fiche n'a pas été annulée, merde !

— Nous avons communiqué le décès. Si après ceux du sommier ne s'en occupent pas, pourquoi tu t'en prends à moi ?

Ils raccrochèrent en même temps, sans se saluer. Un instant, il fut tenté d'appeler Catarella et de lui faire payer d'avoir eu l'air d'un con devant Vattiato. Mais il se reprit. En quoi était-ce la faute du pôvre Catarella ? Si c'était la faute à quelqu'un, c'était la sienne, il n'avait pas voulu se laisser convaincre par Mimì de laisser tomber et avait voulu insister. Et juste après, une autre pinsée le blessa. Quelques années auparavant, est-ce qu'il n'aurait pas été capable de distinguer qui avait tort et qui avait raison ? Aurait-il admis avec la même tranquillité qu'aujourd'hui l'erreur commise ? Et ça, n'était-ce pas aussi un signe de maturité, ou pour parler sans détour, de vieillesse ?

— *Dottori* ? Il y aurait au tiliphone le *dottori* Lactes avec le s à la fin. Qu'est-ce que je fais ? Je vous le passe ?

— Bien sûr.

— *Dottor* Montalbano ? Comment va ? Tout va bien en famille ?

— Je n'ai pas à me plaindre. Je vous écoute.

— M. le Questeur vient juste d'arriver de Rome et a convoqué une réunion plénière demain à quinze heures. Vous y serez ?

— Naturellement.

— J'ai communiqué à M. le Questeur votre demande d'audience. Il vous écoutera dès demain après la réunion.

— Je vous remercie, *dottor* Lactes.

Et voilà, c'était fait. Le lendemain, il présenterait sa démission. Et bien le bonjour, entre autres, au mort nageant, comme l'appelait Catarella.

Le soir, à Marinella, il raconta à Livia le témoignage de la 'nfirmière. En conclusion, alors que le commissaire pensait l'avoir complètement rassurée, Livia laissa échapper un « bah ! » dubitatif.

— Mais enfin, bon Dieu saint ! éclata Montalbano.

Tu t'es vraiment entêtée ! Tu veux pas te rendre à l'évidence !

— Et toi, tu t'y rends trop facilement.

— Qu'est-ce que ça veut dire ?

— Ça veut dire qu'en d'autres temps, tu aurais fait des vérifications sur la véracité de ce témoignage.

Montalbano fut pris de fureur.

« D'autres temps ! » Et qu'est-ce que ça voulait dire ? Qu'il était vieux comme un coucou ? Comme Mathusalem ?

— Je n'ai pas fait de vérification parce que, comme je te l'ai déjà dit, c'est une histoire sans importance et puis…

Il s'interrompit, sentit dedans sa coucourde l'engrenage grincer à cause du brusque coup de freins.

— Et puis ? insista Livia.

Tergiverser ? S'inventer une couillonnade quelconque ? Mais figure-toi ! Livia comprendrait tout de suite. Le mieux était de lui dire la vérité.

— Et puis demain après-midi, je vais voir le Questeur.

— Ah.

— Je vais lui présenter ma démission.

— Ah.

Pause horrible.

— Bonne nuit, dit Livia.

Et elle raccrocha.

Sept

Il s'aréveilla à sept heures de l'aube mais resta couché, les yeux ouverts à fixer le plafond qui, très lentement, s'éclaircissait en même temps que le ciel. La lumière pâle qui entrait par la fenêtre était nette et fixe, sans les variations d'intensité dues au passage des nuages. Une belle journée s'aprésentait. C'était mieux ainsi, le mauvais temps ne l'aidait pas. Il serait plus ferme et décidé en expliquant au questeur les raisons de sa démission. Et à ce mot, lui revint à l'esprit un épisode de l'époque où, peu après son entrée dans la police, il n'avait pas encore été affecté à Vigàta. Ensuite, il s'arappela cette fois où… Et cette autre fois que… Et tout d'un coup, le commissaire comprit le pourquoi de cet afflux de souvenirs : on dit que quand quelqu'un est à l'article de la mort, il lui passe devant les yeux, comme dans un film, les moments les plus importants de sa vie. Est-ce qu'il lui arrivait la même chose ? En dedans de lui, est-ce qu'il considérait sa démission comme une véritable mort ? Il se secoua en entendant la sonnerie du téléphone. Il jeta un coup d'œil à la montre, il était huit heures et ne s'en était pas aperçu. Sainte Mère, qu'est-ce qu'il avait été long, le film de sa vie !

Pire que *Autant en emporte le vent* ! Il se leva, alla répondre.

— Bonjour, *dottore*, ici Fazio. Je vais repartir pour cette recherche…

Il fut sur le point de lui dire de laisser tomber, mais s'en repentit.

— …et comme j'ai su qu'aujourd'hui, après déjeuner, vous devez voir le Questeur, je vous ai préparé les papiers à signer et les autres sur le bureau.

— Merci, Fazio. Du neuf ?

— Rien du tout, *dottore*.

Etant donné qu'il devait aller en Questure dans les premières heures de l'après-midi et qu'il n'aurait donc pas le temps de revenir à Marinella se changer, il lui fallut se mettre sur son trente et un. La cravate, il préféra se la glisser dans la poche, il se la mettrait le moment voulu. Ça le dérangeait beaucoup de se trimballer partout avec le nœud coulant au cou dès le petit matin.

La pile de papiers sur le bureau était en équilibre instable. Si Catarella était entré en claquant la porte comme à son habitude, on aurait revécu l'écroulement de la tour de Babel. Montalbano signa pendant plus d'une heure sans jamais lever les yeux, puis éprouva le besoin de se reposer un peu. Il décida d'aller fumer une cigarette dehors. Il sortit et, sur le trottoir, mit la main à la poche pour prendre le paquet et le briquet. Rin, il se les était oubliés à Marinella. En compensation, à la place, il y avait la cravate qu'il s'était choisie, verte à pois rouges. Il la fit disparaître aussitôt, en regardant autour de lui comme un voleur avec un portefeuille piqué de frais. Seigneur ! Comment s'était-elle retrouvée au milieu des siennes, cette cravate ignoble ? Et il n'avait pas remarqué ses couleurs quand il se l'était empochée ? Il rentra.

— Catarè, essaie de voir si quelqu'un peut me prêter une cravate, dit-il en passant pour aller à son bureau.

Catarella s'apprésenta au bout de cinq minutes avec trois cravates.

— De qui sont-elles ?

— De Torretta, *dottori*.

— Le même qui a prêté des lunettes à Riguccio ?

— Oh que oui, *dottori*.

Il choisit celle qui détonnait le moins avec son costume. Avec une autre heure et demie de signatures, il vint à bout de la pile. Il se mit à chercher la serviette dedans laquelle il fourrait les papiers quand il allait au rapport. En jurant, il mit son bureau sens dessus dessous, mais pas moyen de la trouver.

— Catarella !

— A vos ordres, *dottori* !

— Est-ce que par hasard tu aurais vu ma serviette ?

— Oh que non, *dottori*.

Il se l'était presque certainement emportée à Marinella, et l'y avait oubliée.

— Tu peux voir si quelqu'un au bureau…

— Je m'occupe de votre pourvoyance tout de suite, *dottori*.

Il revint avec deux serviettes presque neuves, l'une noire, l'autre marron. Montalbano choisit la noire.

— Qui te les a données ?

— Torretta, *dottori*.

Tu veux voir que ce Torretta a ouvert un bazar dedans le commissariat ? Pendant un moment, il pinsa aller à le trouver dans son bureau, puis songea que de toute façon, désormais, cette affaire ne le concernait plus en rien. Entra Mimì Augello.

— Donne-moi une cigarette, dit Montalbano.

— Je ne fume plus.

Le commissaire le fixa, abasourdi.

— C'est le médecin qui te l'a interdit ?

— Non. C'est moi qui l'ai décidé.

— J'ai compris. T'es passé à la coke ?

— Mais qu'est-ce que tu racontes comme conneries ?

— Une connerie, pas tant que ça. Aujourd'hui, on fait des lois très sévères et presque persécutrices contre les fumeurs, en imitant là-dessus aussi les Américains, alors qu'envers les cocaïnomanes, il y a davantage de tolérance ; de toute façon, ils en prennent tous, secrétaires d'Etat, hommes politiques, managers… Le fait est que si tu fumes une cigarette, celui qui est à côté de toi peut t'accuser d'être en train de l'empoisonner avec le tabagisme passif, alors qu'il n'existe pas de cocaïne passive. Combien de lignes tu te sniffes par jour, Mimì ?

— Aujourd'hui, tu t'es levé du pied gauche, j'ai l'impression. Ça va, tu t'es passé les nerfs ?

— Pas mal.

Mais, bon Dieu, qu'est-ce qui se passait ? Catarella saisissait les noms, Mimì devenait vertueux… Dans le microcosme qu'était le commissariat, querque chose était en train de changer, et c'étaient encore des signes que l'heure de s'en aller avait sonné.

— Après déjeuner, je vais au rapport chez le Questeur avec les autres collègues. J'ai demandé à lui parler en privé. Je lui présenterai ma démission. Tu es le seul à le savoir. Si le Questeur l'accepte tout de suite, dans la soirée, je donnerai la nouvelle à tout le monde.

— Fais comme t'as envie, répliqua Mimì, revêche, en se dressant, puis il se dirigea vers la porte.

Là, il s'arrêta, se retourna.

— Sache que j'ai décidé de ne plus fumer parce que, à Beba et au minot qui doit naître, la fumée fait du mal. Et quant à ta démission, peut-être que tu fais bien, à t'en aller. Tu t'es pas arrangé, tu as perdu ton tonus, ton ironie, ton agilité mentale et même ta méchanceté.

— Va te faire foutre et envoie-moi Catarella ! lui cria le commissaire.

Deux secondes suffirent pour que Catarella se matérialise.

— A vos ordres, *dottori*.

— Vois si Torretta a un paquet de Multifilter rouge souple et un briquet.

Catarella ne parut pas étonné de la demande. Il disparut et reparut avec des cigarettes et un briquet. Le commissaire lui donna l'argent et sortit, en se demandant si le bazar Torretta aurait pu lui trouver les chaussettes qui commençaient à lui manquer. A peine dans la rue, il lui vint l'envie d'un café comme *'u Signuruzzu cumanna*, comme notre Gentil Seigneur le veut. Dans le bar voisin du commissariat, la télévision était, comme toujours, allumée. Il était midi et demi, on diffusait le sigle du journal de Televigàta. Apparut en buste Carla Rosso, une journaliste, qui énuméra les titres suivant l'ordre d'importance conforme au goût des gens. D'abord, elle annonça un fait divers, un drame de la jalousie : un mari octogénaire qui avait tué à coups de couteau sa femme sexagénaire. Et ensuite : violente collision entre une auto sur laquelle voyageaient trois personnes, toutes décédées, et un poids lourd ; attaque à main armée dans une filiale du Crédit de Montelusa ; rafiot transportant une centaine de clandestins repéré au large ; enfant immigré, qu'il n'a pas été possible d'identifier, renversé et tué par une auto qui s'est enfuie.

Montalbano se but tranquillement son café, paya, salua, sortit, alluma la cigarette, se la fuma, l'éteignit sur le seuil du commissariat, salua Catarella, entra dans son bureau, s'assit, et d'un coup, sur le mur du fond, apparut le téléviseur du bar, et dedans le téléviseur, le buste de Carla Rosso qui ouvrait et fermait la bouche sans paroles, passque les paroles, le commissaire les entendait dedans sa tête :

« Enfant immigré qu'il n'a pas été possible d'identifier… »

Il se retrouva debout, en train de refaire à la course la route faite à l'aller et il ne savait pratiquement pas pourquoi. Ou du moins, pourquoi, il le savait, mais il ne voulait pas l'admettre, le côté rationnel de sa coucourde refusait ce que le côté irrationnel était en train de faire faire au reste du corps, à savoir obéir à un absurde pressentiment.

— Vous oubliiez quelque chose ? demanda le barman en le voyant revenir au galop.

Il ne lui répondit même pas. Ils avaient changé de chaîne, on voyait le logo de Retelibera qui diffusait un sketch comique.

— Remets tout de suite Televigàta. Tout de suite ! dit le commissaire d'une voix si vasse et si froide que le barman blêmit et se précipita.

Il était arrivé à temps. La nouvelle était d'importance si négligeable qu'elle ne fut pas même accompagnée d'images. Carla Rosso raconta qu'un paysan, alors qu'il se rendait de bon matin au travail dans son champ, avait vu un enfant immigré renversé par une voiture restée anonyme. Le paysan avait donné l'alarme, mais le gamin était arrivé privé de vie à l'hôpital de Montechiaro. Puis Carla Rosso, avec un sourire qui lui fendait le visage, souhaita bon appétit à tous et disparut.

Il y eut une espèce de lutte entre les jambes du commissaire qui voulaient se dépêcher et sa coucourde qui, elle, imposait un pas normal et désinvolte. Manifestement, ils arrivèrent à un compromis et la conséquence fut que Montalbano se mit à avancer jusqu'au commissariat comme une de ces poupées mécaniques dont le ressort est en train de se détendre et qui tantôt courent et tantôt ralentissent. Sur la porte, il cria vers l'intérieur :

— Mimì ! Mimì !

— Aujourd'hui, on donne *La Bohème* ? s'informa Augello en apparaissant.

— Ecoute-moi bien. Je ne peux pas aller au rapport chez le Questeur. Vas-y, toi. Sur ma table, il y a les papiers à lui montrer.

— Qu'est-ce qui t'arriva ?

— Rien. Et puis, présente-lui des excuses pour moi. Dis-lui que, de mes affaires personnelles, je lui parlerai une autre fois.

— Et quelle excuse je trouve ?

— Une des excuses que tu sais si bien trouver quand tu ne viens pas au bureau.

— Je peux savoir où tu vas ?

— Non.

Prioccupé, Augello resta sur le seuil à le regarder partir.

En admettant que les pneus désormais lisses comme un cul de nouveau-né tiennent encore la route ; en admettant que le réservoir d'essence n'allait pas se trouver définitivement vide ; en admettant que le moteur supporte une vitesse horaire supérieure au 80 ; en admettant qu'il n'y ait pas trop de circulation, Montalbano calcula qu'en une heure et demie, il arriverait au pital de Montechiaro.

Il y eut un moment, tandis qu'il fonçait à tombeau ouvert au risque d'aller tamponner une autre voiture ou un arbre, parce que, bon conducteur, il l'avait jamais été, il y eut un moment, donc, où il se sentit submergé d'une sensation de ridicule. Mais sur quelle base faisait-il ce qu'il était en train de faire ? Des minots immigrés, en Sicile, il devait y en avoir des centaines, qu'est-ce qui l'autorisait à soupçonner que le pitchoun mort écrasé était celui qu'il avait pris par la main sur le quai quelques jours plus tôt ? Mais d'une chose, il était certain : pour avoir la conscience tranquille, il devait absolument le voir, ce gamin, sinon, le soupçon resterait en dedans de lui, à macérer, à le tourmenter. Et si par hasard ce n'était pas lui, tant mieux.

Cela signifierait que le rapprochement familial, comme disait Riguccio, avait parfaitement aréussi.

Au pital de Montechiaro, on l'adressa au Dr Quarantino, un jeune affable et courtois.

— Commissaire, l'enfant, quand il est arrivé ici, était déjà mort. Je pense qu'il est décédé sur le coup. Ça a été très, très violent. Au point de lui briser le dos.

Montalbano se sentit enveloppé d'un coup de vent froid.

— On l'a renversé par-derrière, vous dites ?

— Certainement. Peut-être que l'enfant était immobile au bord de la route et que la voiture, arrivée dans son dos à grande vitesse, a fait une embardée… avança le Dr Quarantino.

— Vous savez qui l'a amené ici ?

— Oui, une de nos ambulances, appelée par la police de la route qui est arrivée tout de suite sur les lieux de l'accident.

— La police de la route de Montechiaro ?

— Oui.

Et enfin, il s'arésolut à poser la question qu'il n'avait pas encore réussi à formuler, parce qu'il n'en avait pas la force.

— L'enfant est encore là ?

— Oui, dans notre chambre mortuaire.

— Je pourrais… je pourrais le voir ?

— Bien sûr. Venez avec moi.

Ils remontèrent un couloir, prirent un ascenseur, descendirent en sous-sol, suivirent un autre couloir, beaucoup plus sinistre que le premier et enfin, le médecin s'arrêta devant une porte.

— C'est là.

Une petite pièce, glacée, sous une lumière faiblarde. Une table, deux sièges, un rayonnage de métal. De métal aussi était une paroi ; en réalité, il s'agissait d'une série de compartiments frigorifères coulissants. Quarantino en tira un. Le petit corps était recouvert d'un drap. Le docteur commença à le soulever avec délicatesse et Montalbano vit d'abord les yeux écarquillés, ces mêmes yeux avec lesquels le minot sur le quai l'avait supplié de le laisser s'enfuir, s'échapper. Il n'y avait pas de doute.

— Ça suffit, articula-t-il d'une voix si vasse qu'on eût dit un souffle.

Au coup d'œil que lui avait lancé Quarantino, il comprit que quelque chose avait brusquement changé sur son propre visage.

— Vous le connaissiez ?

— Oui.

Quarantino referma le tiroir.

— On peut y aller ?

— Oui.

Mais il ne réussit pas à bouger. Ses jambes s'arefusaient à se mettre en mouvement, c'étaient deux bouts de bois. Malgré le froid qui régnait dans la pièce, il sentit sa chemise trempée de sueur. Après un effort qui lui donna le tournis, il réussit enfin à marcher.

A la police de la route, on lui expliqua où était arrivé l'accident : à quatre kilomètres de Montechiaro, sur la route abusive non asphaltée qui reliait un village abusif sur la mer appelé Spigonella avec un autre village sur la mer, également abusif, appelé Tricase. Cette route ne suivait pas une ligne droite, mais faisait un long tour à travers la campagne pour desservir d'autres maisons abusives habitées par des gens qui préféraient l'air des collines à celui de la mer. Un inspecteur poussa la courtoisie jusqu'à lui faire un dessin très précis de la route que M. le commissaire devait suivre pour arriver au bon endroit.

Non content de ne pas être asphaltée, la route était visiblement une vieille draille dont les innombrables trous avaient été malement et en partie recouverts. Comment une voiture avait-elle pu y foncer à toute vitesse sans risquer l'accident ? Peut-être était-elle suivie d'une autre auto ? Après un virage, le commissaire comprit qu'il était arrivé au bon endroit. Au bas d'un monticule de graviers sur le bord droit de la draille, il y avait un bouquet de fleurs des champs. Le monticule paraissait déformé, comme sous l'effet d'un choc violent. Le gravier était souillé de larges taches sombres de sang séché. De ce point-là, on ne voyait pas de maisons, il n'y avait que des terrains cultivés. Plus bas, à une centaine de mètres, un croquant bêchait. Montalbano se dirigea vers lui, en progressant avec difficulté dans la terre molle. Le péquenaud était un sexagénaire maigre et tordu qui ne leva pas même l'œil.

— Bonjour.

— Bonjour.

— Je suis un commissaire de police.

— *L'accapìu*, je le compris.

Comment avait-il fait ? Mieux valait ne pas insister sur la question.

— C'est vous qui avez mis ces fleurs dans le gravier ?

— Oh que oui.

— Vous connaissiez cet enfant ?

— *Mai signuri*, jamais vu, monsieur.

— Alors, pourquoi avez-vous éprouvé le besoin de mettre ces fleurs ?

— *Criatura era, unn'era armàlu*, c'était un enfant, pas un animal.

— Vous avez vu comment s'est passé l'accident ?

— Je vis et ne vis pas.

— En quel sens ?

— Venez par là, derrière moi.

Montalbano le suivit. Au bout d'une dizaine de pas, le manant s'arrêta.

— Moi, ce matin, dit-il en dialecte, j'était là, à bêcher à cet endroit précis. Tout d'un coup, j'entendis une voix qui me parut désespérée. Je levai les yeux et vis un minot qui débouchait du virage en courant. Il courait comme un lièvre et poussait des cris.

— Vous avez compris ce qu'il criait ?

— Oh que non. Quand il fut à la hauteur de ce caroubier, surgit du virage une voiture qui fonçait très vite. Le minot se retourna pour la regarder et alors, il essaya de sortir de la route. Peut-être il voulait venir vers moi. Mais moi, je le perdis de vue passque il était caché par le monticule de graviers. La voiture braqua derrière lui. Moi, je vis plus rien. J'entendis une espèce de bruit de choc. Après, la voiture passa la marche arrière, se remit sur la route et disparut dans un autre virage.

Il n'y avait pas d'équivoque possible, mais Montalbano voulut vérifier encore.

— Cette voiture était suivie par une autre ?

— Oh que non. Elle était seule.

— Et vous dites qu'elle a braqué exprès contre le gamin ?

— *Nun sacciu si lo fici apposta, ma di stirzari, stirzò :* je ne sais pas si elle le fit exprès, mais pour braquer, elle a braqué.

— Vous avez réussi à voir le numéro de la plaque ?

— Mais jamais de la vie ! *Taliasse vossia stissu se da ccà è possibili pigliari 'u numeru d'a targa :* regardez vous-même si d'ici on peut choper le numéro de la plaque.

De fait, ce n'était pas possible, entre le champ et la draille, le dénivelé était trop grand.

— Et après, qu'avez-vous fait ?

— Je me suis mis à courir vers le monticule. Quand j'arrivai, je compris tout de suite que le minot était mort ou en train de mourir. Alors, toujours en courant, j'arrivai à ma maison que d'ici on voit pas et je téléphonai à Montechiaro.

— Vous avez dit à ceux de la police de la route ce que vous m'avez dit ?

— Oh que non.

— Et pourquoi ?

— *Pirchì non me lo spiarono :* parce qu'ils ne me l'ont pas demandé.

Logique inébranlable : pas de question, pas de réponse.

— Moi, en fait, je vous le demande expressément : vous croyez qu'ils l'ont fait exprès ?

Sur cette affaire, le croquant avait dû raisonner longtemps. Il répondit par une question :

— Ça pourrait pas être que la voiture fit une embardée sans le vouloir parce qu'elle avait rencontré une pierre ?

— Peut-être. Mais vous, en vous-même, qu'est-ce que vous pensez ?

— *Iu non pensu, signuri miu :* moi je ne pense pas, monsieur. *Iu nun vogliu cchiù pinsari :* moi je ne veux plus penser. *Troppo tintu è addivintatu lu munnu :* trop dégueulasse, il est devenu, le monde.

La dernière phrase était sans appel. Il était clair que le croquant s'était fait une idée précise. Le minot avait été renversé exprès. Massacré pour une raison inexplicable. Mais aussitôt après, le croquant avait voulu effacer cette idée. Trop mauvais, il était devenu le monde. Mieux valait ne pas y penser.

Montalbano écrivit le numéro du commissariat sur un bout de papier, le tendit au paysan.

— C'est le numéro de mon bureau à Vigàta.

— Et qu'est-ce que je m'en fais ?

— Rien. Vous le gardez. Si, par hasard, arrivent la mère ou le père ou un parent du minot, vous vous faites dire où ils habitent et vous me le communiquez.

— Comme voudra vosseigneurie.

— Bien le bonjour.

— Bien le bonjour.

La remontée vers la route fut plus dure que la descente. Il lui était venu un souffle court. Enfin, il arriva à la voiture, ouvrit la portière, entra et, au lieu de démarrer, resta immobile, les vras sur le volant, la tête appuyée sur les bras, les paupières serrées pour exclure, nier le monde. Comme le croquant qui avait recommencé à bêcher et continuerait ainsi jusqu'à la nuit tombée. D'un coup, dans sa tête, survint une pinsée, une lame glacée qui, après lui avoir transpercé le cerveau, descendit et s'arrêta, dévastante percée, au milieu de la poitrine : le vaillant, le brillant commissaire Salvo Montalbano avait pris la petite main d'un minot et, bénévole assistant, l'avait remis à ses bourreaux.

Huit

Il était encore trop tôt pour se replier à Marinella, mais il préféra quand même y aller sans passer d'abord par le bureau. La véritable rage qui écumait en lui faisait bouillir son sang et lui avait sûrement procuré quelques degrés de fièvre. Mieux valait qu'il trouve moyen de l'exprimer seul, cette rage, sans la faire retomber sur ses hommes du commissariat en saisissant le premier prétexte. La première victime fut un vase de fleurs que quelqu'un lui avait offert et qui lui avait été tout de suite 'ntipathique. Brandi vers le ciel à deux mains, le vase fut balancé à terre avec satisfaction et l'accompagnement d'un vigoureux juron. Après ce grand choc, ébahi, Montalbano dut constater que le vase n'avait pas même été légèrement fêlé.

Etait-ce possible ? Il se baissa, le prit, le souleva, le relança de toutes ses forces. Rin. Et pas seulement : un carreau du sol s'était fendu. Est-ce qu'il allait se démolir la maison pour détruire ce maudit vase ? Il alla à la voiture, ouvrit la boîte à gants, en retira le pistolet, revint dedans la maison, sortit sur la véranda après avoir pris le vase, marcha sur la plage, arriva au bord de la mer, posa le vase dans le sable, recula d'une dizaine de pas, ôta la sûreté, visa, tira et manqua.

— Assassin !

C'était une voix féminine. Il se retourna pour regarder. Au balcon d'une villa éloignée, deux silhouettes lui adressaient des grands gestes.

— Assassin !

Maintenant, c'était une voix masculine. Mais qui diable était-ce ? Puis d'un coup, il se rappela : les époux Bausan, de Trévise ! Ceux qui l'avaient mis dans la situation ridicule d'apparaître nu à la télévision. En les envoyant mentalement se faire mettre où il pensait, il visa cette fois soigneusement et tira. Le vase explosa. Il rentra satisfait vers la maison, accompagné d'un chœur toujours plus lointain de : « Assassin ! Assassin ! »

Il se déshabilla, se mit sous la douche, se rasa aussi, se changea de vêtements comme s'il devait sortir et voir des gens. En réalité, il ne devait rencontrer que lui-même et voulait présenter bien. Il alla s'asseoir sur la véranda et raisonner. Parce que, même s'il ne l'avait pas fait en paroles ou en pinsée, une promesse solennelle, il l'avait sûrement formulée à ces deux petits yeux écarquillés qui le fixaient depuis le compartiment réfrigéré. Et il lui revint à l'esprit un roman de Dürrenmatt où un commissaire consumait son existence à respecter la promesse, faite aux parents, de découvrir l'assassin d'une minotte… Un assassin qui, en fait, est mort mais le commissaire l'ignore. La chasse à un fantôme. Sauf que, dans le cas du gamin immigré, la victime aussi était un fantôme, il ne savait pas d'où il venait, il ne connaissait pas son nom, rien. Comme, du reste, il ne savait rien de l'autre victime de la première affaire dont il s'occupait : un quadragénaire inconnu qu'on avait noyé. Et surtout, il ne s'agissait pas de véritables enquêtes, il n'y avait pas d'information ouverte :

l'inconnu était, pour utiliser le langage bureaucratique, décédé par noyade ; le gamin était la énième victime d'un chauffard. Officiellement, sur quoi y avait-il à enquêter ? Sur moins que rien. Nada de nada.

« Voilà, réfléchit le commissaire, ça, c'est le genre d'enquête qui pourrait m'intéresser quand je prendrai ma retraite. Si je m'en occupe maintenant, cela signifie que déjà je commence à me sentir à la retraite ? »

Et il fut pris d'un grand coup de mélancolie. La mélancolie, le commissaire avait deux systèmes éprouvés pour la combattre : le premier consistait à se fourrer au lit en se couvrant jusque par-dessus la tête ; le second à se faire une grande bouffe. Il regarda la montre, trop tôt pour se coucher ; si jamais il s'endormait, il risquait de s'aréveiller vers les trois heures du matin et alors, oui, qu'il y aurait eu de quoi devenir dingue à rousiner à travers la maison ! Il ne restait plus que la bouffe ; du reste, il s'arappela qu'à midi, il n'avait pas eu le temps. Il alla en cuisine et ouvrit le réfrigérateur. Va savoir pourquoi, Adelina lui avait préparé des paupiettes. C'était pas son truc. Il sortit, prit la voiture et alla à la trattoria Chez Enzo. Au premier plat, spaghettis au noir de seiche, la mélancolie commença à reculer. A la fin du second, petits calamars fits croquants, la mélancolie, filant à grande allure, avait disparu à l'horizon. De retour à Marinella, il se sentit les engrenages de la coucourde huilés, glissants, comme neufs. Il retourna s'asseoir sur la véranda.

D'abord, il fallait donner acte à Livia d'avoir vu juste, c'est-à-dire que le comportement du gamin, au moment du débarquement, avait été très étrange. Le minot, évidemment, cherchait à profiter de la situation pour disparaître. Il n'y avait pas réussi parce que lui, le sublime, le très intelligent commissaire Montalbano, l'en avait empêché. Alors, en admettant peut-être qu'il s'agissait d'un rapprochement familial contesté, pour quelle raison le minot avait-il été ainsi brutalement tué ? Pourquoi avait-il la manie de s'échapper de n'importe quel endroit où il se trouvait ? Mais combien sont-ils au monde les minots qui s'éloignent de chez eux en suivant leur fantaisie ? Des centaines de milliers, certainement. Et ils sont tous punis de mort ? Connerie. Et alors ? Est-ce qu'il aurait été massacré parce qu'il était turbulent, répondait mal, n'obéissait pas à papa ou ne voulait pas manger sa soupe ? Allons donc ! A la lumière de ce meurtre, la thèse de Riguccio devenait ridicule. Il y avait autre chose, il y avait sûrement un énorme poids que le minot se trimballait depuis le départ, quel que fût le pays d'où il provenait.

Le mieux était de recommencer du début, sans négliger des détails qui, au premier coup d'œil, paraissaient absolument inutiles. En procédant aussi par sections, par segments, sans amasser trop d'informations. Alors, commençons. Lui, ce soir-là, il était assis dans son bureau, à attendre l'heure d'aller chez Ciccio Albanese pour avoir des informations sur les courants maritimes et, détail absolument pas secondaire, se bâfrer les rougets de roche de Mme Albanese. A un certain moment, le questeur adjoint Riguccio téléphone au commissariat : il se trouve au port à accueillir cent cinquante immigrés clandestins, a cassé ses lunettes et en demande d'autres qui pourraient lui aller. Lui, Montalbano, il les lui trouve et décide de les lui porter en personne. Il arrive sur le quai au moment où deux vedettes ont baissé la passerelle. En premier descend une femme enceinte qu'on porte directement à l'ambulance. Puis descendent quatre immigrés qui, presque au bas de la passerelle, vacillent parce qu'un minot s'est fourré presque au milieu de leurs jambes. Le minot réussit à éviter les agents et à s'élancer vers le vieux silo. Lui se jette à sa poursuite et devine la présence du pitchoun dans une espèce de passage rempli de débris. Le minot comprend qu'il n'a plus d'issue et se rend, littéralement. Il le prend par une main et le ramène vers l'endroit où se déroule le débarquement quand il aperçoit une femme, plutôt jeune, en train de se désespérer, avec deux autres petits accrochés à ses jupes. La bonne femme qui, dès qu'elle voit le minot, se met à courir vers eux, est évidemment la mère. A ce point, le gamin le regarde (mieux vaut passer sur ce détail), la mère trébuche et tombe. Les agents essaient de la faire relever et n'y arrivent pas. Quelqu'un appelle une ambulance…

Stop. Réfléchissons un peu là-dessus. Non, en réalité, je n'ai vu personne qui appelait l'ambulance. T'en es certain, Montalbano ? Repassons encore une fois la scène. Non, je n'en suis pas certain. Disons comme ça : quelqu'un doit avoir appelé l'ambulance. De la voiture, sortent deux infirmiers et l'un d'eux, le très maigre à moustache, après avoir touché une jambe de la bonne femme, dit qu'elle est probablement cassée. La femme et les trois minots sont chargés dans l'ambulance et celle-ci part en direction de Montelusa.

Revenons en arrière par sécurité. Lunettes. Quai. Débarquement de la bonne femme enceinte. Minot qui apparaît entre les jambes des quatre immigrés. Minot s'échappe. Je le suis. Minot se rend. On revient vers le point de débarquement. Mère le voit et commence à courir vers eux. Minot me fixe. Mère trébuche, tombe, ne peut plus se relever. Ambulance arrive. Infirmier à moustache dit jambe cassée. Femme et minot dans l'ambulance. La voiture part. Fin du premier segment.

En conclusion : presque certain que l'ambulance, personne ne l'a appelée. Elle est arrivée seule. Pourquoi ? Parce qu'elle avait vu la scène de la mère tombée à terre ? Possible. Et puis : l'infirmier diagnostique jambe cassée. Et ces paroles autorisent le transport en ambulance. Si l'infirmier avait gardé le silence, un agent ou un autre aurait appelé le médecin qui, comme toujours, était sur place. Pourquoi le médecin n'a-t-il pas été consulté ? Il ne l'a pas été parce qu'on n'a pas eu le temps : l'arrivée opportune de l'ambulance et le diagnostic de l'infirmier ont fait aller les événements dans le sens voulu par le metteur en scène. Oh que oui, monsieur. Le metteur en scène. Ce fut une scène de comédie organisée avec beaucoup d'intelligence.

Et malgré l'heure, il agrippa le téléphone.

— Fazio ? Montalbano, je suis.

— *Dottore*, il n'y a rien de neuf, s'il y avait eu quoi que ce soit…

— Ménage ton souffle. Je veux te demander autre chose. Demain matin, tu avais l'intention de repartir dans les recherches ?

— Oh que oui.

— Avant, tu dois t'occuper d'un truc pour moi.

— A vos ordres.

— A l'hôpital San Gregorio, il y a un infirmier très maigre, avec des moustaches, un quinquagénaire. Je veux tout savoir de lui, le connu et l'inconnu, je me suis fait comprendre ?

— Oh que oui, parfaitement.

Il raccrocha et appela San Gregorio.

— L'infirmière Agata Militello est là ?

— Un instant. Oui, elle est là.

— Je voudrais lui parler.

— Elle est de service. Nous avons l'ordre de…

— Ecoutez, le commissaire Montalbano, je suis. C'est une affaire sérieuse.

— Attendez, je vais la chercher.

Il en était à perdre espoir, quand il entendit la voix de la 'nfirmière.

— Commissaire, c'est vous ?

— Oui. Excusez-moi…

— De rien. Je vous écoute.

— J'aurais besoin de vous voir et de vous parler. Dès que possible.

— Ecoutez, commissaire. Je fais le service de nuit et demain matin, je voudrais dormir un petit peu. On peut se rencontrer à onze heures ?

— Bien sûr. Où ?

— Nous pouvons nous voir devant l'hôpital.

Il allait dire oui mais y repensa. Et si par un hasard malheureux l'infirmier de l'ambulance les voyait ensemble ?

— Je préférerais devant chez vous.

— Très bien. 28, rue de la Région. A demain.

Durmì comu un angiluzzu 'nnucenti che non ha pinsèri o problemi. Il dormit comme un petit ange innocent qui n'a ni soucis ni problèmes. Il était toujours ainsi quand, au début d'une enquête, il comprenait qu'il était parti du bon pied. Arrivé au bureau frais et souriant, il trouva sur le bureau une enveloppe à lui adressée, par porteur. Le nom du correspondant n'était pas écrit.

— Catarella !

— A vos ordres, *dottori* !

— Qui l'a apportée, cette lettre ?

— Ponce Pilate, *dottori*. A hier soir, il la porta.

Il l'empocha pour la lire plus tard. Ou peut-être jamais. Mimì Augello s'apprésenta peu après.

— Comment ça s'est passé avec le Questeur ?

— Il m'a paru abattu, il n'avait pas son assurance habituelle. Manifestement, de Rome, il n'a ramené que des bavardages et des tapes dans le dos. Il nous a déclaré qu'il est clair que le flux migratoire de l'Adriatique s'est déplacé dans la Méditerranée et qu'il sera donc plus difficile de l'arrêter. Mais cette évidence, à ce qu'il paraît, tarde à être reconnue par qui de droit. Par ailleurs, qui de droit tarde à reconnaître que les vols sont en augmentation, les agressions aussi... En somme, ils chantent « tout va très bien, madame la marquise » et nous devons continuer à aller de l'avant avec ce que nous avons.

— Tu as transmis mes excuses pour mon absence ?

— Oui.

— Et qu'est-ce qu'il a dit ?

— Salvo, qu'est-ce que tu voulais qu'il fasse ? Qu'il se mette à pleurer ? Il a dit : bon. Point. Et maintenant, tu me l'expliques, ce qui t'a pris, hier ?

— Un contretemps, j'ai eu.

— Salvo, à qui tu la feras avaler cette connerie ? Toi, d'abord, tu me dis que tu dois voir le Questeur pour lui présenter ta démission et un quart d'heure plus tard, tu changes d'idée et tu me dis que chez le Questeur, c'est moi qui dois y aller. Qu'est-ce que c'était ce contretemps ?

— Si tu veux vraiment le savoir...

Et il lui raconta tout entière l'histoire du minot. A la fin, Mimì garda le silence, pinsif.

— Il y a quelque chose qui colle pas, pour toi ?

— Non, non, ça colle mais jusqu'à un certain point.

— C'est-à-dire ?

— Tu mets en relation directe l'assassinat du minot avec la tentative de fuite qu'il a faite au moment du débarquement. Et là, tu peux te tromper.

— Allons donc, Mimì ! Pourquoi il se serait enfui, alors ?

— Je vais te raconter quelque chose. Il y a un mois, un de mes amis est allé à New York, chez un de ses amis américains. Un jour, ils vont manger. A mon ami, ils servent un énorme bifteck avec des pommes de terre. Il réussit pas à s'empiffrer tout et le laisse dans le plat. Peu après, un serveur lui remet un paquet avec dedans ce qu'il n'a pas mangé. Mon ami le prend et quand il sort du restaurant, il s'approche d'un groupe de clochards pour leur donner le paquet avec les restes. Mais l'ami américain l'arrête et lui dit que les clochards ne l'accepteraient pas. Si tu veux vraiment leur faire l'aumône, donne-leur un demi-dollar. « Pourquoi ils ne voudraient pas d'un demi-bifteck ? » demande mon ami. Et l'autre : « Parce qu'il y a des gens qui leur offrent de la nourriture empoisonnée, comme on fait pour les chiens errants. » Tu as compris ?

— Non.

— Il se peut que le minot, surpris pendant qu'il marchait sur le bord de la route, a été volontairement renversé par quelqu'un, un salopard de fils de pute, par pure rigolade ou par un accès de racisme. Quelqu'un qui n'avait rien à voir avec l'arrivée du minot ici.

Montalbano poussa un soupir profond.

— Peut-être ! Si ça s'est passé comme tu dis, je me sentirai moins coupable. Mais malheureusement, je me suis convaincu que toute l'affaire a une logique précise.

Agata Militello, quadragénaire toute pimpante et tirée à quatre épingles, agréable de sa personne, tendait périlleusement vers l'embonpoint. Elle était volubile et, de fait, parla presque seule pendant l'heure qu'elle resta avec le commissaire. Elle dit que ce matin-là elle était de mauvaise humeur à cause que son fils, étudiant à l'université (« Vous voyez, commissaire, j'eus le malheur de tomber amoureuse à dix-sept ans d'un saligaud de cornard qui, dès qu'il sut que j'étais dans une situation intéressante, il me quitta »), voulait la bague au doigt (« Moi je lui ai dit : vous pouvez pas attendre ? Qu'esse qui te presse de la marier ? En attendant, vous faites vos petites affaires, et après on verra. ») Elle dit aussi qu'au pital, c'était un gros tas de fils de radasses qui s'approfitaient d'elle, toujours prête à courir à chaque appel extraordinaire passqu'elle avait un cœur grand comme ça.

— Ce fut là, dit-elle tout à coup en s'immobilisant.

Ils se trouvaient dans une rue courte, sans porte d'habitations ni boutiques, constituée pratiquement par l'arrière de deux grands immeubles.

— Mais il n'y a pas une seule entrée ! s'exclama Montalbano.

— C'est bien ça. Nous, on est sur l'arrière du pital, qui est ce bâtiment à main droite. Moi, je suis toujours cette route parce que je sors des urgences qui est le premier portail à droite, derrière le coin.

— Donc, cette femme, avec trois enfants, est sortie des urgences, a tourné à gauche, a pris cette rue et là, a été rejointe par l'auto.

— Exactement comme ça.

— Vous avez vu si la voiture venait du côté des urgences ou du côté opposé ?

— Oh que non, je ne l'ai pas vu.

— Quand l'auto s'est arrêtée, vous avez pu voir combien de personnes étaient montées à bord ?

— Avant que la femme avec les minots monte ?

— Oui.

— Rien que celui qui conduisait, il y avait.

— Vous avez noté quelques particularités dans l'homme qui conduisait ?

— Mon cher commissaire, et comment je pouvais ? Ce type, là, toujours dedans la voiture, il resta ! Noir, il l'était pas, voilà.

— Ah non ? C'était un comme nous ?

— Oh que oui, commissaire. Mais vous le savez, vous, distinguer un Tunisien d'un Sicilien ? Une fois, il m'est arrivé que...

— Combien d'ambulances avez-vous ? coupa Montalbano.

— Quatre, mais elles ne suffisent plus. Et on manque de sous pour en acheter au moins une autre.

— Combien d'hommes y a-t-il à bord quand l'ambulance est de service ?

— Deux. Il y a manquance de pirsonnel. Un infirmier et un type qui conduit et aide.

— Vous les connaissez ?

— Mais bien sûr, commissaire.

Il voulut lui parler de l'infirmier très maigre à moustaches, puis s'en abstint, cette bonne femme parlait beaucoup. Si ça se trouvait, tout de suite après, elle irait courir auprès de l'infirmier de l'ambulance pour lui raconter que le commissaire avait posé des questions sur lui.

— On y va, prendre un café ?

— Oh que oui, commissaire. Même si je devrais pas en boire. Pinsez qu'une fois que je me bus quatre cafés de suite...

Au commissariat, il était attendu par Fazio, impatient de reprendre les recherches sur l'inconnu trouvé mort en mer. Fazio était un chien qui, quand il flairait une piste, il ne relevait plus le nez jusqu'à ce qu'il ait trouvé le gibier.

— *Dottore*, l'infirmier de l'ambulance, il s'appelle Marzilla Gaetano.

Et il s'arrêta là.

— Eh beh ? C'est tout ? demanda Montalbano, surpris.

— *Dottore*, on peut passer un accord ?

— Quel accord ?

— Vosseigneurie me laisse un peu exprimer mon

complexe de l'état civil, comme vous l'appelez, et ensuite, je vous dis tout ce que j'ai appris sur lui.

— Accord signé, dit le commissaire, résigné.

Les yeux de Fazio étincelèrent de contentement. De sa poche, il tira un feuillet qu'il commença à lire.

— Marzilla Gaetano, né à Montelusa le 6 octobre 1960, de feu Stefano et de Diblasi Antonia, résidents à Montelusa, via Francesco Crispi, 18. Marié avec Cappuccino Elisabetta, née à Ribera le 14 février 1963, de feu Emanuele et de Ricottilli Eugenia, laquelle...

— Arrête ou je te flingue.

— Bon, bon. Ça me suffit, dit Fazio, satisfait, en rempochant le feuillet.

— Alors, on se décide à parler de choses sérieuses ?

— Bien sûr. Ce Marzilla, depuis qu'il a passé le diplôme d'infirmier, il besogne à l'hôpital. Sa femme a reçu en dot une modeste boutique de cadeaux, qui a été détruite il y a trois ans par un incendie.

— Criminel ?

— Oui, mais elle n'était pas assurée. Le bruit court que le magasin a été détruit parce que Marzilla s'était, à un certain moment, lassé de payer le rackett. Et vous savez ce qu'il a fait ?

— Fazio, ce type de question me met en colère. Moi, je sais que dalle, c'est toi qui dois me faire savoir les choses !

— Marzilla a compris la leçon et il s'est sûrement mis en règle avec les racketteurs. Se sentant en sûreté, il a acheté un magasin contigu à l'autre pour s'agrandir et tout rénover. En bref, il s'est couvert de dettes et étant donné que les affaires vont mal, les mauvaises langues disent que désormais il est pris à la gorge par les usuriers. Le pôvre est contraint de chercher des sous à droite et à gauche comme un désespéré.

— Moi, à cet homme, je dois absolument lui parler.

Et le plus tôt possible, dit Montalbano après avoir gardé le silence un moment.

— Et comment on fait ? On peut certainement pas l'arrêter ! dit Fazio.

— Non ! Et qui parle de l'arrêter ? Mais…

— Mais ?

— S'il lui venait à l'oreille…

— Quoi ?

— Rin, il me passa une idée. Tu la connais, l'adresse du magasin ?

— Bien sûr, *dottore*. 34, rue de Palerme.

— Merci, retourne à tes marches.

Neuf

Fazio sorti, Montalbano resta à pinser et repinser sur la suite jusqu'à ce qu'il l'eût bien clair en tête. Il appela Galluzzo.

— Ecoute, va à l'imprimerie Bulone et fais faire un petit paquet de cartes de visite.

— Pour moi ?! demanda Galluzzo, ébahi.

— Gallù, qu'est-ce tu as, tu joues les Catarella ? Pour moi.

— Et qu'est-ce que je dois faire écrire ?

— L'essentiel. « Salvo Montalbano » et, au-dessous : « Commissaire de police de Vigàta ». A gauche, en bas, ils doivent mettre notre numéro de téléphone. Une dizaine me suffisent.

— *Dottore*, tant qu'on y est…

— Tu veux que je m'en fasse faire un millier ? Comme ça, je peux m'en tapisser les chiottes ? Une dizaine, ça suffira largement. Je les veux sur ce bureau avant quatres heures de cet après-midi. Sans discussion. Cours, avant qu'ils ferment.

L'heure de manger était arrivée, les pirsonnes devaient se trouver chez elles, donc autant essayer.

— Allô ? Qui est à l'abballeil ? demanda une voix féminine qui, au minimum, venait du Burkina Faso.

— Le commissaire Montalbano, je suis. Mme Ingrid est là ?

— Toi attends.

C'était devenu une tradition : quand il téléphonait à Ingrid, lui répondait toujours une bonne arrivée de pays introuvables même sur la carte géographique.

— Salut, Salvo. Qu'est-ce qui t'arrive ?

— J'aurais besoin d'un petit coup de main. Cet après-midi, tu es libre ?

— Oui, j'ai à faire vers six heures.

— Ça me suffira. On peut se voir à Montelusa devant le bar de la Victoire à quatre heures et demie ?

— Bien sûr. A tout à l'heure.

A Marinella, dedans le four, il trouva une *pasta 'ncasciata* tendre et malicieuse (il souffrait d'une incapacité à adjectiver, il ne sut mieux la définir) et s'en régala. Après, il se changea, passa un costume gris, chemise bleu clair, cravate rouge. Il devait avoir un aspect entre l'air d'un employé et l'allure équivoque. Après encore, il s'assit sur la véranda et se prit un café en fumant une cigarette.

Avant de sortir, il dénicha un chapeau verdâtre quelque peu tyrolien qu'il n'avait pratiquement jamais utilisé et des lunettes à verres non gradués qui lui avaient servi une fois mais il ne se rappelait plus pour quoi. A quatre heures, quand il rentra au bureau, il trouva sur sa table de travail la boîte avec les cartes de visite. Il en prit trois et les inséra dans son portefeuille. Il ressortit, ouvrit le coffre de la voiture, où il conservait un imperméable à la Bogart, l'endossa, mit chapeau et lunettes et partit.

A le voir surgir devant elle ainsi déguisé, Ingrid fut prise d'une telle crise de fou rire que d'abord elle en eut les larmes aux yeux puis elle dut se réfugier aux cabinets.

Mais quand ils sortirent du bar, elle fut de nouveau prise par l'hilarité. Montalbano serra les dents.

— Monte, que j'ai pas de temps à perdre.

Ingrid obéit, en faisant à l'évidence des efforts énormes pour retenir son rire.

— Tu le connais un magasin de cadeaux qui se trouve 34, rue de Palerme ?

— Non. Pourquoi ?

— Parce qu'on doit aller là.

— Faire quoi ?

— Choisir un cadeau pour une amie à nous qui se marie. Et fais attention que tu dois m'appeler Emilio.

Ingrid explosa, littéralement. Son rire fut une espèce de détonation. Elle se prit la tête entre les mains, on ne comprenait pas si elle riait ou pleurait.

— Bon, ça va, je te ramène chez toi, dit le commissaire, furieux.

— Non, non, attends un moment, va.

Elle se moucha deux fois, s'essuya les larmes.

— Dis-moi ce que je dois faire, Emilio.

Montalbano le lui expliqua.

L'enseigne du magasin annonçait : Cappuccino en gros et en dessous, en plus petit : « argenterie, cadeaux, listes de noces ». Dans les vitrines, indubitablement élégantes, étaient exposés des objets étincelants d'un goût vulgaire. Montalbano tenta d'ouvrir la porte, mais elle était fermée. Crainte d'agressions, évidemment. Il pressa une sonnette et la porte fut ouverte de l'intérieur. Dedans, il n'y avait qu'une quadragénaire, petite et bien vêtue, mais qui semblait sur la défensive, manifestement nerveuse.

— Bonjour, dit-elle sans même le sourire habituel de bienvenue aux clients. Vous désirez ?

Montalbano eut la certitude que ce n'était pas une employée, mais Mme Cappuccino en pirsonne.

— Bonjour, arépondit Ingrid. Une de nos amies se marie et Emilio et moi, nous voudrions lui offrir un plat d'argent. Je pourrais en voir ?

— Bien sûr, dit Mme Cappuccino.

Et elle commença à sortir des étagères des plats d'argent, plus dégoûtants l'un que l'autre, et à les poser sur le comptoir. Pendant ce temps, Montalbano regardait autour de lui « avec un comportement manifestement suspect », comme on écrit dans les journaux ou dans les rapports de police. Enfin, Ingrid l'appela :

— Viens, Emilio.

Montalbano s'approcha et Ingrid lui montra deux plats.

— J'hésite entre ces deux. Lequel tu préfères ?

Tandis qu'il feignait l'incertitude, le commissaire nota que Mme Cappuccino l'observait par en dessous dès qu'elle pouvait. Peut-être, comme il l'espérait, l'avait-elle reconnu.

— Allez, Emilio, décide-toi, l'encouragea Ingrid.

Et enfin Montalbano s'adécida. Pendant que Mme Cappuccino enveloppait le plat, Ingrid se distingua par une brillante idée.

— Emilio, regarde comme elle est belle, cette coupe ! Elle irait pas bien, chez nous ?

Montalbano la foudroya du regard et dit quelque chose d'incompréhensible.

— Vous la prenez ? demanda Mme Cappuccino.

— Une autre fois, rétorqua fermement le commissaire.

Alors Mme Cappuccino gagna la caisse et commença à taper le reçu. Montalbano tira de la poche postérieure de son pantalon le portefeuille, mais il eut quelques difficultés et laissa tomber au-dehors tout son contenu. Il se baissa pour ramasser l'argent, les papiers, les cartes variées.

Puis il se leva et, du pied, repoussa vers la base du meuble qui portait la caisse une des trois cartes de visite qu'il avait laissées tomber exprès à terre. La mise en scène avait été parfaite. Ils sortirent.

— Tu as été vraiment méchant, Emilio, de pas m'acheter cette coupe ! dit Ingrid, en jouant la mauvaise humeur dès qu'ils furent en voiture et puis, changeant de ton : j'ai été bien ?

— Très bien.

— Et du plat, qu'est-ce qu'on va faire ?

— Tu te le gardes.

— Et tu crois t'en tirer comme ça ? Ce soir, on dîne ensemble. Je t'emmène dans un endroit où ils cuisinent merveilleusement le poisson.

Ce n'était pas le moment. Montalbano était certain que la comédie qu'ils avaient jouée allait donner des résultats rapides, mieux valait rester au bureau.

— On peut faire ça demain soir ?

— D'accord.

— Ah, *dottori*, *dottori* ! se lamenta Catarella dès que Montalbano fut entré dans le commissariat.

— Que fut-il ?

— Toutes les archives je me suis passé, *dottori*. La vue, j'ai perdue, les yeux qui se ferment. Il n'y a pas d'autrui qui serait aressimblant au mort nageant. Le seul fut Errera. *Dottori*, la possibilité qu'il serait justement Errera n'est pas possible ?

— Catarè, mais puisque, à Cosenza, ils m'ont dit qu'Errera était mort et enterré !

— Bon, d'accord, *dottori*, mais il n'est pas possible

que le mort adevienne vivant et après il mourre nouvellement adevenant nageant ?

— Catarè, tu veux me faire venir mal de tête ?

— *Dottori*, jamais de la vite ! Qu'est-ce que je m'en fais de ces photoraphies ?

— Laisse-les-moi sur la table. Après, on les donnera à Fazio.

Au bout de deux heures d'attente pour rien, il fut pris d'une envie de dormir irrésistible. Il écarta les papiers, appuya ses vras croisés sur le bureau, dessus y posa la tête et en un vire-tourne se trouva endormi. Si profondément que quand le tiliphone sonna et qu'il rouvrit l'œil, pendant quelques secondes, il ne sut plus où il s'atrouvait.

— Allô, *dottori*. Il y a un type qui veut parler avec vous en pirsonne pirsonnellement.

— Qui est-ce ?

— C'est ça qui coince, *dottori*. Son nom à lui, il dit qu'il ne veut pas le dire.

— Passe-le-moi... Montalbano, je suis. Qui est à l'appareil ?

— Commissaire, vous, cet après-midi, vous êtes venu avec une dame au magasin de ma femme.

— Moi ?!

— Oh que oui, monsieur, vous.

— Excusez-moi, vous pouvez me dire qui est à l'appareil ?

— Non.

— Ben, alors, au revoir.

Et il raccrocha. C'était un geste dangereux, si ça se trouvait Marzilla avait épuisé tout son courage et ne trouverait pas la force d'un nouveau coup de fil. Mais apparemment, le type était solidement ferré, il rappela aussitôt.

— Commissaire, excusez-moi pour tout à l'heure. Mais vous, essayez de me comprendre. Vous êtes venu au magasin de ma femme qui vous a reconnu tout de suite. Mais vous vous étiez déguisé et vous vous faisiez appeler Emilio. En plus, ma femme a retrouvé une de vos cartes de visite qui vous a échappé. Vous admettrez qu'il y a de quoi rendre nerveux !

— Pourquoi ?

— Parce qu'il est clair que vous êtes en train d'enquêter sur quelque chose qui me concerne.

— Si c'est pour ça, vous pouvez être tranquille. Les enquêtes préliminaires sont terminées.

— Vous avez dit que je peux être tranquille ?

— Certainement. Du moins pour cette nuit.

Il entendit la respiration de Marzilla se bloquer d'un coup.

— Qu'est-ce… qu'est-ce que ça veut dire ?

— Qu'à partir de demain, je passe à la deuxième phase. La phase des opérations.

— Et… c'est-à-dire ?

— Vous savez comment ça se passe, non ? Arrestations, interpellations, interrogatoires, procureur, journalistes…

— Mais moi, dans cette histoire, j'y suis pour rien !

— Pardon, quelle histoire ?

— Mais… mais… mais… je ne sais pas… l'histoire que… Mais, alors, pourquoi vous êtes venu dans mon magasin ?

— Ah, ça ? Pour acheter un cadeau de noces.

— Mais pourquoi vous vous faisiez appeler Emilio ?

— A la dame qui m'accompagnait, ça lui plaît de m'appeler comme ça. Ecoutez, Marzilla, il est tard. Je rentre chez moi à Marinella. On se voit demain ?

Et il raccrocha. Plus salaud que ça, c'était possible ? Il pariait ses roubignoles que d'ici une heure, maximum,

Marzilla allait frapper à sa porte. L'adresse, il pouvait se la procurer facilement en regardant sur l'annuaire. Comme il l'avait soupçonné, l'infirmier était jusqu'au cou dans l'histoire arrivée durant le débarquement. Quelqu'un avait dû lui ordonner d'agir de manière que la femme avec les trois minots soit embarquée sur l'ambulance pour être laissée à la porte des urgences du pital. Et lui, il avait obéi.

Il monta en voiture et partit, toutes les fenêtres baissées. Il avait besoin de se sentir sur le visage du bon air marin nocturne bien sain.

Une heure plus tard, comme il l'avait lucidement prévu, une voiture s'arrêta sur l'emplacement devant la porte, une portière battit, la sonnette retentit. Il alla ouvrir. C'était un Marzilla différent de ce qu'il avait vu sur le parc de stationnement du pital. La varbe longue, il avait un air maladif.

— Excusez-moi si...

— Je vous attendais. Entrez.

Montalbano avait décidé de changer de tactique et Marzilla parut étonné par l'accueil. Il entra, hésitant, et plutôt que s'asseoir, il s'effondra sur le siège que le commissaire lui offrait.

— C'est moi qui parle, dit Montalbano. Comme ça, on perd moins de temps.

L'homme eut un geste de résignation.

— L'autre soir, au port, vous saviez déjà qu'une immigrée avec trois enfants, en débarquant, ferait semblant de tomber en se faisant mal à une jambe. Votre tâche était de rester là avec l'ambulance prête en essayant de ne pas vous faire coincer pour un autre service et ensuite de vous approcher, de diagnostiquer une fracture de la jambe, avant l'arrivée du médecin, de charger la femme et les trois enfants et ensuite de partir pour Montelusa. C'est ça ? Répondez seulement par oui ou par non.

Marzilla n'aréussit à répondre qu'après avoir dégluti et s'être passé la langue sur les lèvres.

— Oui.

— Bien. Arrivé à l'hôpital de San Gregorio, vous deviez laisser la femme et les enfants à la porte des urgences sans les accompagner à l'intérieur. Et c'est ce que vous avez fait. Vous avez aussi eu la chance d'être appelé d'urgence à Scroglitti, ce qui vous a fourni une bonne raison à votre façon d'agir. Répondez.

— Oui.

— Le chauffeur de l'ambulance est complice ?

— Oui. Je lui passe cent euros chaque fois.

— Combien de fois l'avez-vous fait ?

— Deux fois.

— Et les deux fois, avec les adultes, il y avait des enfants ?

Marzilla déglutit deux ou trois fois avant d'arépondre :

— Oui.

— Durant ces trajets, où est-ce que vous êtes assis ?

— Ça dépend. A côté du chauffeur ou bien à l'intérieur avec ceux qu'on emmène.

— Et durant le voyage qui m'intéresse, où étiez-vous ?

— Pendant une partie du trajet, devant.

— Et puis vous êtes passé derrière ?

Marzilla transpirait, il était en difficulté.

— Oui.

— Pourquoi ?

— Je voudrais un peu d'eau.

— Non.

Marzilla lui jeta un regard effrayé.

— Si vous ne voulez pas me le dire, je vous le dis, moi. Vous avez été contraint de passer derrière parce qu'un des minots, celui de six ans, le plus grand, voulait sortir à tout prix, il voulait qu'on le laisse libre. C'est ça ?

Marzilla fit oui du menton.

— Alors, vous, qu'est-ce que vous avez fait ?

L'infirmier dit querque chose d'une voix si vasse que le commissaire, plus que l'entendre, le devina.

— Une injection ? De somnifère ?

— Non. Un calmant.

— Et qui le tenait, le minot ?

— Sa mère. Ou celle qui passait pour.

— Et les autres minots ?

— Ils pleuraient.

— Le minot auquel vous avez fait l'injection, aussi ?

— Non, lui non.

— Qu'est-ce qu'il faisait ?

— Il se mordait la langue au sang.

Montalbano se leva avec lenteur, il sentait un fourmillement dans ses jambes.

— Regardez-moi, s'il vous plaît.

L'infirmier leva la tête pour le regarder. La première torgnole sur la joue gauche fut d'une violence à lui faire tourner presque complètement la tête, la seconde le chopa à l'instant où il se retournait et lui cogna le nez, en faisant jaillir un flot de sang. L'homme n'essaya même pas de s'essuyer, il laissa le sang lui tacher la chemise et la veste. Montalbano s'assit nouvellement.

— Vous me salissez le sol. Au fond, à droite, il y a les toilettes. Allez vous laver. Devant, il y a la cuisine, ouvrez le réfrigérateur, il doit y avoir des glaçons. Et puis, vous, vous êtes pas seulement un tortionnaire d'enfants, vous êtes aussi infirmier et vous savez ce qu'il faut faire.

Durant tout le temps que l'homme farfouilla dans la salle de bains et à la cuisine, Montalbano s'efforça de ne pas pinser à la scène que Marzilla lui avait racontée, à tout cet enfer concentré dans l'espace étroit de l'ambulance, à la terreur des yeux écarquillés sur la violence...

Et c'était lui qui avait pris par la main ce gamin et l'avait amené vers l'horreur. Il n'y arriverait pas, à se pardonner, inutile de se répéter que lui, au contraire, il avait cru agir au mieux... il ne devait pas y pinser, il ne devait pas se laisser submerger par la rage, s'il voulait continuer l'interrogatoire. Marzilla revint. Il avait fait une espèce de sac à glaçons avec son mouchoir et se le tenait contre le nez, la tête légèrement en arrière. Il s'assit devant le commissaire sans souffler mot.

— Et maintenant, je vais vous dire pourquoi vous avez eu si peur quand je suis venu au magasin. Toi, tu...

Marzilla sursauta. Le brusque passage du vouvoiement au tutoiement fut pour lui comme un coup de pistolet.

— ...tu as appris que ce minot, celui auquel tu avais fait l'injection, ils ont dû l'abattre comme un bestiau sauvage. C'est ça ?

— Oui.

— Et donc, tu as eu peur. Passque tu es un délinquant de quatre sous, un misérable, une merde, mais tu n'as pas la force d'être complice d'un assassinat. Comment tu l'as appris, que c'était le même minot que celui auquel tu avais fait la piqûre, celui qu'ils ont écrasé en auto, tu me le diras après. Maintenant, c'est à toi de parler. Et je t'économise un peu de salive en te disant que je sais que tu es couvert de dettes et que tu as besoin d'argent, et beaucoup, pour payer les usuriers. Continue.

Marzilla commença à raconter. Les deux mornifles du commissaire avaient dû l'assommer, mais elles avaient en partie calmé son agitation, désormais ce qui était fait était fait.

— Quand les banques n'ont plus voulu me faire crédit, pour ne pas tout perdre, j'ai demandé autour de moi qui pouvait me donner un coup de main. On m'a donné un nom et j'allai voir la personne. Et c'est comme ça qu'a commencé une ruine pire qu'une faillite. Ce type, le fric, il me le prêta, mais à un intérêt que j'en ai même honte de le dire. J'ai tenu le coup un moment, et puis je n'y suis plus arrivé. Alors, ce monsieur, c'est arrivé voilà deux mois, me fit une proposition.

— Dis-moi son nom.

Marzilla secoua la tête qu'il gardait toujours en arrière.

— J'ai peur, commissaire. Il est capable de nous faire tuer, *a mia e a mè mogliere*, ma femme et moi.

— Bon, continue. Quelle proposition il t'a faite ?

— Il m'a dit qu'il avait besoin d'aider quelques familles d'immigrés qui avaient besoin de se regrouper chez nous. Il donnait le cas des maris qui ont trouvé du travail, mais étant donné qu'ils sont clandestins, ils ne peuvent pas faire venir femme et enfants. En échange de mon aide, il m'aurait effacé une bonne partie des intérêts.

— Un pourcentage fixe ?

— Non, commissaire. On devait en parler à chaque fois.

— Comment t'avertissait-il ?

— Il me téléphonait la veille du débarquement. Il me décrivait la personne qui se serait arrangée pour que je l'embarque dans l'ambulance. La première fois, tout se passa sans problème, c'était une vieille avec deux minots. La deuxième fois, en fait, il arriva ce que je vous ai raconté, que le plus grand des minots s'arebella.

Marzilla s'arrêta, poussa un profond soupir.

— Vous devez me croire, commissaire. Je n'en ai pas dormi. J'avais devant mes yeux la scène, la bonne femme qui le tenait, moi avec la seringue, les autres minots qui pleuraient et j'arrivais pas à m'endormir. L'autre matin, j'allai voir ce monsieur, il était dans les dix heures, pour se mettre d'accord sur le pourcentage d'intérêt à effacer. Et lui me dit que cette fois il ne me reviendrait rien, l'affaire avait mal tourné, la marchandise était avariée. Il a dit exactement comme ça. Et il s'est débarrassé de moi en me disant que je pourrais me rattraper, étant donné qu'il y avait un nouvel arrivage en vue. Je rentrai chez moi découragé. Puis j'entendis au journal télévisé qu'un minot immigré avait été tué par un chauffard. Et ce fut alors que je compris ce que voulait sans doute dire ce monsieur en parlant de marchandise avariée. Puis vous arrivez au magasin, et déjà que, à l'hôpital, vous aviez posé des questions... en somme, je me suis convaincu que je devais à tout prix me tirer de cette histoire.

Montalbano se leva, sortit sur la véranda. La mer s'entendait à peine, comme la respiration d'un minot. Il resta un moment là puis rentra s'asseoir.

— Ecoute. Toi, le nom de ce monsieur, si on peut l'appeler comme ça, tu veux pas me le livrer...

— C'est pas que je veux pas, je peux pas ! cria presque l'infirmier.

— Bon, d'accord, reste calme, ne t'agite pas que sinon tu vas saigner encore du nez. Passons un accord.

— Quel accord ?

— Tu le comprends que je peux t'envoyer en taule ?

— Oui.

— Et ce serait ta ruine. Tu perds ton poste à l'hôpital et ta femme devra vendre le magasin.

— Je l'ai compris.

— Alors, s'il te reste querque chose dans la coucourde, tu dois faire une seule chose. M'avertir tout de suite dès qu'il téléphone. Et c'est tout. Pour le reste, je m'en occupe.

— Et à moi, vous me tenez en dehors de ça ?

— Ça, je peux pas te le garantir. Mais je peux limiter les dégâts. Tu as ma parole. Et maintenant, lâche-moi la grappe.

— Merci, dit Marzilla en se levant et en se dirigeant vers la porte, jambes flageolantes.

— Pas de quoi, rétorqua Montalbano.

Il ne se coucha pas tout de suite. Il trouva une demi-bouteille de whisky et alla se la siffler sur la véranda. Et avant de boire chaque gorgée, il levait la bouteille en l'air. Un toast à un petit guerrier qui avait combattu tant qu'il avait pu, et qui avait perdu.

Dix

Matinée venteuse et dégueulasse, soleil blême et souvent caché par des sales nuages rapides et gris sombre : cela suffisait largement à aggraver encore l'humeur déjà noire du commissaire. Il gagna la cuisine, se pripara le café, s'en but une première tasse, se fuma une cigarette, fit ce qu'il devait faire, se glissa sous la douche, se rasa la varbe, se rhabilla avec la même tenue qu'il gardait depuis deux jours. Avant de sortir, il revint à la cuisine dans l'intention de se prendre un autre café, mais il aréussit à ne se remplir qu'une demi-tasse passque l'autre moitié, il se la renversa sur le pantalon. Soudain, la main, de sa propre initiative, s'était écartée. Un autre signal de la vieillesse qui s'approchait ? Jurant comme un peloton de Turcs en rang par deux, il se déshabilla en laissant le costume sur une chaise pour qu'Adelina le lui nettoie et le lui repasse. Des poches, il tria tout ce qu'elles contenaient pour les transférer dans le costume qu'il allait se mettre et, dans le tas, découvrit avec surprise une enveloppe fermée. Il la fixa, ahuri. D'où sortait-elle ? Après, il s'arappela : c'était la lettre que Catarella lui avait remise en lui disant que c'était le journaliste Ponce Pilate qui l'avait apportée. Son premier mouvement fut de la jeter à la poubelle, mais en fait, va savoir pourquoi, il décida de la lire ; de toute façon, il pourrait toujours s'abstenir de répondre. Ses yeux coururent à la signature : Leonce Melate, facile à traduire en catarellien. Elle était brève et cela, déjà, constituait un bon point en faveur de celui qui l'avait écrite.

Cher commissaire Montalbano,

Je suis un journaliste qui n'appartient à aucun grand titre, mais qui collabore et continue à collaborer avec des quotidiens et des revues.

Un free-lance, comme on dit. J'ai mené des enquêtes assez importantes sur la mafia du Brenta[1]*, sur la contrebande d'armes avec les pays de l'Est et, depuis quelque temps, je me consacre à un aspect particulier de l'immigration clandestine dans l'Adriatique et dans la Méditerranée.*

L'autre soir, je vous ai entrevu sur le quai du port durant une des habituelles arrivées de clandestins. Je vous connais de réputation et j'ai pensé que peut-être pourrait nous être réciproquement utile un échange d'opinions (pas une interview, n'est-ce pas ? Je sais que vous les détestez).

Je vous écris à la suite mon numéro de mobile.

Je resterai encore quelques jours dans l'île.

Cordialement, Leonce Melate.

La sécheresse du mot lui plut. Il décida d'appeler le journaliste, dès qu'il serait arrivé au bureau, au cas où il serait encore dans l'île. Il alla se chercher un autre costume.

1. Organisation criminelle qui s'imposa en Vénétie, dans la vallée du fleuve Brenta, au cours des années 80, en adoptant le modèle de la mafia sicilienne. *(N.d.T.)*

La première chose qu'il fit, en entrant au commissariat, ce fut d'appeler Catarella en présence de Mimì Augello.

— Catarella, écoute-moi bien, avec une attention extrême. Un certain Marzilla doit m'appeler. Dès qu'il téléphone…

— Excusez, *dottori*, l'interrompit Catarella. Comment c'est que vous dites qu'il s'appelle de son nom, ce Marzilla ? Cardilla ?

Montalbano se sentit rassuré. Si Catarella se remettait à dire n'importe comment les noms, ça voulait dire que la fin du monde était encore loin.

— Mais, sainte Vierge Marie, pourquoi devrait-il s'appeler Cardilla, si toi-même tu l'as appelé, à l'instant, Marzilla ?

— C'est vrai ? se récria Catarella, abasourdi. Mais alors, comment c'est qu'il s'appelle, ce brave monsieur ?

Le commissaire ramassa une feuille de papier, y écrivit au feutre rouge en grosses lettres MARZILLA et le tendit à Catarella.

— Lis.

Catarella lut correctement.

— Très bien, dit Montalbano. Cette feuille, tu l'accroches à côté du standard. Dès qu'il appelle, tu dois me mettre en communication avec lui, que je me trouve ici ou en Afghanistan. D'accord ?

— Oh que oui, *dottori*. Allez-y tranquille, en Afgastan, je vous le passerai.

— Pourquoi m'as-tu fait assister à ce sketch de première partie ? demanda Augello quand Catarella s'en fut allé.

— Parce que toi, trois fois le matin et trois fois l'après-midi, tu dois demander à Catarella si Marzilla a téléphoné.

— On peut savoir qui c'est, ce Marzilla ?

— Je te le dirai si tu as été sage avec papa et si tu as fait tes devoirs.

Pendant tout le reste de la matinée, il ne se passa rin de rin. Ou du moins, rien que de la routine : une demande d'intervention pour une violente bagarre familiale qui se transforma en agression, de la part de toute la famille d'un coup réunifiée, contre Gallo et Galluzzo coupables de chercher à rétablir la paix ; la plainte du premier adjoint au maire, pâle comme un mort, qui avait trouvé un lapin égorgé devant la porte de sa maison ; les coups de feu tirés par les occupants d'une voiture en mouvement, contre un particulier arrêté à une station service, lequel était resté indemne et ensuite, remonté en voiture, avait promptement disparu dans le néant sans que le pompiste ait eu le temps de noter le numéro ; le braquage presque quotidien d'un supermarché. Le mobile du journaliste Melate s'entêta à rester éteint. Bref : Montalbano n'en eut pas vraiment marre, mais pas loin. Il se consola à la trattoria Chez Enzo.

Vers quatre heures de l'après-midi, Fazio se manifesta par téléphone. Il appelait sur son mobile depuis Spigonella.

— *Dottore* ? J'ai du neuf.

— Dis-moi.

— Deux personnes au moins, par ici, croient avoir vu le mort que vous avez trouvé, ils l'ont reconnu sur la photo avec les moustaches.

— Ils savent comment il s'appelle ?

— Non.

— Il habitait là ?

— Ils ne le savent pas.

— Ils savent ce qu'il faisait dans le coin ?

— Non.

— Et qu'est-ce qu'ils savent, bordel ?

Fazio préféra ne pas répondre directement.

— *Dottore*, vous ne pouvez pas venir ? Comme ça, vous vous rendrez compte par vous-même de la situation. Vous pouvez suivre la route du littoral, mais elle est toujours encombrée, ou vous pouvez passer par Montechiaro, prendre…

— Je la connais, cette route.

C'était celle qu'il avait suivie pour aller voir où avait été tué le minot. Il appela Ingrid avec laquelle il devait aller dîner. La Suédoise s'excusa immédiatement : ils ne pouvaient se voir parce que son mari, à son insu, avait invité des amis et elle devrait donc jouer le rôle de la maîtresse de maison. Ils se mirent d'accord pour qu'elle passe au commissariat vers 20 h 30 le lendemain. S'il n'y était pas, elle l'attendrait. Il essaya de nouveau avec le journaliste et cette fois, Leonce Melate arépondit.

— Commissaire ! Je pensais que vous n'auriez plus rappelé !

— Ecoutez, on peut se voir ?

— Quand ?

— Tout de suite, si vous voulez.

— Ça me serait difficile. J'ai dû foncer à Trieste, j'ai passé la journée entre les aéroports et les avions en retard. Heureusement, maman va moins mal que ce que ma sœur a voulu me faire croire.

— Vous m'en voyez enchanté. Alors ?

— Faisons comme cela. Si tout va bien, j'espère prendre demain matin un avion pour Rome et ensuite, continuer pour venir chez vous. Je vous tiens au courant.

Lorsqu'il eut passé Montechiaro et pris la route pour Spigonella, à un certain moment, il se retrouva à un croisement pour Tricase. Il hésita un instant, puis s'adécida :

au maximum, il perdrait une dizaine de minutes. Il passa le virage : le croquant n'était pas à besogner dans son champ, il n'y avait même pas l'aboiement d'un chien pour rompre le silence. A la base du monticule de graviers, le bouquet de fleurs des champs était déjà fané.

Il lui fallut utiliser toute sa faible habileté pour faire marche arrière sur cette ex-draille retournée comme par un tremblement de terre et retourner vers Spigonella. Fazio l'attendait debout devant sa voiture, en face d'une petite villa blanche et rouge, à deux étages, manifestement inhabitée. Le bruit de la mer était fort.

— A partir de là commence Spigonella, dit Fazio. Il vaut mieux que vous veniez en voiture avec moi.

Montalbano monta et Fazio, en démarrant, commença à jouer les guides.

— Spigonella s'étend sur un plateau rocheux ; pour arriver à la mer, il faut monter et descendre des escaliers creusés dans la pierre, un truc à se choper un infarctus, l'été. La mer, on peut aussi l'atteindre en voiture mais il faut refaire la route que vous avez faite, dévier vers Tricase et de là, revenir vers ici. Vous m'avez compris ?

— Oui.

— Tricase, en revanche, est vraiment au bord de la mer, mais c'est pas habité pareil.

— En quel sens ?

— Dans le sens qu'ici, à Spigonella, ceux qui se sont fait la villa, ce sont des gens qui ont des sous, des avocats, des médecins, des commerçants, alors qu'à Tricase, ce sont des bicoques l'une contre l'autre, toutes habitées par des petites gens.

— Mais les villas sont aussi abusives que les bicoques, non ?

— Certainement, *dottore*. Je voulais seulement dire qu'ici, chaque villa est à part, vous voyez bien ? Des murs d'enceinte très hauts, des portails avec derrière des plantes serrées… difficile de voir ce qui se passe là-dedans. Alors qu'à Tricase, les bicoques se font confiance, on dirait qu'elles se parlent entre elles.

— Tu es devenu poète ? demanda Montalbano.

Fazio rougit.

— De temps en temps, ça m'arrive, avoua-t-il.

A présent, ils étaient arrivés sur le bord du plateau. Ils descendirent de la voiture. Sous la falaise, la mer blanchissait d'écume en battant contre les roches ; un peu plus loin, elle avait complètement envahi une petite plage. C'était une rive insolite, qui alternait des hérissements d'écueils avec des étendues sablées. Une villa solitaire était construite tout au bout d'un petit promontoire. Sa très vaste terrasse était carrément comme suspendue sur la mer. Le bout de côte en dessous était un amas de hautes roches, presque des îlots rocheux, mais il avait été, toujours sans droit ni titre, clôturé pour ménager un espace privé. Il n'y avait rien d'autre à voir. Ils remontèrent en voiture.

— Maintenant, je vous emmène parler avec un type qui…

— Non, dit le commissaire. C'est inutile. Raconte-moi ce qu'il t'a dit. Retournons en arrière.

Durant tout le trajet de retour, comme à l'aller, ils ne rencontrèrent pas la moindre automobile. Et il n'y en avait pas de garées.

Devant une villa véritablement luxueuse, assis sur un siège de paille, un homme fumait le cigare.

— Ce monsieur, dit Fazio, est un des deux qui ont dit avoir vu l'homme de la photo. Il est gardien. Il m'a raconté qu'il y a trois mois, il était assis là comme il l'est maintenant, quand il a vu arriver de la gauche une automobile qui avançait par sursauts. La voiture s'arrêta juste devant lui et un homme en sortit, celui de la photo. Il était en panne d'essence. Alors le gardien proposa d'aller lui en chercher un bidon à la station qu'il y a en dessous de Montechiaro. Quand il est revenu, l'homme lui a donné cent euros de pourboire.

— Donc, il n'a pas vu d'où il venait.

— Non. Et il ne l'avait jamais rencontré avant. Au deuxième homme qui l'a reconnu, je n'ai pu parler qu'en vitesse. Il est pêcheur. Il avait un panier plein de poissons qu'il allait vendre à Montechiaro. Il m'a dit avoir vu l'homme de la photographie il y a trois, quatre mois, sur la plage.

— Il y a trois ou quatre mois ? Mais on était en plein hiver ! Qu'est-ce qu'il faisait là, ce type ?

— C'est ce que s'est demandé le pêcheur. Il venait juste de tirer la barque au sec quand il vit, sur un rocher, l'homme de la photographie.

— Sur un rocher ?

— Oh que oui, monsieur. Un rocher de ceux qui sont sous la villa avec une grande terrasse.

— Et qu'est-ce qu'il faisait ?

— Rin. Il regardait la mer et il parlait dans son portable. Le pêcheur a bien vu l'homme parce que ce type, à un certain moment, s'est tourné pour le fixer. Il a eu l'impression que l'homme sur son rocher lui disait quelque chose du regard.

— A savoir ?

— « Dégage tout de suite, connard. » Qu'est-ce que je fais ?

— Je n'ai pas compris. Qu'est-ce que tu dois faire ?

— Je continue à chercher ou je m'arrête ?

— Bah, il me paraît inutile de te faire perdre encore du temps. Rentre à Vigàta.

— Et vous ne venez pas ?

— Je te suis, mais je dois m'arrêter un moment à Montechiaro.

C'était un pur et simple bobard, il n'avait rien à faire à Montechiaro. En fait, pendant un moment il suivit la voiture de Fazio puis, quand il l'eut perdue de vue, fit demi-tour et revint en arrière. Spigonella l'avait 'mpressionné. Se pouvait-il que, dans toute l'agglomération, même si on était hors saison, il n'y avait pas d'autre âme qui vive en dehors du gardien qui fumait le cigare ? Il n'avait pas même vu un chien ou un chat ensauvagé par la solitude. C'était le lieu idéal pour qui voulait venir faire ses petites affaires, comme y emmener une petite femme, organiser un tripot, une partouze, une séance de sniffette colossale. Suffisait de faire attention à fermer les volets de manière que du dehors ne perce pas un filet de lumière, et personne ne pourrait comprendre ce qui se passait dedans. Chaque villa avait assez d'espace autour pour que les voitures puissent entrer et disparaître derrière les grilles et les murs. Une fois le portail fermé, c'était comme si la voiture n'était jamais arrivée. Tandis qu'il errait en voiture, il lui vint une pinsée soudaine. Il s'arrêta, sortit, se mit à marcher, songeur. De temps en temps, il donnait quelques petits coups de pied à des cailloux blancs sur la route.

La longue fuite du minot, commencée sur le quai du port de Vigàta, avait fini dans les environs de Spigonella. Et presque certainement, il s'enfuyait de Spigonella quand il avait été écrasé par l'automobile.

Le mort sans nom, qu'il avait trouvé en train de flotter, avait été vu à Spigonella. Et très probablement, à Spigonella, il avait été tué. Les deux histoires paraissaient se dérouler en parallèle et en fait, ça ne devait pas être le cas. Et il lui revint à l'esprit la célèbre expression d'un homme politique assassiné par les Brigades rouges, celle des « convergences parallèles ». Alors, le point ultime de la convergence était donc le village fantôme de Spigonella ? Et pourquoi pas ?

Mais par où commencer ? Essayer de savoir les noms des propriétaires des villas ? L'entreprise lui parut aussitôt impossible. Comme il s'agissait en totalité de constructions parfaitement abusives, inutile d'aller au cadastre ou à la municipalité. Découragé, il s'appuya à un poteau électrique. Mais à l'instant où son épaule touchait le bois du poteau, il s'en écarta comme s'il avait reçu une décharge. L'électricité, bien sûr ! Toutes les villas devaient être dotées d'énergie électrique et donc les propriétaires avaient fait une demande signée de connexion ! L'enthousiasme fut de brève durée. Il prévoyait la réponse de la société : les factures relatives à Spigonella, comme il n'existait pas en ce lieu de rues avec noms et numéros, étaient envoyées aux adresses habituelles des propriétaires. Le repérage de ces propriétaires serait certainement une opération longue et difficile. Et si Montalbano allait jusqu'à demander combien de temps il faudrait, la réponse serait d'un flou presque artistique. Et tenter avec la société de téléphone ? Allons donc !

A part que la réponse de ladite société aurait beaucoup de points de ressemblance avec celle de la société d'électricité, comment il faisait, avec les mobiles ? Et du reste un des témoins, le pêcheur, n'avait-il pas rapporté que le mort anonyme, quand il le vit, était justement en train de parler dans son mobile ? Rin, où qu'il se tournait, il se heurtait à un mur. Une pinsée lui vint. Il monta en voiture, démarra et partit. La route ne fut pas facile à trouver, deux ou trois fois, il passa et repassa devant la même villa avant de, finalement, voir de loin ce qu'il cherchait. Le gardien était toujours assis sur le même siège de paille, le cigare à la bouche. Montalbano s'arrêta, descendit, s'approcha.

— Bonjour.

— Si, à vosseigneurie, il paraît bon, le jour... Bonjour.

— Je suis commissaire de police.

— Je l'acompris. Vosseigneurie est passé avec l'autre policier, celui qui me fit voir la photographie.

Il avait bon œil, monsieur le gardien.

— Je voulais vous demander quelque chose.

— Allez-y.

— On en voit, des immigrés, par ici ?

Le gardien lui répondit d'un regard éberlué.

— Des immigrés ? Mon bon monsieur, ici, on voit ni migrés ni immigrés. Ici, on voit que ceux qui y habitent, quand ils viennent. Des immigrés ! Bah !

— Pardon, mais pourquoi ça vous paraît si absurde ?

— Passque, mon bon monsieur, toutes les deux heures, il passe les vigiles privés. Et eux, s'ils voyaient un immigré, à coups de lattes dans le cul, ils le renverraient dans son pays !

— Et comment ça se fait, que ces vigiles, on les voit pas, aujourd'hui ?

— Passqu'aujourd'hui, il y a une demi-journée de grève.

— Merci.

— Non, merci à vous qui m'avez fait passer un peu de temps.

Il remonta en voiture et repartit. Mais arrivé à la hauteur de la petite villa rouge et blanche devant laquelle il avait rencontré Fazio, il revint en arrière. Il savait qu'il n'y avait rien à découvrir, mais il ne parvenait pas à s'éloigner de cet endroit. Il revint s'arrêter au bord de la falaise. La nuit tombait. A contre-jour, la villa à très grande terrasse prenait une allure spectrale. Malgré les constructions luxueuses, les arbres très soignés qui surmontaient les clôtures, malgré la végétation dans tous les coins, Spigonella était une terre désolée, pour citer encore Eliot. Bien sûr, tous les villages de bord de mer, surtout ceux qui vivent grâce aux estivants, semblaient morts hors saison. Mais Spigonella devait être déjà mort au moment de naître. Dans son principe était sa fin, pour estropier encore Eliot. Cette fois, après être remonté en voiture, il s'en revint vraiment à Vigàta.

— Catarè, Marzilla s'est manifesté ?

— Oh que non, *dottori*. Lui, il tilifona pas, mais Ponce Pilate, oui.

— Qu'est-ce qu'il a dit ?

— Il a dit que demain, il y arrive pas à prendre l'aériplane mais après-demain oui et or donc après déjeuner d'après-demain, il vient ici.

Le commissaire entra dans son bureau mais ne s'assit pas. Il passa tout de suite un coup de fil. Il voulait contrôler s'il était possible de faire une chose qui lui était passée par la tête un instant plus tôt, quand il se garait devant le commissariat.

— Madame Albanese ? Bonsoir, comment va ? Le commissaire Montalbano, je suis. Vous pouvez me dire à quelle heure votre mari rentre avec le chalutier ? Ah, aujourd'hui, il n'est pas sorti. Il est à la maison ? Vous pouvez me le passer ? Ciccio, comment ça se fait que t'es chez toi ? Un refroidissement ? Et maintenant, comment ça va ? C'est complètement passé ? Bien, je suis content. Ecoute, je voulais te demander une chose… Comment tu dis ? Pourquoi je ne viens pas chez vous dîner, comme ça on en parle en tête à tête ? Vraiment, je ne voudrais pas aprofiter, déranger ta dame… Qu'est-ce que tu as dit ? Des pâtes avé la ricotta fraîche ? Et après, petite friture ? Dans une demi-heure maximum, je suis chez vous.

Durant tout le dîner, il n'aréussit pas à parler. De temps en temps, Ciccio Albanese se hasardait :

— Qu'est-ce que vous vouliez me demander, commissaire ?

Mais Montalbano arépondait même pas, il faisait tourner son index de la main gauche, de ce geste qui veut dire « après, après ». Passque soit il avait la vouche pleine, soit il ne voulait pas l'ouvrir dans la crainte que l'air, en entrant dedans, lui emporte la saveur jalousement conservée entre langue et palais.

Quand arriva le café, il se décida à parler de ce qu'il voulait, mais seulement après avoir félicité la femme d'Albanese pour sa cuisine.

— C'est toi qui avais raison, Ciccio. Le mort a été vu voilà trois mois à Spigonella. Ça a dû se passer comme tu disais : on l'a tué et puis jeté à l'eau à Spigonella ou dans les parages. T'es vraiment aussi bon que ce qu'on dit.

Ciccio Albanese encaissa l'éloge sans ciller, comme un dû.

— En quoi puis-je vous être encore utile ? se limita-t-il à demander.

Montalbano le lui expliqua. Albanese y réfléchit un peu puis s'adressa à sa femme.

— Tu le sais, si Tanino est à Montelusa ou s'il est à Palerme ?

— Ce matin, *mè soro me disse che era ccà*, ma sœur m'a dit qu'il était là.

Avant de téléphoner à Montelusa, Albanese se sentit en devoir d'expliquer.

— Tanino est le fils d'une sœur de ma femme. Il étudie la *liggi*, la loi, à Palerme. Son père a une bicoque à Tricase et Tanino y va souvent. Il a un hors-bord et il aime bien la plongée.

Le coup de fil ne dura pas plus de cinq minutes.

— Demain matin à huit heures. Tanino vous attend. Et maintenant, je vous explique comment y arriver.

— Fazio ? Excuse-moi de te déranger à cette heure. Il me semble avoir vu, l'autre jour, un de nos hommes avec une petite caméra vidéo qui…

— Oh que oui, *dottore*. C'était Torrisi. Il vient juste de l'acheter, c'était Torretta qui la lui a vendue.

Et comment donc ! Torretta avait dû déménager le bazar de Zanzibar en l'installant au commissariat de Vigàta !

— Envoie-moi Torrisi tout de suite à Marinella, avec la caméra et tout ce qui sert à la faire fonctionner.

Onze

Quand il ouvrit la fenêtre, il lui vint *'u cori*, du cœur au ventre. La matinée s'aprésentait heureuse d'être ce qu'elle était : vive, de lumière comme de couleur. Sous la douche, Montalbano essaya même de chanter, ce qui lui arrivait rarement, mais comme il chantait un peu faux, il se limita à murmurer le refrain. Il n'était pas en retard mais il s'aperçut qu'il faisait les choses en hâte, impatient qu'il était de quitter Marinella pour Tricase. Au point qu'en voiture, à un certain moment, il se rendit compte qu'il conduisait trop vite. A la bifurcation Spigonella-Tricase, il tourna à gauche et après le virage habituel, se retrouva à la hauteur du monticule de graviers. Le bouquet de fleurs n'était plus là. Un ouvrier remplissait à la pelle une brouette. Un peu plus loin, deux autres besognaient sur la route. Tout avait disparu de ce qui rappelait la mort et la vie de ce minot, à cette heure, le petit corps devait avoir été enterré, anonyme, au cimetière de Montechiaro. Arrivé à Tricase, il suivit attentivement les instructions de Ciccio Albanese et, presque sur la rive, se retrouva devant une bicoque jaune. A la porte, se tenait un jeune d'une vingtaine d'années, en short et pieds nus, l'air sympathique. Un bateau pneumatique se balançait non loin. Ils se serrèrent la main. Tanino observa avec une certaine curiosité le commissaire qui, à ce moment seulement, se rendit compte qu'il était équipé comme un vrai touriste : outre la caméra vidéo, il trimballait aussi des jumelles.

— On peut y aller ? demanda le jeune.

— Bien sûr. Mais avant, je voudrais me changer.

— Je vous en prie.

Il entra dans la maisonnette et en sortit en maillot de bain. Tanino ferma la porte à clé et ils montèrent dans le hors-bord. Alors seulement, le jeune demanda :

— Où devons-nous aller ?

— Ton oncle ne t'a pas expliqué ?

— Mon oncle m'a dit seulement de me mettre à votre disposition.

— Je veux filmer la côte de Spigonella. Mais nous ne devons pas nous faire remarquer.

— Commissaire, et qui doit nous remarquer ? A Spigonella, en ce moment, il n'y a pas âme qui vive !

— Tu feras ce que je te dis.

Au bout d'un peu moins d'une demi-heure qu'ils filaient sur l'eau, Tanino ralentit.

— Là-bas, c'est les premières villas de Spigonella. Ça vous va, cette vitesse ?

— Très bien.

— On ne s'approche pas plus ?

— Non.

Montalbano prit en main la caméra et, avec horreur, s'aperçut qu'il ne savait pas s'en servir. Les instructions fournies le soir précédent par Torrisi étaient une bouillie informe dans sa coucourde.

— Sainte Mère ! Je m'oubliai tout ! gémit-il.

— Vous voulez que je le fasse ? Chez moi, j'en ai une pareille, je sais comment m'en servir.

Ils échangèrent leurs places, le commissaire se mit au

gouvernail. D'une main, il le tenait, de l'autre il portait les jumelles à ses yeux.

— Et ici finit Spigonella, dit Tanino à un certain moment, en se tournant vers le commissaire.

Montalbano n'arépondit pas, il semblait perdu dans une pinsée. Les jumelles lui pendouillaient sur la poitrine.

— Commissaire ?

— Eh ?

— Qu'est-ce qu'on fait, maintenant ?

— Revenons en arrière. Si possible, un peu plus près et un peu moins rapide.

— C'est possible.

— Autre chose : quand nous serons à la hauteur de la villa avec une grande terrasse, tu peux zoomer sur ces espèces d'îlots rocheux qu'il y a en dessous ?

Ils refirent la promenade, laissèrent Spigonella derrière eux.

— Et maintenant ?

— Tu es sûr que tu as bien enregistré les images ?

— La main sur le feu.

— Bien, alors rentrons. Tu le sais, à qui appartient la villa avec la terrasse ?

— Oh que oui. C'est un Américain qui se l'est fait bâtir, je n'étais pas encore né.

— Un Américain ?!

— Pour mieux dire, un fils d'émigrants de Montechiaro. Il est venu quelquefois au début, d'après ce qu'on m'a dit. Puis on ne l'a plus revu. Le bruit courait qu'il avait été arrêté.

— Chez nous ?

— Oh que non, en Amérique. Pour contrebande.

— Drogue ?

— Et cigarettes. On dit qu'il y a eu une période où l'Américain, à partir d'ici, dirigeait tout le trafic en Méditerranée.

— Tu as vu de près les rochers qu'il y a devant ?

— Commissaire, par ici, chacun s'occupe de ses oignons.

— La villa a été habitée récemment ?

— Récemment, non. L'année dernière, oui.

— Donc, on la loue ?

— Evidemment.

— C'est une agence qui s'en occupe ?

— Commissaire, je n'en sais rien. Si vous voulez, je peux m'informer.

— Non, je te remercie, je t'ai déjà assez dérangé.

Il arriva sur la place de Montechiaro que l'horloge communale sonnait onze heures et demie. Il s'arrêta, sortit et se dirigea vers une porte vitrée surmontée de l'inscription « Agence immobilière ». Dedans, il n'y avait qu'une jeunette gracieuse et gentille.

— Non, de la location de cette villa dont vous parlez, ce n'est pas nous qui nous en occupons.

— Vous savez qui s'en occupe ?

— Non. Mais, vous voyez, il est difficile que les propriétaires de ces villas de luxe, du moins dans notre coin, s'adressent à des agences.

— Et comment font-ils, alors ?

— Mais, vous savez, ce sont tous des gens riches, ils se connaissent entre eux… ils font circuler le bruit dans leur milieu…

« Les criminels aussi font circuler le bruit dans leur milieu », pinsa le commissaire.

Pendant ce temps, la jeunette le dévisageait et détaillait les jumelles, la caméra.

— Vous êtes touriste ?

— Comment l'avez-vous deviné ? répondit Montalbano.

La promenade en mer lui avait donné un pétit irrésistible, il se le sentait enfler en lui comme un fleuve en crue. Se diriger vers la trattoria Chez Enzo aurait signifié jouer sur du velours, mais il devait courir le risque d'ouvrir le réfrigérateur ou le four de Marinella parce qu'il lui fallait voir tout de suite le matériel filmé. Dès qu'il fut chez lui, il se précipita pour découvrir avec une certaine émotion ce que la fantaisie d'Adelina lui avait priparé : dedans le four, il trouva un inattendu autant qu'ardemment désiré lapin à la chasseur. Tandis qu'il le faisait réchauffer, il agrippa le téléphone.

— Torrisi ? Montalbano, je suis.

— Tout se passa bien, *dottore* ?

— Il me semble que oui. Tu peux faire un saut chez moi d'ici une heure ?

Quand on mange seul, on se laisse aller à faire des trucs qu'on n'oserait jamais en compagnie. Certains se mettent à table en caleçon, d'autres bouffent couchés ou installés devant le téléviseur. Souvent et volontiers, le commissaire mangeait avec les mains. Et c'est ce qu'il fit avec le lapin à la chasseur. Ensuite, il dut rester une demi-heure la main sous le robinet dans la tentative de se nettoyer du gras et de l'odeur. On sonna à la porte. Il alla ouvrir, c'était Torrisi.

— Fais-moi voir ce qu'on a enregistré.

— Commissaire, on fait comme ça, regardez. On relève le déclencheur et on…

Tout en parlant, il s'exécutait et Montalbano ne l'entendait même pas. Pour certaines choses, il était complètement nul. Sur le téléviseur apparurent les premières images que Tanino avait tournées.

— Commissaire, dit Torrisi, admiratif, mais vous savez que c'est des images vraiment belles ? Vous vous débrouillez drôlement bien ! Il vous a suffi d'une seule leçon théorique à hier et…

— Bah, fit Montalbano, modeste, ce n'était pas difficile…

Les récifs en dessous de la villa, dans l'enregistrement fait à l'aller, apparaissaient disposés comme les dents inférieures dans une bouche, mais irrégulières, l'un plus en avant et l'autre plus en arrière, l'un plus haut, l'autre plus bas, l'un de travers et l'autre bien droit. Les mêmes écueils, filmés durant le retour et au zoom, révélaient l'absence d'une dent, un vide d'une largeur faible, mais suffisante pour qu'on puisse y passer avec un hors-bord ou une petite vedette.

— Arrête-toi là.

Montalbano étudia attentivement l'image. Il y avait querque chose qui le laissait perplexe, dans ce vide, c'était comme si l'eau de mer, au moment d'entrer dans cet accès, avait un moment d'hésitation. On aurait dit, par instants, qu'elle voulait revenir en arrière.

— Tu peux agrandir ?

— Non, *dottore*.

Maintenant que Tanino ne zoomait plus, on voyait l'escalier très raide qui, de la villa, conduisait au petit port naturel formé par les écueils.

— Reviens en arrière, s'il te plaît.

Et cette fois, il vit qu'un grillage métallique, soudé à des poteaux de fer fixés dans les rochers, empêchait quiconque de grimper pour voir ce qui se passait à l'intérieur du petit port. Et donc, non seulement la villa était abusive, mais le littoral avait été abusivement interrompu : impossible de le parcourir à pied sur toute la longueur, même en grimpant sur les récifs ; à un certain point, on se trouvait devant une insurmontable barrière de grillages métalliques. Et cette fois encore, il ne réussit pas à comprendre pourquoi la mer se comportait de manière étrange devant la dent manquante.

— C'est bon, merci, Torrisi. Tu peux te reprendre la caméra.

— *Dottore*, dit l'agent, il y aurait bien un moyen d'agrandir l'image. Catarella, avec son ordinateur...

— Très bien, occupe-t'en, coupa Montalbano.

— Et mes compliments encore, pour ces belles prises de vues, dit Torrisi en sortant.

— Merci, dit le commissaire.

Et, culotté comme il savait l'être en certaines occasions, Montalbano ne rougit même pas.

— Catarè, Marzilla s'est manifesté ?

— Oh que non, *dottori*. Ah, je voulais vous dire que ce matin arriva une lettre expressément exprès pour vosseigneurie pirsonnellement.

Une enveloppe très banale, sans en-tête. Le commissaire l'ouvrit et en tira une coupure de journal. Il examina l'intérieur de l'enveloppe, rien d'autre. Il s'agissait d'un court article daté de Cosenza, le 11 mars. Le titre annonçait : « Découverte du corps d'Errera, criminel en cavale ».

Hier, vers six heures du matin, un berger, Antonio Jacopino, qui conduisait son troupeau au pâturage, en traversant la voie ferrée dans les parages de Paganello, a découvert avec horreur des restes humains disséminés le long des rails. D'après les premières constatations de la police rapidement arrivée sur les lieux, il s'agissait à l'évidence d'un accident : l'homme a dû glisser du talus, rendu glissant par les pluies, au moment où arrivait le rapide de 23 h à destination de Cosenza. Les machinistes, interrogés, ont déclaré ne s'être aperçus de rien. On a pu identifier la victime de l'accident grâce aux documents qui se trouvaient dans son portefeuille et à une alliance. Il s'agit d'Ernesto Errera, condamné dans le passé par le tribunal de Cosenza pour attaque à main armée et depuis quelque temps en cavale. Les derniers bruits circulant sur son compte le disaient en activité à Brindisi parce que depuis quelque temps il avait commencé à s'intéresser à l'immigration clandestine, en contact étroit avec la pègre albanaise.

Et c'était tout. Pas une signature, pas une ligne d'explication. Il scruta le tampon de la poste : cela venait de Cosenza. Mais que diable cela pouvait-il bien signifier ? Peut-être y avait-il une explication : il s'agissait d'une vengeance interne. Très probablement, le collègue Vattiato avait raconté comment le commissaire Montalbano avait eu l'air d'un con quand il lui avait communiqué avoir trouvé quelqu'un qui, en fait, s'avérait mort et enterré. Et l'un des présents, auquel manifestement Vattiato cassait les roubignoles, lui avait alors, en cachette, envoyé la coupure. Parce que ces lignes, si on les lisait bien, entamaient quelque peu l'assurance de Vattiato. L'anonyme qui lui avait envoyé la coupure, en réalité, posait une seule, une très simple question : si le mort déchiqueté par le train a été reconnu comme Ernesto Errera à partir des documents d'identité et d'une alliance au doigt, comment être absolument certain qu'il s'agit de la dépouille de ce criminel ? Et en conséquence : est-ce que Errera lui-même n'aurait pas pu tuer un type qui lui ressemblait vaguement, lui glisser le portefeuille en poche, la bague au doigt et l'installer sur les rails de manière que le train, en passant, le rende méconnaissable ? Et pourquoi l'aurait-il fait ? Mais là, la réponse était évidente : pour mettre fin aux recherches de la police et des carabiniers et pouvoir besogner, avec une certaine tranquillité, à Brindisi. Mais ces considérations, une fois faites, lui parurent trop dignes d'un roman.

Il appela Augello. Mimì arriva la mine sombre.

— Tu ne vas pas bien ?

— N'en parlons pas, Salvo. Cette nuit, je l'ai passée debout à aider Beba. Cette grossesse est très difficile. Qu'est-ce que tu voulais ?

— Un conseil. Mais d'abord, écoute une chose. Catarella !

— A vos ordres, *dottori* !

— Catarè, répète maintenant au *dottor* Augello l'hypothèse que tu as faite pour moi sur Errera.

Catarella prit un air d'importance.

— Moi, j'y dis à monsieur le *dottori* que peut-être bien il était possible que le mort adevint vivant et après mourirut nouvellement en adevenant flottant.

— Merci, Catarè. Tu peux y aller.

Mimì le dévisageait, bouche ouverte.

— Eh beh ? le sollicita Montalbano.

— Ecoute, Salvo. Jusqu'à peu, je pensais que ta démission serait une tragédie pour nous tous, mais maintenant, considérant ton état mental, je pense que plus tôt tu partiras, mieux ce sera. Mais enfin ?! Voilà que tu te mets à écouter les conneries qui passent par la tête de Catarella ? Vivant, mort, flottant ?

Sans dire un mot, Montalbano lui tendit la coupure de journal.

Mimì la lut deux fois. Ensuite, il la posa sur le bureau.

— D'après toi, qu'est-ce que ça pourrait vouloir dire ? demanda-t-il.

— Que quelqu'un a voulu m'avertir qu'il existe la possibilité – lointaine, je te l'accorde – que le cadavre enterré à Cosenza ne soit pas celui d'Ernesto Errera, rétorqua Montalbano.

— Le truc que tu m'as fait lire, dit Mimì, a été écrit par un journaliste deux ou trois jours après la découverte de la dépouille. Et ça ne dit pas si nos collègues de Cosenza ont fait d'autres recherches plus sérieuses pour arriver à une identification certaine. Ils ont dû en faire, sûrement. Et si tu bouges, si tu t'emploies à en savoir plus sur cette affaire, tu risques de tomber dans le piège qu'ils t'ont préparé.

— Mais qu'est-ce que tu racontes ?

— Tu as une idée sur qui t'a expédié cette coupure ?

— Peut-être quelqu'un de la Questure de Cosenza qui, entendant Vattiato qui se foutait de moi, a voulu m'offrir…

— Salvo, tu le connais, Vattiato ?

— Pas bien. C'est un homme bourru qui…

— Moi, j'ai besogné avec lui avant de venir ici. C'est un salopard.

— Mais pourquoi m'aurait-il envoyé l'article ?

— Pour piquer ta curiosité et te donner l'envie de poser d'autres questions sur Errera. Comme ça, toute la Questure de Cosenza pourrait rigoler à tes dépens.

Montalbano se leva à demi sur son siège, chercha parmi les papiers jetés à la *sanfasò* sur le bureau, trouva la fiche et la photo d'Errera.

— Regarde-les encore une fois, Mimì.

Augello, tenant de la main gauche la fiche avec la photo d'Errera, prit de la main droite, une à une, les reconstructions du visage du mort et, diligemment, les confronta. Puis il secoua la tête.

— Désolé, Salvo. Je reste du même avis : il s'agit de deux personnes différentes, même si elles se ressemblent beaucoup. Tu as autre chose à me dire ?

— Non, dit brusquement le commissaire.

Augello en fut irrité.

— Salvo, moi, je suis déjà nerveux pour mes propres problèmes, ne t'y mets pas toi aussi.

— Explique-toi mieux.

— Je m'explique ! Ça t'énerve que je continue à soutenir que ton mort n'est pas Errera. Mais tu sais que t'es un drôle de pistolet ? Je dois te dire que oui, que c'est la même personne, juste pour te faire plaisir ?

Et il sortit en claquant la porte.

Laquelle porte, alors que cinq minutes n'étaient pas passées, se rouvrit violemment, battit contre le mur et, par contrecoup, se referma.

— Excusassez-moi, *dottore*, dit la voix de Catarella, derrière la porte.

Puis le battant commença à se rouvrir très très lentement jusqu'au point où un minimum d'espace apparaisse, permettant à Catarella de se glisser à l'intérieur.

— *Dottori*, je vous ai apporté ce que me dit Torrisi que vous dites que ça vous intiressait pirsonnellement en pirsonne.

C'était une image très agrandie d'un détail des rochers sous la villa de Spigonella.

— *Dottori*, plus mieux que ça, ça peut pas venir.

— Merci, tu as fait un excellent travail.

Un coup d'œil lui suffit pour se convaincre qu'il avait vu juste.

De l'un à l'autre des deux hauts rochers qui formaient l'étroite embouchure du minuscule port naturel, au grand maximum trois centimètres sous la surface de l'eau, courait une ligne droite et sombre contre laquelle se brisait le ressac. Ce devait être une barre de fer manœuvrable de l'intérieur de la villa, qui interdisait aux étrangers d'accéder au petit port avec une quelconque embarcation. Cela pouvait n'avoir rien de suspect, au grand maximum cela signifiait que les visites à l'improviste par mer n'étaient pas souhaitées. En détaillant les écueils, il remarqua au-dessus d'eux, à un mètre de hauteur de l'eau, quelque chose qui éveilla sa curiosité. Il regarda et regarda encore, s'usant les yeux jusqu'à ce qu'ils lui piquent.

— Catarella !

— A vos ordres, *dottori* !

— Fais-toi prêter une loupe par Torretta.

— Tout de suite, *dottori.*

Il avait mis dans le mille : Catarella, en effet, revint avec une grande loupe qu'il tendit au commissaire.

— Merci, tu peux y aller. Et ne laisse pas la porte ouverte.

Il n'aurait pas aimé se faire surprendre par Mimì ou par Fazio dans une attitude à la Sherlock Holmes.

Grâce à la loupe, il parvint à comprendre de quoi il s'agissait : deux petits projecteurs qui, allumés de nuit ou en cas de mauvaise visibilité, délimitaient avec précision l'embouchure, évitant ainsi, à qui manœuvrait pour entrer, le risque d'aller battre contre les écueils. L'installation était certainement l'œuvre du premier propriétaire, l'Américain contrebandier, auquel tout cet équipement avait dû être très utile ; mais peut-être que les locataires suivants l'avaient maintenu en fonction. Il resta longtemps à raisonner là-dessus. Lentement, commençait à s'insinuer dans sa tête l'idée que, peut-être, il était nécessaire d'aller y voir de plus près, si possible en arrivant de la mer. Et, surtout, d'y aller sans bruit, sans avertir personne.

Il jeta un coup d'œil à sa montre, Ingrid n'allait pas tarder à arriver. Il sortit son portefeuille de sa poche pour vérifier qu'il avait assez d'argent pour le dîner. A ce moment, dans l'embrasure de la porte apparut Catarella, haletant :

— Ah ! *Dottori* ! Dehors, il y a mamoiselle Inguirid qui vous atend !

Ingrid voulut que le commissaire monte dans sa voiture.

— Avec la tienne, on n'arrivera jamais, et il y a de la route à faire.

— Mais où tu m'emmènes ?

— Tu vas voir. Une fois de temps en temps, tu peux interrompre la monotonie de tes plats de poissons, non ?

Entre le bavardage d'Ingrid et la vitesse que la Suédoise conservait, à Montalbano, il ne sembla pas avoir roulé bien longtemps quand la voiture s'arrêta devant un bâtiment en pleine campagne. Etait-ce vraiment un restaurant ou bien Ingrid s'était-elle trompée ? La présence d'une dizaine d'autos garées là la rassura. A peine entrée, la Suédoise salua et fut saluée par tout le monde, elle était chez elle. Le propriétaire s'aprécipita.

— Salvo, tu veux manger comme moi ?

Et ainsi, le commissaire se régala d'un plat de *ditalini*[1] accompagnés d'une ricotta fraîche et salée à point, d'un peu de pecorino et de poivre noir. Plat qui réclamait à grands cris du vin : requête qui fut amplement satisfaite. Comme deuxième plat, il s'empiffra de côtelettes de porc *'mbriachi*, « soûles », c'est-à-dire noyées dans le vin et étouffées sous les couches de tomates. Au moment de régler l'addition, le commissaire blêmit : il avait oublié son portefeuille sur le bureau. Ingrid paya. Quand ils reprirent la route du retour, la voiture, de temps à autre, faisait un peu de valse. Devant le commissariat, Montalbano pria Ingrid de s'arrêter, il voulait récupérer son portefeuille.

— Je viens avec toi, dit la Suédoise. Je n'ai jamais vu l'endroit où tu travailles.

1. Petites pâtes en forme d'anneau *(N.d.T.)*

Ils entrèrent dans le bureau. Le commissaire s'approcha du bureau, Ingrid aussi. Montalbano prit en main le portefeuille et la Suédoise, elle, fixa les photographies posées sur la table, en prit une.

— Pourquoi tu gardes sur ton bureau les photos de Ninì ? demanda-t-elle.

Douze

Tout s'arrêta pendant un instant : pendant un instant disparut jusqu'au confus bruit de fond du monde. Même une mouche qui se dirigeait d'un air décidé vers le nez du commissaire se paralysa et resta, les ailes ouvertes, suspendue, immobile en l'air. Ne recevant pas de réponse à sa question, Ingrid leva les yeux. Montalbano semblait une statue, le portefeuille à demi enfoncé dans la poche, la bouche béante et le regard qui la fixait.

— Pourquoi as-tu toutes ces photos de Ninì ? demanda de nouveau la Suédoise en prenant en main les autres qui se trouvaient sur le bureau.

Une espèce de furieux libeccio[1] parcourait à très grande vitesse les tours et détours de la coucourde du commissaire qui ne parvenait pas à se reprendre. Mais comment ?! Ils avaient cherché partout, téléphoné à Cosenza, dépouillé les archives, interrogé d'éventuels témoins, exploré Spigonella par terre et par mer dans la tentative de donner un nom au mort et voilà qu'Ingrid débarquait et, la bouche en cœur, l'appelait carrément par un diminutif ?

1. Vent du sud-ouest, bien connu des marins siciliens *(N.d.T.)*

— Toi… tu… co… co… co…

Montalbano articulait à grand-peine la question « tu connais ce type ? » mais Ingrid se méprit et l'interrompit :

— Lococo, exactement, dit-elle, je crois t'en avoir déjà parlé.

Vrai, c'était. Elle lui en avait parlé ce soir où, sur la véranda, ils s'étaient descendu une bouteille de whisky. Elle lui avait raconté qu'elle avait eu une histoire avec ce Lococo, mais ils s'étaient quittés parce que… pourquoi, au fait ?

— Pourquoi vous vous êtes quittés ?

— C'est moi qui l'ai quitté. Il y avait quelque chose en lui qui me mettait mal à l'aise, j'étais toujours en garde… Je n'arrivais pas à me détendre… même s'il ne m'en donnait pas de raisons…

— Il avait des exigences… particulières ?

— Au lit ?

— Oui.

Ingrid haussa les épaules.

— Pas plus particulières que n'importe quel homme.

Pourquoi à ces paroles ressentit-il une absurde pointe de jilousie ?

— Et alors, qu'est-ce qu'il y avait ?

— Ecoute, Salvo, c'était une sensation que je n'arrive pas à expliquer par des mots…

— Qu'est-ce qu'il t'a dit qu'il faisait ?

— Il avait été capitaine d'un pétrolier… Puis il avait reçu un héritage… en substance, il ne faisait rien.

— Comment vous êtes-vous connus ?

Ingrid rit.

— Par hasard. A une station-service. Il y avait la queue. On s'est mis à bavarder.

— Où vous rencontriez-vous ?

— A Spigonella. Tu sais où c'est ?

— Je connais.

— Excuse-moi, Salvo, mais t'es en train de me faire un interrogatoire ?

— Je dirais que oui.

— Pourquoi ?

— Je t'expliquerai après.

— Ça te dérange si on le continue ailleurs ?

— Ici, ça ne te va pas ?

— Non. Ici dedans, quand tu me poses ces questions, tu me sembles un autre.

— Comment ça, quel autre ?

— Oui, un étranger, quelqu'un que je ne connais pas. On peut aller chez toi ?

— Comme tu veux. Mais pas de whisky. En tout cas, pas avant d'avoir fini.

— A vos ordres, monsieur le commissaire.

Ils allèrent à Spigonella chacun avec sa propre voiture et naturellement, la Suédoise arriva bien avant lui.

Montalbano alla ouvrir la porte-fenêtre qui donnait sur la véranda.

La nuit était très douce, peut-être un petit peu trop. Elle avait un parfum mélangé de saumure et de menthe poivrée. Le commissaire respira à fond, ses poumons se régalèrent.

— On se met sur la véranda ? proposa Ingrid.

— Non, je préfère à l'intérieur.

Ils s'assirent, l'un devant l'autre, à la table de la salle à manger. La Suédoise le dévisageait, l'air perplexe. Le commissaire posa à côté de lui l'enveloppe avec les photos de Lococo qu'il avait apportées du commissariat.

— Je peux savoir le pourquoi de tout cet intérêt pour Ninì ?

— Non.

La Suédoise en fut blessée et Montalbano s'en aperçut.

— Si je te le disais, très probablement, cela influencerait tes réponses. Tu m'as dit que tu l'appelais Ninì. Diminutif d'Antonio ?

— Non. D'Ernesto.

Etait-ce un hasard ? Ceux qui changeaient d'identité conservaient en général les initiales de leurs nom et prénom. Le fait que Lococo et Errera portaient le même prénom signifiait-il qu'il s'agissait de la même personne ? Mieux valait y aller lentement, sur la pointe des pieds.

— Il était sicilien ?

— Il ne m'a pas dit d'où il était. Une fois seulement, il m'a raconté qu'il avait épousé une fille de Catanzaro et que sa femme était morte deux ans après son mariage.

— Il a dit vraiment Catanzaro ?

Ingrid parut hésiter, pointa le bout de la langue.

— Ou peut-être Cosenza ?

D'adorables rides lui apparurent au front.

— Je me suis trompée. Il a dit Cosenza, en effet.

Et de deux ! Le défunt M. Ernesto Lococo continuait à gagner des points dans la course à la ressemblance avec l'également défunt M. Ernesto Errera. D'un coup, Montalbano se leva pour aller poser un baiser au coin de la bouche d'Ingrid. Elle lui lança un regard ironique.

— Tu fais toujours comme ça quand ceux que tu interroges te donnent la réponse que tu voulais entendre ?

— Oui, surtout si c'est des hommes. Dis-moi une chose : ton Ninì boitait ?

— Pas toujours. Quand le temps était mauvais. Mais ça se remarquait à peine.

Le Dr Pasquano avait vu juste. Sauf qu'on ne savait pas si Errera boitait ou non.

— Combien de temps a duré votre histoire ?

— Très peu. Un mois et demi, ou un peu plus... Mais...

— Mais ?

— Elle a été très intense.

Zac ! Une autre pointe de jilousie immotivée.

— Et quand s'est-elle terminée ?

— Il y a presque deux mois.

Donc peu avant que querqu'un le tue.

— Dis-moi exactement comment tu as fait pour le quitter.

— Je l'ai appelé un matin sur son mobile pour l'avertir que dans la soirée j'irais le trouver à Spigonella.

— Vous vous voyiez toujours le soir ?

— Tard le soir, oui.

— Vous n'alliez pas, je ne sais pas, au restaurant ?

— Non. Hors de la villa de Spigonella, on s'est jamais rencontrés. Il semblait ne pas vouloir se faire voir dans le coin, ni avec moi ni sans moi. Et ça, c'était un truc qui me troublait.

— Continue.

— Donc, je l'ai appelé pour lui dire que j'allais venir chez lui ce soir-là. Mais il m'a répondu que non, nous ne pouvions pas nous voir. Il était arrivé une personne avec laquelle il devait parler. Ça s'était déjà passé deux fois comme ça. Nous avons décidé de nous voir le lendemain soir. Sauf que le lendemain je n'y allai pas. De ma propre volonté.

— Ingrid, sincèrement, je n'arrive pas à comprendre pourquoi toi, tout à coup…

— Salvo, je vais essayer de m'expliquer. J'arrivais avec ma voiture, je trouvais toujours le premier portail ouvert. Je suivais la route privée qui menait à la villa. Le deuxième portail aussi était ouvert. Je mettais la voiture dans le garage tandis que Ninì, dans le noir, allait fermer les portails. On montait ensemble l'escalier…

— Quel escalier ?

— La villa a un rez-de-chaussée et un étage, non ?

Au premier étage, qui était loué par Ninì, on pouvait monter par un escalier extérieur.

— Attends, que je comprenne. Il n'avait pas loué toute la villa ?

— Non, seulement l'étage.

— Et il n'y avait pas de communication entre l'étage et le rez-de-chaussée ?

— Si. Il y en avait une, c'est du moins ce que m'a dit Ninì, une porte qui donnait sur un escalier intérieur. Mais les clés de cette porte, c'était le propriétaire qui les avait.

— Donc, toi, de la villa, tu ne connais que l'étage ?

— Exactement. Je te disais : nous montions l'escalier et nous allions directement dans la chambre. Ninì était un maniaque : chaque fois que nous allumions la lumière dans une pièce, il vérifiait qu'elle ne filtrait pas à l'extérieur. Non seulement les volets étaient fermés, mais à chaque fenêtre, il y avait des rideaux.

— Continue.

— On se déshabillait et on commençait à faire l'amour. Longtemps.

Zaaaaac. Ce ne fut pas une piqûre mais un véritable coup de poignard.

— Cette fois où je n'ai pas pu le voir, va savoir pourquoi, j'ai commencé à réfléchir sur notre histoire. La première chose que je remarquai, c'est que je n'avais jamais eu envie de dormir, de passer une nuit entière avec Ninì. En fumant la rituelle cigarette d'après, je regardais le plafond, lui aussi. Nous ne parlions pas, nous n'avions rien à nous dire. Ces barreaux aux fenêtres…

— Il y a des barreaux ?

— A toutes les fenêtres. Au rez-de-chaussée, aussi. Ces barreaux, que je voyais sans les voir au-delà des rideaux, me donnaient la sensation d'être dans une espèce de prison… certaines fois, il se levait, allait parler à la radio…

— Mais qu'est-ce que tu racontes ?! Quelle radio ?

— C'était un radio amateur, à ce qu'il m'a dit. Il m'a expliqué que la radio lui tenait bien compagnie quand il naviguait et que depuis lors… Il avait un gros équipement au salon.

— Tu as entendu ce qu'il disait ?

— Oui, mais je ne comprenais pas… Il parlait souvent en arabe ou dans une langue de ce genre. Moi, je ne tardais pas à me rhabiller et je m'en allais. Alors, ce jour-là, j'ai commencé à me poser des questions et j'ai conclu que c'était une histoire dépourvue de sens ou que, de toute façon, elle n'avait que trop duré. Et je ne suis pas allée le trouver.

— Il avait ton numéro de portable ?

— Oui.

— Il te téléphonait ?

— Bien sûr. Pour m'avertir de retarder mon arrivée ou de l'anticiper.

— Et tu ne t'es pas étonnée du fait qu'il t'ait pas cherchée après que tu ne t'es pas présentée au rendez-vous ?

— Si je dois être sincère, oui. Mais étant donné qu'il ne m'a pas appelée, j'ai pensé que c'était mieux ainsi.

— Ecoute, essaie de bien te rappeler. Pendant que tu étais avec lui, tu n'as pas entendu des bruits dans le reste de la maison ?

— Qu'est-ce que ça veut dire, le reste de la maison ? Tu veux dire dans les autres pièces ?

— Non, je voulais dire au rez-de-chaussée.

— Quel genre de bruits ?

— Beh, je sais pas, des voix, des sons… une voiture en train d'arriver…

— Non. En dessous, c'était inhabité.

— On lui téléphonait souvent ?

— Quand on était ensemble, il éteignait ses portables.

— Combien en avait-il ?

— Deux. Dont un satellitaire. Quand il les rallumait, on l'appelait presque immédiatement.

— Il parlait toujours en arabe ou ce genre de truc ?

— Non, quelquefois en italien. Mais dans ce cas, il allait dans une autre pièce.

— …Du reste, ajouta-t-elle, on peut pas dire que ça m'importait beaucoup de savoir ce qu'il disait.

— Et quelles explications te donnait-il ?

— De quoi ?

— De tous ces coups de fil.

— Pourquoi aurait-il dû me donner des explications ?

Et ça aussi, c'était vrai.

— Tu sais s'il avait des amis dans le coin ?

— Jamais vus. Je ne crois pas. Ça l'arrangeait de ne pas avoir d'amis.

— Pourquoi ?

— Une des rares fois où il m'a parlé de lui, il m'a raconté que durant le dernier voyage qu'il avait fait son pétrolier avait provoqué de gros dégâts écologiques. Il y avait un procès en cours, l'armateur lui avait conseillé de disparaître un moment. Et cela expliquait tout, le fait qu'il reste toujours à la maison, la villa solitaire, etc.

Même si on tenait pour vrai tout ce qu'il avait raconté à Ingrid, réfléchit le commissaire, on n'arrivait pas à comprendre pourquoi Lococo-Errera aurait fait la fin qu'il a faite. On voudrait croire que son armateur, pour l'empêcher de témoigner, ait ordonné de le tuer ? Allez ! Des raisons sinistres à cet homicide, il en existait certainement et la description qu'Ingrid faisait de cet homme n'était pas celle d'une pirsonne qui n'a rien à cacher, mais les raisons étaient à chercher ailleurs.

— Je crois m'être mérité un peu de whisky, monsieur le commissaire, dit à ce moment Ingrid.

Montalbano se leva, alla ouvrir l'armoire. Heureusement, Adelina avait pinsé à ré-approvisionner la maison, il y avait une bouteille toute neuve. Il alla prendre deux verres à la cuisine, revint, s'assit, remplit à moitié les verres. Tous deux le buvaient sans glace. Ingrid prit le sien, le souleva, regarda fixement le commissaire.

— Il est mort, hein ?

— Oui.

— Assassiné. Sinon, c'est pas toi qui t'en occuperais.

Montalbano acquiesça d'un signe de tête.

— C'est arrivé quand ?

— Je crois qu'il ne t'a pas appelée après que tu lui as fait faux bond, parce qu'il n'était plus en état de le faire.

— Il était déjà mort ?

— Je ne sais pas s'ils l'ont tué tout de suite ou s'ils l'ont gardé longtemps prisonnier.

— Et… comment ?

— Ils l'ont noyé.

— Comment tu l'as découvert ?

— C'est lui qui s'est fait découvrir.

— Je ne comprends pas.

— Tu te souviens que tu m'as dit m'avoir vu nu à la télévision ?

— Oui.

— Le mort que j'ai croisé, qui flottait, c'était lui.

Alors seulement Ingrid porta le verre à ses lèvres et elle ne l'en détacha pas jusqu'à ce qu'il ne reste pas la moindre goutte de liquide. Après, elle se leva, passa dans la véranda, sortit. Montalbano but la première gorgée et s'alluma une cigarette. La Suédoise entra, gagna la salle de bains. Elle revint le visage lavé, s'assit nouvellement et nouvellement remplit le verre.

— Il y a d'autres questions ?

— Encore quelques-unes. Dans la villa de Spigonella, il n'y a rien à toi ?

— Je n'ai pas compris.

— Je veux dire : tu as laissé quelque chose, là ?

— Qu'est-ce que j'aurais dû laisser ?

— Qu'est-ce que j'en sais ? De la lingerie de rechange…

— Des culottes ?

— Beh…

— Non, il n'y a rien à moi. Je t'ai dit que je n'ai jamais éprouvé le désir d'y passer une nuit entière avec lui. Pourquoi tu me le demandes ?

— Parce que tôt ou tard il faudra qu'on perquisitionne la villa.

— Vas-y tranquille. D'autres questions ? Je suis un peu fatiguée.

Montalbano sortit de l'enveloppe les photos, les tendit à Ingrid.

— Laquelle lui ressemble le plus ?

— Mais ce ne sont pas toutes ses photographies ?

— Ce sont des reconstitutions à l'ordinateur. Le visage du cadavre était en très mauvais état, méconnaissable.

La Suédoise les regarda. Puis, elle choisit celle avec les moustaches.

— Celle-là. Mais…

— Mais ?

— Il y a deux trucs qui collent pas. Les moustaches étaient beaucoup plus longues, elles avaient une autre forme, comment dire, à la tartare…

— Et l'autre ?

— Le nez. Les narines étaient plus larges.

Montalbano tira de l'enveloppe la fiche des archives.

— Comme dans cette photo ?

— Là, c'est tout à fait lui, dit Ingrid, même s'il n'a pas de moustaches.

Plus aucun doute possible : Lococo et Errera étaient une seule et même personne. La folle théorie de Catarella s'était révélée concrète vérité.

Montalbano se leva, prit les mains d'Ingrid et la fit se relever. Quand la Suédoise fut debout, il l'avrassa.

— Merci.

Ingrid le dévisagea.

— C'est tout ?

— Portons-nous la bouteille et les verres sur la véranda, dit le commissaire. Maintenant, c'est la récréation qui commence.

Ils s'installèrent sur le banc, très près l'un de l'autre. La nuit maintenant sentait le sel, la menthe poivrée, le whisky et l'abricot, ce qui, dans le dernier cas, était précisément l'odeur de la peau d'Ingrid. Un mélange que même un grand parfumeur n'aurait pas su inventer.

Ils ne parlèrent pas, satisfaits de rester ainsi. Le troisième verre, la Suédoise le laissa à moitié.

— Tu me permets de m'étendre sur ton lit ? murmura-t-elle tout à coup.

— Tu ne veux pas rentrer chez toi ?

— Je ne me sens pas de conduire.

— Je t'emmène dans ma voiture. Et puis demain…

— Je ne veux pas rentrer chez moi. Mais si, vraiment, ça ne te va pas que je reste ici, je m'étends juste quelques minutes. Après je m'en vais. D'accord ?

— D'accord.

Ingrid se leva, l'embrassa sur le front, quitta la véranda. *Je ne veux pas rentrer chez moi*, avait-elle dit. Qu'est-ce que ça représentait, pour Ingrid, sa maison et son mari ? Peut-être un lit encore plus étranger que celui dans lequel en ce moment elle était couchée ? Et si elle avait eu un enfant, sa maison lui serait-elle apparue différente, plus accueillante ? Pauvre femme ! Que de mélancolie, que de solitude elle était capable de dissimuler derrière sa joie de vivre apparemment superficielle ? En lui, il sentit monter un sentiment nouveau envers Ingrid, une tendresse déchirante. Il but encore quelques gorgées de whisky et ensuite, comme il commençait à faire frisquet, il rentra avec la bouteille et les verres. Il donna un coup d'œil à la chambre à coucher. Ingrid dormait tout habillée, elle ne s'était retiré que les chaussures. Il s'assit nouvellement à la table, il voulait donner une autre dizaine de minutes de sommeil à la Suédoise.

« En attendant, se dit-il, faisons un petit résumé des épisodes précédents. »

Ernesto Errera est un criminel endurci né peut-être à Cosenza et qui, en tout cas, exerce dans ce coin. Il a un beau curriculum qui va du vol avec effraction à l'attaque à main armée. Recherché, il se met en cavale. Et jusque-là, rien qui le distingue des centaines et des taincs d'autres délinquants comme lui. A un certain moment, Errera réapparaît à Brindisi.

Il paraît qu'il a noué d'excellents rapports avec la mafia albanaise et que maintenant il s'occupe d'immigration clandestine. Comment ? En quelle qualité ? On ne sait.

Le matin du 11 mars de l'an dernier, un berger des environs de Cosenza découvre sur la voie ferrée le corps déchiqueté d'un homme. Un accident, le malheureux a glissé et n'a pas pu éviter le train qui arrivait. Il est dans un tel état qu'il n'est possible de l'identifier qu'à travers les papiers dans son portefeuille et une alliance. Sa femme le fait enterrer au cimetière de Cosenza. Passent quelques mois puis Errera réapparaît à Spigonella, en Sicile. Sauf qu'il se fait appeler Ernesto Lococo, veuf, ex-capitaine de pétrolier. Il mène une vie apparemment solitaire, même s'il a de fréquents contacts téléphoniques ou carrément par émetteur radio. Un mauvais jour, quelqu'un le noie et le garde à pourrir. Ensuite, il le laisse flotter dans l'eau. Et le *catafero* navigue jusqu'à le croiser, lui.

Première question : qu'est-ce que M. Errera était venu faire, bordel, à Spigonella après s'être fait passer officiellement pour mort ? Deuxième question : qui et pourquoi l'avait transformé non plus officiellement mais bien concrètement, en cadavre ?

Il s'était fait l'heure d'aréveiller Ingrid. Il entra dans la chambre à coucher. La Suédoise s'était déshabillée et glissée sous les draps. Elle dormait à poings fermés. Montalbano n'eut pas le cœur de la réveiller. Après un passage à la salle de bains, il se glissa lui aussi sous les draps, tout doucement. Aussitôt lui arriva aux narines l'odeur d'abricot de la peau d'Ingrid, si fort qu'il en eut un léger tournis. Il ferma les yeux. Dans son sommeil, Ingrid bougea, allongea une jambe, posa son mollet sur celui du commissaire. Au bout de quelques instants, la Suédoise s'installa mieux : maintenant, c'était toute la jambe qui reposait sur lui, qui le tenait emprisonné. Des mots lui revinrent à l'esprit, les mots d'une récitation qu'il avait donnée, adolescent, lors d'un spectacle : *Il y a... certains bons abricots... qui s'ouvrent en deux, se pressent entre deux doigts, longtemps... comme deux lèvres succulentes...*

Tout trempé de sueur, le commissaire compta jusqu'à dix puis, par une série de mouvements imperceptibles, il se libéra, sortit du lit et en jurant alla se coucher sur le divan.

Et bon Dieu ! Même saint Antoine ne l'aurait pas faite, celle-là !

Treize

Il s'aréveilla tout endolori, depuis quelque temps dormir sur le divan signifiait que le lendemain il se réveillait brisé. Sur la table de la salle à manger, il y avait un billet d'Ingrid.

« Tu dors comme un petit ange et pour ne pas te réveiller, je vais me doucher chez moi. Je t'embrasse. Ingrid. Appelle-moi. »

Il allait gagner la salle de bains quand le téléphone sonna. Il regarda sa montre : à peine huit heures.

— *Dottore*, j'ai besoin de vous voir.

Il ne reconnut pas la voix.

— Mais qui es-tu ?

— Marzilla, *dottore*.

— Viens au commissariat.

— Oh que non, au commissariat, non. Ils peuvent me voir. Je viens vous trouver, maintenant que vous êtes seul.

Et comment il faisait à savoir qu'avant il était en compagnie et maintenant, il était seul ? Il était là, à l'espionner, dans les environs ?

— Mais où es-tu ?

— A Marinella, *dottore*. Presque derrière votre porte. J'ai vu sortir la fille et je vous appelai.

— Dans une minute, je te fais entrer.

Il se lava rapidement le visage et alla ouvrir. Marzilla était adossé à la porte comme s'il devait se protéger d'une pluie absente, il entra en repoussant le commissaire. A son passage, une bouffée de sueur rance assaillit les narines de Montalbano. Marzilla, debout au milieu de la pièce, haletait comme s'il avait fait une longue course, le visage encore plus jaune qu'avant, l'œil fou, les cheveux hérissés.

— Je suis mort de frousse, *dottore*.

— Il va y avoir un débarquement ?

— Plusieurs, en même temps.

— Quand ?

— Après-demain dans la nuit.

— Où ?

— Ils ne me l'ont pas dit. En tout cas, ils m'ont fait savoir que ce sera un gros truc mais que ça ne me regarde pas.

— Beh, alors, pourquoi t'as la frousse ? De toute façon, tu n'as rien à y voir.

— Passque la pirsonne que vous savez et qui me parla de ce débarquement me dit aussi qu'ajourd'hui, je dois prendre un congé maladie, pour rester à sa disposition.

— Elle t'a fait savoir ce qu'elle veut ?

— Oh que oui. Ce soir à dix heures et demie, avec une voiture rapide qu'ils me mettront devant chez moi, je dois aller dans un endroit près du cap Russello, pour charger des gens et les amener là où ils me feront savoir.

— Donc, pour l'instant, tu ne sais pas où tu devras les conduire.

— Oh que non, il me le dira quand je serai monté dans la voiture.

— A quelle heure as-tu reçu ce coup de fil ?

— Ce matin qu'il était même pas six heures. *Dottore*, vous devez me croire, j'ai essayé de refuser. J'ai expliqué que tant qu'il s'agissait de besogner avec l'ambulance… Il n'y a pas eu moyen. Il m'a dit et répété que si je n'obéissais pas ou que si l'affaire tournait mal, il me faisait liquider.

Et il éclata en sanglots en s'écroulant sur une chaise. Des pleurs qui, à Montalbano, parurent obscènes, insupportables. Cet homme était une merde. Une merde tremblotante comme un flan. Il dut se retenir de se jeter sur lui pour lui changer le visage en un amas sanguinolent de peau, de chair, d'os.

— Qu'est-ce que je dois faire, *dottore* ? Qu'est-ce que je dois faire ?

La trouille lui donnait une voix de poulet étranglé.

— Ce qu'ils t'ont dit de faire. Mais, dès qu'ils t'amènent la voiture devant chez toi, tu dois me faire savoir la marque, la couleur et, si possible, le numéro. Et maintenant, lâche-moi la grappe. *Cchiù chiangi e cchiù mi veni gana di fracassarti a pidati le gengive.* Plus tu pleures et plus j'ai envie de te fracasser les gencives à coups de pied.

Jamais, même s'il devait le voir agonisant à ses pieds, il ne lui pardonnerait l'injection au minot dedans l'ambulance. Marzilla se leva d'un coup, atterré, courut à la porte.

— Attends. Avant, tu dois m'expliquer le point exact de la rencontre.

Marzilla le lui expliqua. Montalbano ne comprit pas très bien mais comme il s'arappela que Catarella lui avait dit avoir un de ses frères qui habitait par là, il se promit de le lui demander. Ensuite, Marzilla dit :

— Et vosseigneurie, quelle intention vous avez ?

— Moi ? Et quelle intention je dois avoir ? Toi, cette

nuit, quand tu as fini, tu me téléphones et tu me dis où tu as accompagné ces personnes et comment elles sont faites.

Il décida, tandis qu'il se rasait la varbe, de ne prévenir pirsonne au commissariat, de ce que lui avait dit Marzilla. Au fond, l'enquête sur l'assassinat du minot immigré était une enquête tout à fait personnelle, une dette qu'il aréussirait difficilement, il en était pirsuadé, à solder. Oui, mais au moins, il avait besoin d'un coup de main. Entre autres, Marzilla avait raconté qu'on lui laisserait une voiture rapide. Ce qui signifiait que lui, Montalbano, n'était pas à la hauteur. Etant donné ses aptitudes réduites à la conduite, il n'arriverait pas à coller au train de Marzilla qui, certainement, allait foncer. Il lui vint une idée, mais l'écarta. Obstinée, l'idée lui revint et lui, avec une obstination égale, la repoussa encore. L'idée se présenta pour la troisième fois comme il se prenait un dernier café avant de sortir de chez lui. Et cette fois, il céda.

— Allô ? Qui est à l'abballeil ?

— Le commissaire Montalbano, je suis. Madame est là ?

— Toi tendre, moi voir.

— Salvo ! Qu'est-ce qui se passe ?

— J'ai encore besoin de toi.

— Mais tu es insatiable ! La nuit dernière ne t'a pas suffi ? rétorqua, malicieuse, Ingrid.

— Non.

— Ben, si vraiment tu peux pas résister, j'arrive tout de suite.

— Non, inutile que tu viennes maintenant. Si tu es libre de tout autre engagement, tu peux te trouver à Marinella vers neuf heures ce soir ?

— Oui.

— Ecoute, tu as une autre voiture ?
— Je peux prendre celle de mon mari. Pourquoi ?
— La tienne est trop tape-à-l'œil. Celle de ton mari est rapide ?
— Oui.
— Alors à ce soir. Merci.
— Attends. Comment je m'habille ?
— Je n'ai pas compris.
— Hier soir je suis venue en qualité de témoin. Et ce soir ?
— De shérif adjoint. Je te donnerai l'étoile.

— *Dottori*, Marzilla n'a pas téléphoné ! dit Catarella en se levant d'un bond.
— Merci, Catarè. Mais reste en alerte, attention. Tu m'envoies le *dottor* Augello et Fazio ?
Suivant ce qu'il avait décidé, il ne leur parlerait que des développements concernant l'affaire du mort flottant. Le premier à entrer fut Mimì.
— Comment va Beba ?
— Mieux. Cette nuit, nous avons pu enfin dormir un peu.
Ensuite s'apprésenta Fazio.
— Je dois vous dire que, tout à fait par hasard, attaqua le commissaire, je suis arrivé à donner une identité au noyé. Toi, Fazio, tu t'es bien débrouillé en découvrant que ces derniers temps il avait été vu à Spigonella. Il y habitait. Il avait loué la villa avec une grande terrasse sur la mer. Tu t'en souviens, Fazio ?
— Bien sûr.
— Il se présentait comme le commandant d'un pétrolier et se faisait appeler Ernesto, Ninì pour les amis, Lococo.
— Pourquoi, comment s'appelait-il vraiment ? demanda Augello.

— Ernesto Errera.

— Petite mère de Dieu ! s'exclama Fazio.

— Comme celui de Cosenza ? demanda encore Mimì.

— Exactement. C'était la même personne. Désolé pour toi, Mimì, mais c'est Catarella qui avait raison.

— Moi, j'aimerais savoir comment tu y es arrivé, à cette conclusion ? répliqua Augello, tendu.

Evidemment, il n'avalait pas ça.

— Ce n'est pas moi qui y suis arrivé. C'est mon amie Ingrid.

Et il leur raconta toute l'histoire. Quand il eut fini de parler, Mimì se prit la tête entre les mains et, de temps à autre, il la secouait.

— Seigneur ! Seigneur ! disait-il à mi-voix.

— Qu'est-ce qui t'étonne autant, Mimì ?

— Ce qui m'étonne, ce n'est pas le fait en soi, mais que Catarella, alors que nous on pataugeait, il y était arrivé depuis un moment, à cette conclusion précise.

— Mais alors, tu n'as jamais compris qui est Catarella ! s'exclama le commissaire.

— Non ? Et c'est qui ?

— Catarella est un minot, un enfant dans le corps d'un homme. Et donc, il raisonne avec la tête de quelqu'un qui n'a pas sept ans.

— Et avec ça ?

— Avec ça, je veux dire que Catarella a l'imagination, les brillantes idées, les inventions d'un minot. Et comme c'est un minot, ces choses-là, il les dit sans retenue. Et souvent, il tombe juste. Parce que la réalité, vue avec nos yeux, est une chose, alors que vue par un minot, c'en est une autre.

— En conclusion, qu'est-ce qu'on fait, maintenant ? intervint Fazio.

— Je vous le demande à vous, dit Montalbano.

— *Dottore*, si le *dottor* Augello me le permet, je

prends la parole. Je veux dire que l'affaire n'est pas si simple. Pour l'instant, ce mort assassiné, qu'il s'appelle Lococo ou Errera peu importe, il n'est considéré nulle part comme officiellement assassiné, ni par la Questure, ni par le Parquet. Il est enregistré comme noyé accidentel. Donc je me demande et je vous demande : à quel titre est-ce qu'on ouvre un dossier et on continue l'enquête ?

Le commissaire y pinsa quelques instants.

— Faisons le coup de l'appel anonyme, adécida-t-il.

Augello et Fazio le regardèrent d'un air interrogatif.

— Ça marche toujours. Je l'ai fait d'autres fois, soyez tranquille.

Il prit dans l'enveloppe la photo d'Errera avec les moustaches.

— Porte-la tout de suite à Retelibera, tu dois la remettre *manu cu manu*, en main propre, à Nicolò Zito. Dis-lui, de ma part, que j'ai besoin d'un appel urgent dans le journal de ce matin. Il doit dire que les proches d'Ernesto Lococo sont désespérés parce qu'ils n'ont plus de ses nouvelles depuis plus de deux mois. Fonce.

Sans broncher, Fazio se leva et sortit. Montalbano considéra attentivement Mimì comme s'il s'était aperçu seulement maintenant de la présence de son adjoint. Mimì, qui connaissait ce genre de regard, s'agita sur sa chaise, mal à l'aise.

— Salvo, quelle connerie est en train de te passer par la tête ?

— Comment va Beba ?

Mimì le considéra, ahuri.

— Tu me l'as déjà demandé, Salvo. Elle va mieux.

— Donc, elle est capable de passer un coup de fil.

— Bien sûr. A qui ?

— Au procureur, le *dottor* Tommaseo.

— Et qu'est-ce qu'elle doit lui dire ?

— Elle doit jouer un sketch. Une demi-heure après que Zito a diffusé la photo à la télé, Beba doit donner un coup de téléphone anonyme, pour lui raconter d'une voix hystérique qu'elle a vu cet homme, qu'elle l'a parfaitement reconnu, qu'elle ne se trompe pas.

— Comment ça ? Où ? se récria Mimì, à qui l'idée d'entraîner Beba là-dedans ne souriait pas du tout.

— Voilà, elle doit lui raconter qu'il y a deux mois, alors qu'elle se trouvait en voiture à Spigonella, elle a vu cet homme que deux autres massacraient à coups de poing. A un certain moment, l'homme a réussi à se libérer des deux autres et à s'approcher de l'auto où se trouvait Beba mais il a été rattrapé et emporté.

— Et qu'est-ce qu'elle faisait, Beba, dans cette voiture ?

— Elle faisait des cochonneries avec un type.

— Allez ! Beba ne dira jamais ça ! Et peut-être que moi aussi, ça me plaît pas !

— Mais ça, c'est fondamental ! Tu le sais bien comment il est, Tommaseo, non ? Il s'y plaît, dans ces histoires de sexe. Ça, c'est le bon hameçon pour lui, tu verras qu'il va l'avaler. Même, si Beba peut s'inventer quelques détails scabreux…

— Mais t'es devenu dingue ?

— Un petit truc…

— Salvo, tu es pas bien dans ta tête !

— Mais pourquoi tu te mets en colère ? Moi je voulais dire une connerie quelconque, par exemple qu'étant donné qu'ils étaient nus tous les deux, ils n'ont pas réussi à intervenir…

— Bon, bon. Et ensuite ?

— Et puis, quand Tommaseo t'appelle, tu…

— Excuse-moi, pourquoi tu dis que Tommaseo me téléphone à moi et pas à toi ?

— Parce que moi, aujourd'hui, après déjeuner, je

serai pas là. Tu dois lui dire que nous avons déjà une trace, parce que le signalement de la disparition nous l'avions déjà reçu, et que nous avons besoin d'un mandat de perquisition en blanc.

— En blanc ?!

— Oh que oui, monsieur. Parce que, moi, cette villa de Spigonella, je sais où elle se trouve mais je ne sais pas à qui elle appartient et si quelqu'un y habite encore. J'ai été clair ?

— Très clair, rétorqua Mimì, à contrecœur.

— Ah, autre chose : fais-toi donner aussi l'autorisation d'intercepter les coups de fil que passe ou reçoit Marzilla Gaetano, habitant à Montelusa, 18, rue Francesco-Crispi. Plus tôt on le met sur écoute, mieux ce sera.

— Et quel rapport, ce Marzilla ?

— Mimì, il n'a pas de rapport avec cette enquête. Ça peut me servir pour un truc que j'ai en tête. Mais je te réponds avec une expression toute faite qui va te rendre heureux : j'essaie de faire d'une pierre deux coups.

— Mais…

— Mimì, si tu continues, moi je prends cette pierre qui devait me servir pour les deux coups et je te la fourre…

— J'ai compris, j'ai compris.

Fazio se ramena moins d'une heure plus tard.

— J'ai tout fait. Zito diffusera la photo et l'appel dans le journal de quatorze heures. Je vous salue.

Et il fit mine de se retirer.

— Attends.

Fazio s'immobilisa, certain que le commissaire allait continuer. Mais Montalbano ne dit mot. Il se limitait à le fixer. Fazio, qui l'aconnaissait, s'assit. Le commissaire continuait à le fixer. Mais Fazio savait très bien qu'en réalité, il ne le regardait pas : il posait le regard sur lui mais ne le voyait peut-être pas, passqu'il avait la tête perdue va savoir où. Et de fait, Montalbano se demandait si ça ne valait pas la peine de se faire donner un coup de main par Fazio. Mais s'il lui racontait toute l'histoire du minot immigré, comment il la prendrait, Fazio ? Ne risquait-il pas de lui répondre qu'à son avis, il s'agissait de divagations du commissaire privées de tout fondement ? Mais peut-être qu'en lui chantant seulement la moitié de la messe, il aréussirait à obtenir quelques informations sans trop s'exposer.

— Ecoute, Fazio, tu le sais si dans notre coin il y a des immigrés clandestins qui besognent au noir ?

Fazio ne sembla pas étonné de la question.

— Il y en a beaucoup, *dottore*. Mais précisément chez nous, non.

— Et où, alors ?

— Là où y a des serres, des vignobles, des plantations de tomates, des orangeraies... Au nord, on les emploie dans l'industrie, mais ici, des industries, il n'y en a pas, ils besognent dans l'agriculture.

Les propos devenaient trop généraux. Montalbano décida de restreindre le champ de la discussion.

— Dans quels villages de notre province y a-t-il ces possibilités pour les clandestins ?

— *Dottore*, honnêtement, je ne suis pas en mesure de vous faire une liste complète. Pourquoi ça vous intéresse ?

C'était la question qu'il redoutait le plus.

— Bah... comme ça... juste pour savoir.

Fazio se leva, alla à la porte, la ferma, revint s'asseoir.

— *Dottore*, dit-il, voulez-vous avoir la bonté de me chanter la messe entière ?

Et Montalbano craqua, lui racontant tout point par point, à partir de la maudite soirée où il s'était retrouvé sur le quai jusqu'à la dernière entrevue avec Marzilla.

— A Montechiaro, il y a des serres où besognent plus d'une centaine de clandestins. Peut-être que le minot s'enfuyait de là-bas. L'endroit où il a été écrasé par la voiture en est distant d'environ cinq kilomètres.

— Tu pourrais pas te renseigner ? hasarda le commissaire. Mais sans rien dire ici, au commissariat.

— Je peux essayer, dit Fazio.

— Tu as une idée ?

— Bah… je pourrais essayer de faire une liste de ceux qui louent des maisons… des maisons !… tu parles de maisons ! des écuries, des sous-sols, des égouts, aux clandestins. On les entasse à dix dans des débarras sans fenêtre ! Ils le font au noir et se font payer des millions. Mais je peux peut-être y arriver. Une fois que j'aurai cette liste, je me renseigne pour savoir si récemment l'un de ces clandestins a été rejoint par sa femme… Ça ne sera pas facile, je vous le dis tout de suite.

— Je sais. Et je t'en suis reconnaissant.

Mais Fazio ne bougea pas de sa chaise.

— Et pour ce soir ? demanda-t-il.

Le commissaire comprit instantanément et prit une tête d'*angilu 'nnuccenti*, d'ange innocent.

— Je n'ai pas compris.

— Où est-ce que Marzilla va prendre cet homme à dix heures et demie ?

Montalbano le lui dit.

— Et vous, qu'est-ce que vous allez faire ?

— Moi ? Qu'est-ce que je dois faire ? Rien.

— *Dottore*, est-ce que par hasard il vous est venu une de vos brillantes idées ?

— Mais non, sois tranquille.

— Bah ! fit Fazio en se levant.

Sur le seuil, il s'arrêta.

— *Dottore*, vous savez, si vous voulez, ce soir, je suis libre et…

— Bouh, quel tracassin ! Mais tu veux pas en démordre !

— Comme si je ne vous connaissais pas, vosseigneurie, murmura Fazio en ouvrant la porte pour sortir.

— Allume tout de suite la télévision ! ordonna-t-il à Enzo en entrant dans la trattoria.

L'autre répondit d'un regard interloqué :

— Mais comment ça ! Chaque fois que vous entrez et que vous la trouvez *addrumata*, allumée, vous la voulez *astutata*, éteinte, et maintenant que vous la trouvez *astutata*, vous la voulez *addrumata* ?

— Tu peux couper le son.

Nicolò Zito maintint sa promesse. A un certain moment du journal (collision de deux poids lourds, écroulement d'une maison, un homme avec la tête éclatée qu'on comprenait pas ce qui lui était arrivé, une voiture qui prenait feu, une poussette renversée au milieu de la route, une femme qui s'arrachait les cheveux, un ouvrier tombé d'un échafaudage, un type abattu dans un bar) apparut la photo d'Errera moustachu. Et cela signifiait le feu vert pour le sketch qu'allait devoir jouer Beba. Mais toutes ces images eurent pour effet de lui couper le pétit. Avant de rentrer au bureau, il s'offrit une balade consolatoire jusqu'au phare.

La porte battit, le crépi tomba, Montalbano sursauta, Catarella surgit. Rituel accompli.

— Et merde ! Un jour ou l'autre tu vas faire crouler le bâtiment entier !

— Je demande compression et pardonance, *dottori*, mais quand je me retrouve derrière votre porte fermée, je me sens tout zému et ma main glisse.

— Mais pourquoi tu es ému ?

— Tout ce qui vous aregarde me rend ému, *dottori*.

— Qu'est-ce que tu veux ?

— Ponce Pilate arriva.

— Fais-le entrer. Et ne me passe aucun coup de fil.

— Pas même de M. le Quisteur ?

— Pas même.

— Pas même de Mamoiselle Livia ?

— Catarè, je n'y suis pour personne, tu veux le comprendre ou je te le fais comprendre, moi ?

— Je l'a compris, *dottori*.

Quatorze

Montalbano se leva pour recevoir le journaliste et s'arrêta à mi-chemin, éberlué. Parce que, sur le seuil, s'était présenté ce qu'au premier coup d'œil, il prit pour un bouquet d'iris en mouvement. Mais non, il s'agissait d'un homme, un quinquagénaire, de pied en cap vêtu de nuances diverses de bleu-violet, une espèce de roquet rond, visage rond, bedaine ronde, lunettes rondes, sourire rond. La seule chose qui n'était pas ronde, c'était la bouche ; les lèvres étaient si grosses et rouges qu'elles semblaient fausses, fardées. Dans un cirque, il aurait eu un grand succès comme clown. A toute vitesse, comme une toupie, il s'avança et tendit la main au commissaire. Lequel, pour la serrer, dut se pencher complètement, l'estomac appuyé sur le bureau.

— Asseyez-vous.

Le bouquet d'iris s'assit. Montalbano n'en crut pas ses narines : cet homme sentait aussi l'iris. En jurant intérieurement, le commissaire se pripara à perdre une heure de temps. Ou peut-être moins, une excuse querconque pour s'en débarrasser, il la trouverait. Mieux encore, autant préparer tout de suite le terrain.

— Vous m'excuserez, monsieur Pilate…

— Melate.

Maudit Catarella !

— …Melate, mais vous êtes tombé au milieu d'une journée vraiment impossible. J'ai très peu de temps pour…

Le journaliste leva une menotte que le commissaire s'étonna de découvrir non pas violette, mais rose.

— Je comprends très bien. Je vous prendrai peu de temps. Je voulais commencer par une question…

— Non, permettez que la question, je la pose moi : pourquoi et de quoi voulez-vous me parler ?

— Voilà, commissaire, il y a quelques jours, je me trouvais, un soir, sur le quai du port quand deux vedettes de la marine étaient en train de faire débarquer… et je vous ai entrevu là.

— Ah, c'est pour ça ?

— Oui. Et je me suis demandé si, par hasard, quelqu'un comme vous, un enquêteur réputé…

Là, le type s'était planté. Quand il entendait des éloges, un compliment, Montalbano se mettait en garde. Il se roulait en boule comme un hérisson.

— Ecoutez, moi, j'étais là vraiment par hasard. Une histoire de lunettes.

— De lunettes ? répéta l'autre, ébahi.

Tout de suite après, il eut un petit sourire malin.

— J'ai compris, vous voulez m'égarer.

Montalbano se leva.

— Je vous ai dit la vérité et vous ne m'avez pas cru. Je pense que continuer comme ça serait une perte de temps inutile pour vous et pour moi. Bonne journée.

Le bouquet d'iris se leva et, d'un coup, parut fané. Sa menotte prit celle que le commissaire lui tendait.

— Bonne journée, exhala-t-il en se traînant vers la porte.

A Montalbano, soudain, il fit peine.

— Si vous vous intéressez au problème des débarquements d'immigrés, je peux vous faire recevoir par un collègue qui…

— Le *dottor* Riguccio ? Merci, je lui ai déjà parlé. Mais il ne voit que le problème des débarquements de clandestins dans leur ensemble, et rien d'autre.

— Pourquoi, il y aurait un autre problème contenu dans le problème général ?

— Si on veut, oui.

— Et ça serait quoi ?

— Le commerce d'enfants immigrés, dit Leonce Melate en ouvrant la porte et en sortant.

Comme dans les dessins animés, egzactement tout pareil, deux mots que le journaliste avait juste juste à l'instant employés, « commerce » et « enfants », se solidifièrent, apparurent imprimés en noir en l'air, car la pièce avait disparu, les objets avaient disparu dans une espèce de lumière laiteuse ; au bout d'un millionième de seconde, les mots bougèrent, se tressèrent l'un à l'autre, maintenant c'étaient deux serpents qui se battaient, se fondaient, changeaient de couleur, adevenaient un globe très lumineux duquel partit une espèce d'éclair qui foudroya Montalbano entre les deux yeux.

— Madonne ! invoqua-t-il en agrippant le rebord du bureau.

En moins d'une seconde, toutes les pièces éparpillées du puzzle qui tournoyaient dans sa tête allèrent se placer au bon endroit, en parfait accord avec les voisines. Puis ce fut le retour à la normale, chaque chose reprit sa forme et sa couleur, mais ce qui n'aréussissait pas à redevenir normal, c'était précisément lui, passqu'il arrivait pas à bouger et sa vouche s'arefusait obstinément à s'ouvrir pour rappeler le journaliste. Enfin, il réussit à agripper le téléphone.

— Arrête le journaliste ! ordonna-t-il d'une voix rauque à Catarella.

Tandis qu'il s'asseyait et s'essuyait la sueur au front, il entendit que se déchaînait un *burdellu*, un bordel. Querqu'un gueulait (ce devait être Catarella) :

— Halte, Ponce Pilate !

Un autre disait (ce devait être le journaliste) :

— Mais qu'est-ce que j'ai fait ? Laissez-moi !

Un troisième en profitait (certainement un cornard de passage) :

— A bas la police !

Enfin, la porte du bureau s'ouvrit dans un fracas qui, assurément, atterra le journaliste apparu malgré lui sur le seuil, poussé par Catarella.

— Je le chopai, *dottori* !

— Mais qu'est-ce qui se passe ? Je ne comprends pas pourquoi...

— Excusez-moi, monsieur Melate. Un regrettable malentendu. Asseyez-vous.

Et tandis que Melate, plus confus que convaincu, entrait, le commissaire intima à Catarella d'un ton brusque :

— Va-t'en et ferme la porte.

Le bouquet d'iris était écroulé sur la chaise, il avait fané à vue, le commisaire eut envie de lui vaporiser de l'eau pour le ranimer. Mais peut-être le mieux était-il de le faire parler sur le sujet qui l'intéressait, comme s'il ne s'était rien passé.

— Vous me parliez d'un certain commerce...

CQFD. Ça fonctionna à la perfection. A Melate, ça ne lui passa même pas par l'antichambre de la coucourde, de demander des explications sur le traitement absurde qu'il venait de subir. Refleuri, il attaqua :

— Vous, commissaire, vous n'en savez vraiment rien ?

— Rien, je vous assure. Et je vous serais reconnaissant si…

— Rien que l'année dernière, et je vous livre des données officielles, on a repéré en Italie pas moins de quinze mille mineurs non accompagnés.

— Vous voulez dire qu'ils sont venus seuls ?

— Semble-t-il. De ces mineurs, nous pouvons laisser de côté plus de la moitié.

— Pourquoi ?

— Parce que, entre-temps, ils sont devenus majeurs. Bien, presque 4 000, un bon pourcentage, hein, provenaient d'Albanie, les autres de la Roumanie, de la Yougoslavie, de la Moldavie. A cela, il faut ajouter les 1500 du Maroc et puis ceux d'Algérie, de Turquie, d'Irak, du Bangladesh et d'autres pays. Le tableau est clair ?

— Très clair. Age ?

— Tout de suite.

De sa poche, il tira une feuille, se la relut, la rempocha.

— Deux cents de 0 à 6 ans, 1 316 de 7 à 14 ans, 995 de 15 ans, 2 018 de 16 ans et 3 924 de 17 ans, récita-t-il.

Il soupira.

— Mais ça, ce sont les chiffres que nous connaissons. Nous savons avec certitude que des centaines de ces enfants disparaissent une fois entrés dans notre pays.

— Mais où sont-ils passés ?

— Commissaire, il y a des organisations criminelles qui les font venir exprès. Ces enfants ont une valeur énorme. C'est même une marchandise d'exportation.

— Pourquoi ?

Leonce Melate parut étonné.

— Et vous me le demandez ? Récemment, un procureur de Trieste a recueilli une énorme quantité d'écoutes téléphoniques qui parlaient d'achat et de vente d'enfants immigrés pour la transplantation d'organes. Les demandes de greffes sont nombreuses et en augmentation continue. D'autres mineurs sont mis à la disposition des pédophiles. N'oubliez pas que sur un enfant comme ça, seul, sans parents, sans personne, on peut, en payant des sommes très élevées, exercer un certain type de pédophilie extrême.

— C'est-à-dire ? demanda Montalbano, la gorge sèche.

— Ça comporte la torture et la mort violente de la victime, pour procurer un plus grand plaisir au pédophile.

— Ah.

— Et puis, il y a le racket de la mendicité. Les exploiteurs de ces enfants contraints à demander l'aumône sont très imaginatifs, vous savez. J'ai parlé avec un enfant albanais qui avait été enlevé et que son père avait réussi à reprendre. On l'avait rendu boiteux, en le blessant profondément au genou et en laissant la blessure s'infecter exprès. Comme ça, il faisait plus pitié aux passants. A un autre, ils ont coupé la main, à un autre...

— Excusez-moi, je dois vous laisser un instant. Je me suis rappelé que je dois faire quelque chose, dit le commissaire en se levant.

A peine la porte fermée dans son dos, il s'élança. Complètement abasourdi, Catarè se vit passer devant lui le commissaire courant comme un athlète, les coudes à la hauteur de la poitrine, l'enjambée haute et décidée. En un vire-tourne, Montalbano arriva au bar à côté du commissariat, à cette heure vide, et s'appuya au comptoir.

— Donne-moi un triple whisky, sans glace.

Le barman ne pipa mot, servit. Le commissaire se descendit le verre en deux gorgées, paya et sortit.

Catarella était planté devant la porte de son bureau.

— Qu'est-ce que tu fais là ?

— *Dottori*, je me mis à garder le susdit, arépondit Catarella avec un mouvement du menton vers la porte. Au cas où le susdit, il lui venait l'envie de s'échapper de nouveau nouvellement.

— Bon, maintenant, tu peux y aller.

Il entra. Le journaliste n'avait pas bougé de sa place. Montalbano s'assit derrière le bureau. Il se sentait mieux, à présent, il aurait la force d'écouter de nouvelles horreurs.

— Je vous ai demandé si ces enfants embarquent seuls ou bien si…

— Commissaire, je vous ai déjà dit que derrière eux il y a une puissante organisation criminelle. Certains arrivent seuls, mais c'est une minorité. Les autres, en fait, sont accompagnés.

— Par qui ?

— Par des gens qui se font passer pour leurs parents.

— Des complices ?

— Bah, je n'irais pas jusque-là. Vous savez, le coût du voyage est très élevé. Les clandestins ont fait des sacrifices énormes pour embarquer. Mais ce coût peut être diminué quand, avec vos propres enfants, vous emmenez un mineur qui n'appartient pas à votre famille. Mais outre ces accompagnateurs, comment dire, occasionnels, il y a les accompagnateurs habituels, ceux qui font ça pour l'argent. Il s'agit de gens qui font pleinement partie de cette vaste organisation criminelle. Et l'introduction d'un mineur ne se fait pas toujours en le mêlant à un groupe de clandestins. Il y a d'autres routes. Je vous donne un exemple. Un vendredi d'il y a quelques mois, dans le port d'Ancône, vient s'amarrer le bateau qui fait le service des marchandises et des passagers avec Durazzo. En débarque une dame albanaise à peine plus que trentenaire, Giulietta Petalli. A son permis de séjour en règle est attachée la photo d'un gamin, son enfant, qu'elle tient par la main. La dame arrive à Pescara, où elle travaille, mais elle est seule ; l'enfant, entre-temps, a disparu. J'abrège : la Criminelle de Pescara a découvert que la douce Giulietta, son mari et un complice, avaient introduit en Italie 56 enfants. Tous disparus dans le néant. Qu'est-ce que vous avez, commissaire, vous vous sentez mal ?

Un flash. Avec une crampe qui lui mordait l'estomac, Montalbano, pendant un instant, se vit tenant l'enfant par la main, en train de le remettre à celle qu'il croyait être la mère… Et ce regard, ces yeux écarquillés qu'il ne réussirait jamais plus à oublier.

— Pourquoi ? demanda-t-il, feignant l'indifférence.

— Vous avez pâli.

— De temps en temps, ça m'arrive, c'est un problème de circulation sanguine, ne vous inquiétez pas. Dites-moi plutôt une chose : si cet ignoble trafic se déroule dans l'Adriatique, pourquoi êtes-vous venu chez nous ?

— Simple. Parce que les marchands d'esclaves ont été pour une raison ou une autre contraints de changer de route. Celle suivie pendant des années est trop connue, il y a eu un tour de vis, les interceptions sont devenues beaucoup plus faciles. Songez que dès l'année dernière, comme je vous ai dit, étaient arrivés du Maroc 1 354 mineurs. Il s'agissait donc d'une intensification du trafic sur les routes préexistantes en Méditerranée. Et cela s'est passé quand le Tunisien Baddar Gafsa est devenu chef indiscuté de l'organisation.

— Excusez-moi, je n'ai pas compris. Comment avez-vous dit ?

— Baddar Gafsa, un personnage, croyez-moi, digne d'un roman. Entre autres, il est surnommé « le balafré », vous voyez le genre. Plus noblement, on pourrait le définir comme un vrai cœur des ténèbres. C'est un géant qui aime se charger de bagues, de colliers, de bracelets et qui porte toujours des vestes de cuir. A peine plus de trente ans, il a sous ses ordres une véritable armée d'assassins conduite par ses trois lieutenants, Samir, Jamil et Ouled, et une flotte de bateaux de pêche qui ne lui servent certes pas à pêcher, planqués dans les criques du cap Bon et placés sous les ordres de Ghamun et Ridha, deux capitaines très experts qui connaissent le canal de Sicile comme leur lavabo. Recherché depuis longtemps, il n'a jamais été arrêté. On dit que dans ses refuges secrets sont exposées des dizaines de cadavres de ses ennemis qu'il a assassinés. Gafsa les garde bien en vue pendant une certaine période pour décourager d'éventuelles trahisons et pour se délecter de son invincibilité. Trophées de chasse, vous comprenez ? En outre, c'est quelqu'un qui voyage beaucoup pour régler, à sa façon, les controverses entre ses collaborateurs ou pour punir de manière exemplaire ceux qui n'obéissent pas à ses ordres. Et ainsi, ses trophées augmentent.

A Montalbano, il semblait que Melate était en train de lui raconter un film trop fantastique et trop riche en rebondissements, du genre qu'à une époque, on appelait « navet américain ».

— Mais vous, tout cela, comment le savez-vous ? Vous me paraissez bien informé.

— Avant de venir à Vigàta, je suis resté presque un mois en Tunisie, de Sfax à Sousse et jusqu'à El Haduaria. Je m'étais procuré les bonnes entrées. Et notez que j'ai assez d'expérience pour savoir distinguer la vérité des légendes plus ou moins urbaines.

— Mais je n'ai pas encore compris clairement pourquoi vous êtes venu justement ici, à Vigàta. Vous avez su quelque chose en Tunisie qui vous a poussé à venir chez nous ?

La grande bouche de Leonce Melate quadrupla dans un sourire.

— Vous êtes vraiment aussi intelligent qu'on me l'avait dit, commissaire. J'ai su, je ne vous dirai pas comment parce que ce serait trop compliqué, mais je vous certifie la fiabilité absolue de mes sources, que Baddar Gafsa a été vu à Lampedusa revenant de Vigàta.

— Quand ?

— Il y a un peu plus de deux mois.

— Et on vous a dit cc qu'il était venu faire ?

— On me l'a laissé entendre. D'abord, il faut que vous sachiez que Gafsa a ici un gros centre de tri.

— A Vigàta ?

— Ou dans les environs.

— Qu'est-ce que ça veut dire, « centre de tri » ?

— Un endroit où Gafsa fait converger certains clandestins de valeur ou d'une importance particulière…

— C'est-à-dire ?

— Des mineurs, justement, ou des terroristes ou des informateurs à infiltrer ou des personnes déjà interdites de séjour. Il les garde là avant de les faire partir vers leurs destinations définitives.

— J'ai compris.

— Ce centre de tri était sous le contrôle d'un Italien, avant que Gafsa devienne le chef de l'organisation. Le Tunisien l'a laissé un moment s'occuper du centre puis l'Italien a commencé à n'en faire qu'à sa tête. Alors Gafsa est venu et l'a assassiné.

— Vous savez par qui il l'a remplacé ?

— Par personne, à ce qui semble.

— Alors, le centre est fermé ?

— Bien au contraire. Disons qu'il n'y a pas de résident permanent, mais des responsables de secteur qui sont avertis au moment voulu des arrivées imminentes. Quand il y a une grosse opération à faire, c'est Jamil Zarzis, un des trois lieutenants, qui intervient en personne. Il fait sans arrêt des allées et venues entre la Sicile et la lagune de Korba, en Tunisie, où Gafsa a son quartier général.

— Vous m'avez donné une grande quantité de noms tunisiens mais pas celui de l'Italien tué par Gafsa.

— Je ne le connais pas, je n'ai pas réussi à le savoir. Mais je sais comment l'appelaient les hommes de Gafsa. D'un surnom dépourvu de signification.

— Qu'est-ce que c'était ?

— Le mort. Ils l'appelaient ainsi de son vivant. N'est-ce pas absurde ?

Absurde ?! D'un coup, Montalbano se leva, renversa la tête en arrière et hennit. Un hennissement plutôt fort, en tout point semblable à celui du cheval qui commence à en avoir plein le cul. Sauf que le commissaire, il n'en avait pas du tout plein le cul, bien au contraire. Tout adevenait pour lui clair, les parallèles avaient fini par converger. Cependant, atterré, le bouquet d'iris avait glissé de son siège, et se dirigeait vers la porte. Montalbano lui courut après, le bloqua.

— Où allez-vous ?

— Je vais appeler quelqu'un, vous vous sentez mal, balbutièrent les iris.

Le commissaire eut un large sourire rassurant.

— Mais non, mais non, ce n'est rien, rien que des petits troubles comme la pâleur de tout à l'heure. J'en souffre parfois, ce n'est pas grave.

— On ne pourrait pas ouvrir la porte ? J'étouffe.

C'était une excuse, manifestement le journaliste voulait se ménager une issue de secours.

— Bon, bon, je vous l'ouvre.

Un peu rassuré, Leonce Melate retourna s'asseoir.

Mais visiblement, il était encore nerveux. Il s'était mis au bord du siège, prêt à s'échapper. Certainement, il se demandait si c'était bien là le commissariat de Vigàta ou l'asile de fous provincial qui aurait survécu. Et plus que tout l'inquiétait le sourire amoureux que lui adressait le commissaire tandis qu'il le regardait. De fait, le commissaire était, en cet instant, submergé d'une onde de gratitude vers cet homme qui semblait un clown et qui était loin de l'être. Comment le remercier ?

— Monsieur Melate, je n'ai pas bien compris vos déplacements. Vous êtes venu à Vigàta exprès pour parler avec moi ?

— Oui. Malheureusement, je dois rentrer tout de suite à Trieste. Maman ne va pas bien et je lui manque. Nous sommes... nous sommes très liés.

— Pourriez-vous prolonger votre séjour de deux ou trois jours, au maximum ?

— Pourquoi ?

— Je crois pouvoir vous faire avoir, de première main, des nouvelles intéressantes.

Leonce Melate le considéra longuement, ses petits yeux presque entièrement dissimulés derrière les paupières baissées. Puis, il s'arésolut à parler.

— Vous m'avez dit, au début de notre entretien, que vous ne saviez rien de cette histoire.

— C'est vrai.

— Mais si vous ne saviez rien, comment faites-vous, maintenant, à soutenir que dans très peu de temps...

— Je n'ai pas menti, croyez-moi. Vous m'avez appris des choses qu'avant j'ignorais, mais j'ai l'impression qu'elles ont mis sur la bonne voie une enquête que je suis en train de mener...

— Ben... Je suis descendu au Regina de Montelusa. Je crois pouvoir rester encore deux jours.

— Très bien. Pourriez-vous me décrire le lieutenant

de Gafsa, celui qui vient souvent ici… Comment s'appelle-t-il ?

— Jamil Zarzis. Un quadragénaire de petite taille, trapu, du moins d'après ce qu'on m'a dit… ah, oui, et il est presque complètement édenté.

— Beh, si entre-temps il s'est fait convaincre par un dentiste, nous sommes foutus, commenta le commissaire.

Leonce Melate écarta les bras, pour signifier qu'il ne saurait dire davantage sur le compte de Jamil Zarzis.

— Ecoutez, vous m'avez dit que Gafsa s'occupait personnellement d'éliminer ses adversaires. C'est bien ça ?

— C'est ça.

— Une rafale de kalachnikov et voilà ou bien…

— Non, c'est un sadique. Il trouve toujours des manières diverses. On m'a raconté qu'il a pendu un type la tête en bas jusqu'à ce que mort s'ensuive, qu'un autre, il l'a littéralement fait rôtir à la braise, un troisième, il l'a attaché aux poignets et aux chevilles avec du fil de fer et l'a fait lentement noyer dans la lagune, un quatrième…

Le commissaire se leva, Leonce Melate se tut, inquiet.

— Qu'y a-t-il ? demanda-t-il, prêt à bondir de son siège et à se mettre à courir.

— Vous me permettez de hennir encore ? lui demanda, très courtois, Montalbano.

Quinze

— Qui est ce type ? demanda Mimì en regardant Leonce Melate qui s'éloignait dans le couloir.

— Un ange, arépondit Montalbano.

— Allez ! Habillé comme ça ?

— Parce que, d'après toi, les anges doivent toujours s'habiller comme ceux de Melozzo da Forlì ? Tu n'as jamais vu ce film de Frank Capra qui s'appelle… attends…

— Laissons tomber, dit Mimì, manifestement nirveux. Je veux te dire que Tommaseo a téléphoné, je lui ai répondu que nous allions nous occuper de l'affaire, mais il n'a pas voulu nous donner l'autorisation de perquisitionner la villa et encore moins de mettre sur écoute le téléphone de Marzilla. Donc, toute la comédie que tu as organisée n'a servi à que dalle, merde.

— Tant pis, on se débrouillera tout seuls. Mais tu m'expliques pourquoi t'es d'humeur mauvaise ?

— Tu veux savoir ? explosa Augello. C'est parce que j'ai entendu le coup de fil que Beba a fait au procureur Tommaseo et les questions que ce porc lui posait. J'avais l'oreille collée à l'appareil de Beba. Quand elle a fini de raconter ce qu'elle avait vu, il a commencé à demander : « Vous étiez seule dans la voiture ? » Et Beba, un peu mal à l'aise : « Non, avec mon fiancé. » Et lui : « Qu'est-ce que vous faisiez ? » Et Beba, feignant d'être encore plus mal à l'aise : « Beh… vous savez… » Et le porc : « Vous faisiez l'amour ? » Beba, dans un filet de voix : « Oui… » Et lui : « Rapport complet ? » Là, Beba a eu un instant d'hésitation et le cochon lui a expliqué que c'étaient des données importantes pour saisir clairement le tableau de la situation. Et alors, elle ne s'est plus arrêtée. Elle y a pris goût. Je te dis pas les détails qu'elle a su sortir ! Et plus elle en disait, plus ce porc s'excitait ! Il voulait que Beba aille en personne au parquet ! Il voulait savoir comment elle s'appelait et comment elle était faite. Bref, quand elle a raccroché, c'est fini en engueulade entre nous deux. Mais moi, je me demande et je dis : où est-elle allée chercher certains détails ?

— Allez, Mimì, ne fais pas le minot ! Qu'est-ce qui te prend, tu es devenu jialoux ?

Mimì le fixa longuement.

— Oui, dit-il.

Et il sortit.

— Envoie-moi Catarella ! cria le commissaire dans son dos.

— A vos ordres, *dottori* ! dit Catarella en se matérialisant instantanément.

— Il me semble me souvenir que tu m'as dit aller souvent chez ton frère qui a une maison près du cap Russello.

— Oh que oui, *dottori*. Dans la campagne Lampisa.

— Bien. Tu m'expliques comment on fait à y arriver ?

— *Dottori*, et qué besoin y a que j'y explique ? Je le fais pirsonnellement l'accompagnement !

— Merci, mais c'est une affaire que je dois régler seul, ne te vexe pas. Alors, tu m'expliques ?

— Oh que oui. Vosseigneurie prend la route pour Montereale et la passe. Vous continuez pendant querque chose comme trois kilomètres et à main gauche vous voyez une frèche qui dit comme ça cap Russello.

— Je la prends ?

— Oh que non. Vous continuez. Toujours à main gauche, vous trouvez une autre frèche qui dit Punta Rossa.

— Je la prends ?

— Oh que non. Vous continuez. Après vient une frèche qui dit Lampisa. Et celle-là vous la prenez.

— Très bien, merci.

— *Dottori*, cette frèche qui dit Lampisa, elle dit Lampisa histoire de dire. Hors de question d'arriver à Lampisa si on suit seulement cette frèche.

— Alors, qu'est-ce que je dois faire ?

— Quand vous avez pris la route pour Lampisa, une fois que vous avez fait 500 mètres, à main droite vous devriez vous atrouver devant un grand portail de fer abattu qu'autrefois il y avait et que maintenant désormais il n'y a plus.

— Et comment je fais à voir un portail qui n'y a plus ?

— Facile, *dottori*. Passque de là où il y avait le portail partent deux files de chênes. Ça, c'était la propriété du baron Vella, maintenant c'est la propriété de pirsonne. Quand vous arrivez tout au fond de l'allée, qu'on vient à s'atrouver dans la villa enruinée du baron Vella, vous tournez pile au dernier chêne à gauche. Et à trois cents mètres juste se trouve la campagne Lampisa.

— C'est la seule route pour y arriver ?

— Ça dépend.

— Ça dépend de quoi ?

— Selon qu'on doit y aller à pied ou en voiture.

— En voiture.

— Alors, la seule c'est, *dottori*.
— La mer, elle est à quelle distance ?
— Pas cent mètres, *dottori*.

Manger ou ne pas manger ? Telle était la question : était-il plus sage de supporter les morsures d'un pétit honteux ou bien de s'en foutre et d'aller se remplir la panse chez Enzo ? Le dilemme chèkspirien se posa à lui quand, regardant la montre, il s'aperçut qu'il était presque huit heures. S'il cédait à la faim, il n'aurait qu'une très petite heure à consacrer au dîner : ce qui signifiait qu'il allait devoir donner à ses mouvements de manducation un rythme à la Charlot des *Temps modernes*. Or, une chose était sûre, manger en vitesse, c'était pas manger, à la très grande rigueur se nourrir. Différence substantielle, passque, lui, de cette nécessité de se nourrir comme un arnimal ou une plante, il n'en ressentait pour le moment pas le besoin. Il avait envie de manger en se délectant vouchée après vouchée et en prenant tout le temps nécessaire. Non, ça valait pas le coup. Et, pour ne pas tomber en tentation, quand il fut à Marinella, il n'ouvrit ni le four ni le réfrigérateur. Il se déshabilla et alla sous la douche. Après, il revêtit un jean et une chemise de chasseur canadien d'ours. Il pinsa qu'il ne savait pas comment les choses allaient tourner et il lui vint un doute : s'armer ou pas s'armer ? Le mieux peut-être était de s'emmener un pistolet. Alors, il choisit un blouson de cuir marron qui avait une poche intérieure assez vaste et l'enfila. Il ne voulait pas effrayer Ingrid en lui faisant voir qu'il se munissait d'une arme, mieux valait la prendre tout de suite. Il sortit, alla à la voiture, ouvrit la boîte à gants, prit le pistolet, le glissa dans la poche de la veste, se baissa pour refermer la boîte à gants, l'arme glissa hors de la poche, tomba sur le sol de la voiture, Montalbano jura, se mit à genoux parce que le pistolet était allé se fourrer sous le siège, le récupéra, ferma la voiture, rentra chez lui. Avec le blouson, il avait chaud, il se l'enleva et le posa sur la table de la salle à manger. Il décida qu'un coup de fil à Livia s'imposait. Il souleva le combiné, composa le numéro, entendit la première sonnerie en même temps qu'on sonnait à la porte. Ouvrir ou ne pas ouvrir ? Il raccrocha, alla ouvrir. C'était Ingrid, légèrement en avance. Plus belle que d'ordinaire, si c'était possible. Lui donner un baiser ou pas ? Le dilemme fut résolu par Ingrid qui l'embrassa.

— Comment ça va ?

— Je me sens un peu hamlétien.

— Je n'ai pas compris.

— Laisse tomber. Tu es venue avec la voiture de ton mari ?

— Oui.

— Qu'est-ce que c'est ?

Question purement académique : Montalbano n'y comprenait pas une cacahuète dans les marques d'automobiles. Et aussi dans les moteurs.

— Une BMW 320.

— De quelle couleur ?

Cette question, en revanche, était intéressée : connaissant la connerie du mari d'Ingrid, si ça se trouvait, il s'était fait peindre la carrosserie de rayures rouges, vertes et jaunes avec des pois bleus.

— Gris sombre.

Tant mieux : il y avait quelques possibilités de ne pas être repérés et flingués du premier coup.

— Tu as dîné ? demanda la Suédoise.

— Non. Et toi ?

— Moi non plus. S'il nous reste du temps, on pourra… A propos, qu'est-ce qu'on doit faire ?

— Je te l'expliquerai en route.

Le téléphone sonna. C'était Marzilla.

— Commissaire, la voiture qu'ils m'ont laissée est une Jaguar. Dans cinq minutes, je sors de chez moi, communiqua-t-il d'une voix tremblante.

Et il raccrocha.

— Si tu es prête, on peut y aller, dit Montalbano.

D'un geste désinvolte, il agrippa le blouson, sans se rendre compte qu'il l'avait pris à l'envers. Naturellement, le pistolet glissa de la poche et tomba à terre. Ingrid fit un bond en arrière, effrayée.

— Tu as des intentions sérieuses ? demanda-t-elle.

En suivant les instructions de Catarella, ils ne se trompèrent pas de route. Une demi-heure après leur départ de Marinella, demi-heure qui servit à Montalbano à instruire Ingrid, ils arrivèrent devant l'allée des chênes. Quand ils l'eurent suivie jusqu'au bout, la lumière des phares leur découvrit les ruines d'une grande villa.

— Va tout droit, ne suis pas la route et ne tourne pas à gauche. Allons cacher la voiture derrière la villa, dit Montalbano.

Ingrid s'exécuta. Derrière la villa, il y avait une campagne ouverte et désolée. La Suédoise éteignit les phares, ils descendirent. La lune éclairait a giorno, le silence était à flanquer la frousse, même les chiens n'aboyaient pas.

— Et maintenant ? demanda Ingrid.

— Maintenant, on laisse la voiture ici et on va dans un endroit d'où on voit l'allée. Comme ça, on pourra surveiller les autos qui passent.

— Mais quelles autos ? demanda Ingrid. Ici, il n'y a même pas de grillons qui passent.

Ils se mirent en chemin.

— En tout cas, on peut faire comme dans les films, dit la Suédoise.

— Et comment ils font ?

— Allez, Salvo, tu le sais pas ? Les deux policiers, lui et elle, qui doivent planquer, jouent les amoureux. Ils s'étreignent, ils s'embrassent et en même temps, ils surveillent.

Maintenant, ils étaient arrivés devant les ruines de la villa, à une trentaine de mètres du chêne à la hauteur duquel la route tournait vers la campagne Lampisa. Ils s'assirent sur les restes d'un mur, Montalbano s'alluma une cigarette. Mais il n'eut pas le temps de la finir. Une voiture s'était engagée dans l'allée, elle roulait lentement, peut-être le chauffeur ne connaissait-il pas la route. D'un coup, Ingrid se leva, tendit la main au commissaire, le releva, se serra contre lui. La voiture avançait très lentement. Pour Montalbano, ce fut comme entrer dans la frondaison d'un abricotier, le parfum l'étourdit, remua en lui tout le remuable. Ingrid le tenait très serré. D'un coup, elle lui murmura :

— Je sens que quelquc chose bouge.

— Où ? demanda Montalbano, le menton appuyé sur les épaules de la jeune femme, le nez dans sa chevelure.

— Entre toi et moi, en bas.

Montalbano se sentit rougir, il tenta d'échapper au baiser mais la Suédoise se plaqua contre lui.

— Ne sois pas stupide.

Pendant un instant, les phares de la voiture les cueillirent en plein, puis ils tournèrent à gauche du dernier chêne, disparurent.

— C'était ton auto, une Jaguar, dit Ingrid.

Montalbano remercia le petit Jésus que Marzilla soit arrivé à temps. Il n'aurait pas résisté une minute de plus. En s'écartant de la Suédoise, il avait le souffle court.

Ce ne fut pas une poursuite car jamais Marzilla et les autres deux personnes dans la Jaguar n'eurent la sensation qu'une voiture les suivait. Ingrid était un pilote exceptionnel, tant qu'ils ne furent pas sur la route provinciale pour Vigàta, elle conduisit phares éteints, au clair de lune. Elle ne les alluma que sur la provinciale, vu qu'elle pouvait très bien se fondre dans la circulation. Marzilla roulait à bonne allure, pas très vite, et la filature était facilitée. Au fond, il s'agissait d'une filature à moteur. La Jaguar de Marzilla prit la route pour Montelusa.

— J'ai l'impression de faire une promenade ennuyeuse.

Montalbano n'arépondit pas.

— Pourquoi tu t'es emporté le pistolet ? insista la Suédoise. Il ne te sert pas beaucoup.

— Tu es déçue ? demanda le commissaire.

— Oui, j'espérais quelque chose de plus excitant.

— Bah, attends, il n'est pas dit que ça n'arrive pas, console-toi.

Après Montelusa, la Jaguar prit la route pour Montechiaro.

Ingrid bâilla.

— Ouf. Si je me retenais pas, je lui ferais voir que je le suis.

— Et pourquoi ?

— Pour mettre un peu d'animation.

— Mais ne sois pas conne !

La Jaguar passa Montechiaro et prit la route qui menait vers la côte.

— Conduis un peu toi, dit Ingrid. Moi, j'en ai marre.

— Non.

— Pourquoi ?

— Avant tout, parce que d'ici peu la route ne sera

plus fréquentée par d'autres voitures et tu devrais éteindre les phares pour ne pas te faire remarquer. Et moi, je ne sais pas conduire à la lumière de la lune.

— Et puis ?

— Et puis parce que, toi, cette route, surtout la nuit, tu la connais très bien.

Ingrid se tourna un instant pour lui lancer un coup d'œil.

— Tu sais où ils vont ?

— Oui.

— Où ?

— A la villa de ton ex-ami Ninì Lococo, comme il se faisait appeler.

La BMW fit une embardée, manquant finir en plein champ, mais Ingrid redressa aussitôt la situation. Elle ne dit rien. Comme ils arrivaient à Spigonella, au lieu de prendre la route que le commissaire connaissait, Ingrid tourna à droite.

— Ce n'est pas là…

— Je le sais très bien, dit Ingrid. Mais là, nous ne pouvons pas coller à la Jaguar. Il n'y a qu'une route qui mène au promontoire et donc à la maison. Ils nous repéreraient, à tous les coups.

— Et alors ?

— Je t'emmène dans un endroit d'où il est possible de voir la façade de la villa. Et on arrivera un peu avant eux.

Ingrid arrêta la BMW juste sur le bord de la falaise, derrière une espèce de bungalow de style mauresque.

— Descendons. De là, ils ne peuvent apercevoir notre voiture, alors que nous pourrons très bien voir ce qu'ils font.

Ils contournèrent le bungalow. A main gauche, on voyait parfaitement le promontoire avec la petite route privée menant à la villa. Une minute n'était pas passée que la Jaguar arrivait devant le portail fermé. On entendit deux brefs coups de klaxon suivis d'un coup long. Alors la porte du rez-de-chaussée s'ouvrit ; à contre-jour, on vit l'ombre d'un homme qui allait ouvrir le portail. La Jaguar entra, l'homme rentra, laissant le portail ouvert.

— Allons-nous-en, dit Montalbano, ici, il n'y a plus rien à voir.

— Maintenant, démarre, dit le commissaire et, tous phares éteints, on va aller… tu te souviens qu'au début de Spigonella, il y a une petite villa à deux étages, blanche et rouge ?

— Oui.

— Bien, on va se poster là. Pour rentrer à Montechiaro, on doit obligatoirement passer par là.

— Et qui est-ce qui doit nous passer devant ?

— La Jaguar.

Ingrid eut à peine le temps d'arriver à la petite villa rouge et blanche que, à très grande vitesse, surgit la Jaguar qui s'éloigna, avec des embardées.

Manifestement, Marzilla voulait mettre la plus grande distance possible entre lui et les hommes qu'il avait accompagnés.

— Qu'est-ce que je fais ? demanda Ingrid.

— Là, tu vas jouer ta réputation, dit Montalbano.

— Je n'ai pas compris. Tu veux répéter ?

— Tu te mets après lui. Tu utilises le klaxon, les phares, tu te colles à l'autre voiture, tu fais semblant de l'éperonner. Tu dois terroriser le type qui conduit.

— Laisse-moi faire, dit Ingrid.

Pendant un moment, elle roula tous phares éteints, à distance de sécurité puis, dès que la Jaguar eut disparu derrière un virage, elle accéléra, alluma tous les phares possibles et imaginables, dépassa le virage et se mit à klaxonner comme une furieuse.

En voyant surgir de nulle part cette torpille, Marzilla dut être atterré.

La Jaguar d'abord zigzagua, puis se déporta toute à droite et laissa de la place, croyant que l'autre voiture voulait la dépasser. Mais Ingrid n'en fit rien. Presque collée à la Jaguar, tantôt elle allumait et tantôt elle éteignait les phares, sans jamais arrêter de klaxonner. Désespéré, Marzilla accéléra, mais la route ne lui permettait pas de foncer beaucoup. Ingrid ne le lâchait pas, sa BMW paraissait un chien enragé.

— Et maintenant ?

— Quand il est possible de le dépasser, tu fais un demi-tour complet et tu t'arrêtes au milieu de la route, les phares allumés.

— Je peux le faire tout de suite. Mets la ceinture.

La BMW fit un bond, rugit, dépassa, fonça, se bloqua, dérapa et tourna sur elle-même en utilisant le dérapage. A très peu de distance, la Jaguar elle aussi s'arrêta, éclairée en plein. Montalbano sortit le pistolet, mit le vras hors de la portière, tira un coup de feu en l'air.

— Eteins tes phares et descends mains en l'air ! cria-t-il en ouvrant à demi la portière.

Les phares de la Jaguar s'éteignirent et ensuite Marzilla apparut, mains en l'air. Montalbano ne bougea pas. Marzilla tremblotait, on aurait dit un arbre secoué par le vent.

— Il se pisse dessus, remarqua Ingrid.

Montalbano ne bougea pas. Lentement, de grosses larmes commencèrent à couler sur le visage de l'infirmier. Puis il fit un pas en avant, traînant les pieds.

— Par pitié !

Montalbano n'arépondit pas.

— Par pitié, don Pepè ! Qu'est-ce que vous voulez de moi ? *Iu fici chiddru ca vossia vulia !* Je fis ce que vosseigneurie voulait !

Et Montalbano qui ne bougeait pas ! Marzilla tomba à genoux, mains serrées comme pour prier.

— *Nun m'ammazzassi !* Ne me tuez pas ! *Nun m'ammazzassi*, monsieur Aguglia !

Et donc, l'usurier, celui qui lui donnait des ordres par téléphone, c'était don Pepè Aguglia, promoteur immobilier bien connu. Pas besoin d'écoutes téléphoniques pour le découvrir. Maintenant, Marzilla restait recroquevillé, le front appuyé à terre, les mains croisées sur la tête. Montalbano s'adécida enfin à sortir de la voiture, très lentement. L'infirmier l'entendit approcher et se recroquevilla encore plus, en sanglotant.

— Regarde-moi, connard.

— Non, non !

— Regarde-moi ! répéta Montalbano en lui balançant un coup de pied dans les côtes, si fort que le corps de Marzilla fut d'abord soulevé et qu'il retomba sur le dos. Mais il gardait toujours les yeux désespérément serrés.

— Montalbano, je suis. Regarde-moi !

Il lui fallut du temps à Marzilla pour comprendre que celui qui se trouvait devant lui n'était pas don Pepè Aguglia, mais le commissaire. Il se releva à demi, gardant une main appuyée à terre. Il avait dû se mordre la langue, car un peu de sang lui sortait de la vouche. Il puait. Il ne s'était pas seulement pissé dessus, mais aussi cagué.

— Ah… vosseigneurie, c'est ? Pourquoi vous m'avez suivi ? demanda Marzilla, ébahi.

— Moi ?! dit Montalbano, candide comme un *agniddruzzo*, un agnelet. Un malentendu, ce fut. Moi je voulais que tu t'arrêtes, mais toi, au lieu de ça, tu as foncé ! Et moi, alors, je pensai que tu avais des intentions dégueulasses.

— Qu'est-ce que… qu'est-ce que vous voulez de moi ?

— Dis-moi comment parlaient les deux que tu as conduits à la villa.

— En arabe, j'ai l'impression.

— Qui t'a indiqué la route que tu devais prendre et où tu devais aller ?

— Toujours le même, ce fut.

— Il t'a semblé qu'il avait déjà été de ce côté ?

— Oh que oui.

— Tu saurais me les décrire ?

— Rien qu'un, celui qui me parlait. Il était complètement édenté.

Jamil Zarzis, le lieutenant de Gafsa, était donc arrivé.

— Tu as un portable ?

— Oh que oui. Il est sur le siège de la voiture.

— Tu as appelé ou quelqu'un t'a appelé après que tu as laissé ces deux-là ?

— Oh que non.

Montalbano s'approcha de la Jaguar, prit le portable et se le glissa dans la poche. Marzilla ne moufta pas.

— Maintenant, remonte en voiture et rentre chez toi.

Marzilla essaya de se lever, mais il n'y parvint pas.

— Je vais t'aider, moi, dit le commissaire.

Il l'agrippa par les cheveux et, d'un coup sec, le mit debout tandis que l'homme hurlait de douleur. Puis, d'un coup de pied violent dans les reins, il le balança dedans la Jaguar. Il fallut cinq bonnes minutes à Marzilla pour partir, tellement les mains lui tremblaient. Montalbano attendit que les lumières rouges disparaissent pour revenir s'asseoir à côté d'Ingrid.

— Je ne savais pas que tu serais capable de… dit Ingrid.

— De ?

— Je ne sais pas comment dire. De… toute cette méchanceté.

— Moi non plus, dit Montalbano.

— Mais qu'est-ce qu'il a fait ?

— Il a fait… une piqûre à un enfant qui ne voulait pas.

Il n'avait pas trouvé mieux à répondre.

— Et tu te venges sur lui de la peur des piqûres que tu éprouvais quand tu étais petit ?

Psychanalyse pour psychanalyse, Ingrid ne pouvait pas savoir qu'en maltraitant Marzilla, en réalité, il voulait se maltraiter lui-même.

— Démarre, va, dit le commissaire. Raccompagne-moi à Marinella. Je me sens fatigué.

Seize

C'était un bobard, il ne souffrait pas de la fatigue, au contraire, il avait un besoin fébrile de commencer ce qu'il avait en tête. Mais il lui fallait se libérer le plus vite possible d'Ingrid, il ne pouvait perdre une minute. Il se débarrassa de la Suédoise sans trahir sa hâte, la couvrit de remerciements et de baisers et lui promit qu'ils se reverraient le soir prochain. A peine seul à Marinella, le commissaire parut se transformer en personnage d'un film comique à grande vitesse, il adevint un cambrioleur qui zigzaguait d'une pièce à l'autre dans une recherche désespérée : où était-elle passée, merde, la combinaison sous-marine qu'il avait endossée la dernière fois, quand il avait dû plonger dans la mer à la recherche de la voiture du comptable Gargano, il y avait au moins deux ans de ça ? Après avoir mis la maison sens dessus dessous, il l'atrouva enfin dans un tiroir interne de l'*armuàr*, soigneusement enveloppée dans la Cellophane. Mais la recherche qui le rendit vraiment dingue, ce fut celle d'un étui à pistolet, pratiquement jamais utilisé, mais qui devait bien se trouver quelque part. Et en fait, il apparut qu'il se trouvait dans la salle de bains, dedans le placard à chaussures, sous une paire de pantoufles qu'il ne lui était jamais venu à l'esprit de mettre. Ce rangement devait être une brillante idée d'Adelina. La maison semblait à présent avoir été mise à sac par une horde de lansquenets avinés. Le lendemain, il aurait intérêt à ne pas se retrouver nez à nez avec Adelina qui serait de très mauvaise humeur d'avoir dû remettre tout en ordre.

Il se déshabilla, passa la combinaison, fit glisser le passant de l'étui dans la ceinture, se remit seulement le jean et le blouson. Il se retrouva devant un miroir à se regarder : d'abord, il fut secoué de rire, puis il eut honte de lui-même, il avait l'air costumé pour un film. Et alors quoi, c'était *cannalivari*, carnaval ?

— Je m'appelle Bond. James Bond, dit-il à son image.

Il se consola en se disant qu'à cette heure, il ne rencontrerait personne de sa connaissance. Il mit la cafitière sur le feu et quand le café passa, se descendit trois tasses l'une après l'autre. Avant de sortir, il jeta un coup d'œil à la pendule. A vue de nez, vers les deux heures du matin, il serait de retour à Spigonella.

Il était si lucide et si déterminé que, du premier coup, il attrapa la route qu'avait prise Ingrid pour le conduire à l'endroit d'où on apercevait la façade de la villa. Les derniers cent mètres, il les fit tous phares éteints, sa seule crainte était d'aller se balancer en mer avec la voiture. Arrivé derrière le bungalow de style mauresque qui se trouvait à pic au bord de la falaise, il s'arrêta, prit ses jumelles, sortit. Il se pencha pour scruter. Des fenêtres, pas une lumière ne filtrait, la villa semblait inhabitée. Et pourtant, dedans, il y avait au moins trois hommes. Soigneusement, en traînant les pieds à terre comme font les malvoyants, il marcha jusqu'au bord du précipice et regarda en dessous. On voyait rin, mais on entendait la mer qui était un peu agitée. Avec les jumelles, il essaya de comprendre s'il y avait du mouvement dans le petit port de la villa, mais c'est à peine s'il distinguait les masses plus sombres des rochers.

A main droite, à une dizaine de mètres, partait un escalier étroit et raide creusé dans la paroi que, rien qu'à le faire de jour, ça aurait été une entreprise d'alpiniste, alors figurez-vous, en pleine nuit. Mais il n'y avait pas le choix, il n'avait pas d'autre chemin pour arriver sur la rive. Il revint à la voiture, retira le jean et le blouson dans lequel il préleva le pistolet, ouvrit la portière, plaça ses affaires à l'intérieur, saisit la torche sous-marine, prit les clés dans la boîte à gants, referma la portière sans bruit, cacha les clés en les fourrant sous la roue arrière droite. Le pistolet, il se le glissa dans l'étui de ceinture, les jumelles, se les suspendit au cou, la torche, il la garda en main. Immobile sur la première marche, il voulut constater comment était fait l'escalier. Il alluma un instant et le fixa. Il se sentit suer à l'intérieur de la combinaison : les gradins descendaient presque à la verticale.

Allumant et éteignant très vite de temps à autre la torche pour voir si son pied allait toucher du terrain solide ou bien rencontrerait le rien, le vide, jurant, hésitant, se reprenant, glissant, s'agrippant à quelques racines qui dépassaient de la paroi, regrettant de ne pas être un bouquetin, un chevreuil et même un lézard, à un moment donné, quand le petit Jésus y consentit, il sentit sous la plante de ses pieds le sable frais. Il était arrivé.

Il s'étendit sur le dos, le souffle court, à contempler les *stiddre*, les étoiles. Et il resta un moment ainsi, jusqu'à ce que le soufflet de forge qu'il avait à la place des poumons peu à peu se calme. Il se remit debout. Observant à la jumelle, il crut comprendre que les masses obscures des roches qui interrompaient la plage et qui constituaient le petit port de la villa se trouvaient à une cinquantaine de mètres. Il commença à marcher, courbé en deux, en se collant à la falaise. De temps en temps, il s'arrêtait, l'oreille tendue, l'œil ouvert au maximum. Rin, silence absolu, tout était immobile hormis la mer.

Arrivé presque sur l'arrière des rochers, il leva les yeux : de la villa, on ne voyait qu'une espèce de grille rectangulaire dans le ciel, à savoir le dessous de la partie la plus avancée de la terrasse. Maintenant, par voie de terre, il ne pouvait continuer. Il posa les jumelles sur le sable, accrocha la torche étanche à sa ceinture, fit un pas en avant et se retrouva dans l'eau. Il ne s'attendait pas à ce qu'elle soit si profonde ; tout de suite, elle lui arriva à la poitrine. Il réfléchit que ce ne pouvait être un fait naturel, ils avaient certainement creusé le sable et obtenu une sorte de fossé de manière à ajouter un obstacle pour ceux qui venaient de la plage, au cas où ils auraient eu envie de grimper sur les rochers. Il se mit à nager la brasse, lentement, sans faire le moindre bruit, suivant la courbure de ce bras du petit port : l'eau était froide et au fur et à mesure qu'il s'approchait de l'embouchure, les vagues devenaient toujours plus puissantes et risquaient de l'envoyer se frotter contre quelque arête pointue. La nécessité de nager à la brasse ne s'imposant plus, puisque désormais tout bruit qu'il ferait se confondrait avec celui de la mer, en quatre brassées il rejoignit le dernier récif, celui qui délimitait l'entrée du port. Il s'y appuya de la main gauche pour reprendre un peu son souffle et à une vague plus forte que les autres, ses pieds allèrent battre contre une minuscule plate-forme naturelle. Il s'y hissa, gardant les deux mains sur la roche. A chaque vague, il risquait de glisser, emporté par le ressac. C'était une position dangereuse, mais avant de continuer, il devait vérifier quelque chose.

D'après le souvenir qu'il avait des images filmées, l'autre écueil délimitant l'embouchure devait être situé plus à l'intérieur, vers la rive, car le second bras dessinait un grand point d'interrogation dont la boucle supérieure se terminait justement par ce récif. En penchant la tête de côté, il en aperçut l'ombre. Il resta un moment à observer, il voulait être certain que de l'autre côté personne ne montait la garde. Quand il en fut sûr, il déplaça ses pieds centimètre après centimètre jusqu'à la limite de la plate-forme et dut encore se déséquilibrer tout entier à droite pour que sa main puisse à tâtons trouver quelque chose de métallique, le petit phare qu'il avait uréussi à découvrir sur l'agrandissement. Il mit bien cinq minutes à le dénicher, car l'objet était situé plus haut de ce qu'il semblait sur la photo. Il passa, par prudence, la main dessus plusieurs fois. Il n'entendit aucune alarme sonner au loin, ce n'était pas une cellule photo-électrique, c'était bien un phare à ce moment éteint. Il attendit encore un peu une réaction quelconque et ensuite, vu qu'il ne se passait rin de rin, se replongea dans l'eau. Une fois la moitié de l'écueil contournée, ses mains rencontrèrent la barre de fer qui servait à empêcher l'arrivée par surprise dans le port. Toujours à tâtons, il comprit que la barre courait le long d'un portant vertical métallique et que toute la manœuvre devait être commandée électriquement de l'intérieur de la villa.

Maintenant, il ne lui restait plus rien d'autre à faire qu'entrer. Il s'agrippa à la barre pour se hisser pardessus et l'enjamber. Il avait déjà le pied gauche de l'autre côté quand la chose survint. La chose, passque Montalbano ne put se rendre compte de quoi il s'agissait. L'élancement en pleine poitrine fut si soudain, lacérant, douloureux et long que le commissaire, retombant à cheval sur la barre, eut la certitude que querqu'un lui avait tiré dessus avec un fusil sous-marin, et avait mis dans le mille. Et tandis qu'il pinsait cela, en même temps, il comprenait qu'il ne pinsait pas juste. Il se mordit les lèvres pour refouler le hurlement désespéré qui peut-être bien lui aurait donné un peu de soulagement. Et tout de suite après, il se rendit compte que cet élancement ne venait pas de l'extérieur, comme il le savait déjà obscurément, mais de l'intérieur, de dedans son corps où querque chose s'était rompu ou était arrivé au point de rupture. Il lui devint très difficile d'aréussir à avaler un filet d'air, à le faire passer entre ses lèvres serrées. D'un coup, comme il était venu, l'élancement disparut, le laissant endolori et hébété, mais pas effrayé. La surprise l'avait emporté sur la peur. Il fit glisser son cul sur la barre jusqu'à ce qu'il réussisse à s'adosser à la roche. Maintenant, son équilibre n'était plus aussi précaire, il aurait le temps et le moyen de se reprendre du malaise que lui avait laissé l'incroyable explosion de douleur. En fait, il n'eut ni le temps ni le moyen, le deuxième élancement arriva, implacable, plus féroce que le premier. Il essaya de se contrôler, mais n'y parvint pas. Et alors, il courba le dos et se mit à pleurer les yeux fermés, des pleurs de douleur et de mélancolie, il ne distinguait pas la saveur des larmes qui lui arrivaient dans la bouche de celle des gouttes d'eau de mer qui lui tombaient des cheveux et tandis que la douleur devenait une espèce de perceuse brûlante dans ses chairs vives, il psalmodiait en lui :

« Père, mon père, père, mon père… »

Il psalmodiait à l'adresse de son père mort et sans paroles, lui demandait la grâce que querqu'un, depuis la terrasse de la villa, le remarque enfin et l'éteigne d'une rafale compatissante. Mais son père n'écouta pas sa prière et Montalbano continua à pleurer jusqu'à ce que cette fois encore la douleur disparaisse, mais avec une lenteur extrême, comme s'il lui déplaisait de le laisser.

Toutefois beaucoup de temps passa avant qu'il soit en condition de bouger une main ou un pied, on aurait dit que ses membres s'arefusaient d'obéir aux ordres que la coucourde leur envoyait. Mais ses yeux, il les avait ouverts, ou ils étaient encore fermés ? Il faisait plus sombre que tout à l'heure ou bien c'était sa vue qui s'était brouillée ?

Il se résigna. Il devait accepter la situation telle qu'elle était. Il avait fait une connerie de venir seul, une difficulté était survenue et maintenant, il devait payer les conséquences de cette petite plaisanterie. La seule chose à faire était d'aprofiter de ces intervalles entre une crise et une autre pour se laisser tomber dans l'eau, tourner autour du récif et nager lentement vers la rive. Ce n'était pas une bonne idée de continuer ainsi, revenir en arrière était la seule chose à faire, il fallait juste se remettre dans l'eau, tourner un peu autour de la bouée...

Pourquoi avait-il dit bouée et non pas roche ? Ce fut alors que dedans sa tête se présenta la scène vue à la télévision, l'orgueilleux refus du bateau à voile qui, au lieu de faire le tour de la bouée pour revenir en arrière, avait préféré, testard, continuer à aller tout droit, jusqu'à se fracasser dans le bateau des juges... Et il sut ainsi que la manière dont il était fait lui interdisait tout choix. Il ne pourrait jamais revenir en arrière.

Pendant une demi-heure, il resta immobile, appuyé à la roche, à l'écoute de son corps, dans l'attente du moindre signal de l'arrivée d'un nouvel élancement. Plus rien n'arriva. Et il ne pouvait plus perdre davantage de temps. Il se laissa glisser dans l'eau au-delà de la barre, commença à nager à la brasse parce que l'eau était calme, les vagues n'avaient pas de force, elles se brisaient d'abord contre la barre. En se dirigeant vers la rive, il comprit qu'il se trouvait à l'intérieur d'une espèce de canal aux rebords de ciment, large au minimum de six mètres. Et de fait, alors qu'il n'avait pas encore pied, à main droite, il perçut la blancheur du sable à la hauteur de sa tête. Il appuya les deux mains sur le rebord le plus proche et se hissa.

Regardant devant lui, il fut ébahi. Le canal ne finissait pas sur la plage mais continuait en la coupant en deux et s'enfonçait dans une grotte naturelle, absolument invisible pour qui passait devant le petit port ou pour qui se penchait par-dessus le précipice. Une grotte ! A quelques mètres de l'entrée, à droite, partait un escalier creusé dans la falaise, comme celui qu'il avait pris pour descendre, mais fermé par un portail. Plié en deux, il s'approcha du seuil de la grotte, écouta. Pas le moindre bruit, si ce n'est le ressac de l'eau à l'intérieur. Il se jeta à plat ventre, décrocha la torche, l'alluma une seconde, éteignit. Dans sa coucourde, il emmagasina tout ce que le halo de lumière lui avait permis de voir et il répéta l'opération. Il enregistra d'autres détails précieux. Lorsqu'il eut, pour la troisième fois, allumé et éteint, il savait ce qu'il y avait dans la grotte.

Au milieu du canal, se balançait un gros hors-bord, probablement un Zodiac au moteur très puissant. A droite, le long du canal, courait un quai de ciment, large d'un peu plus d'un mètre : au milieu de celui-ci, une énorme porte de fer était fermée. Sans doute derrière la porte se trouvait la remise où ils gardaient le hors-bord quand il n'était pas en service et très probablement y avait-il aussi un escalier interne qui montait jusqu'à la villa. Ou un ascenseur, va savoir. On devinait que la grotte était encore plus profonde, mais le pneumatique bouchait la vue.

Et maintenant ? S'arrêter là ? Continuer ?

« Quand le vin est tiré… » se dit Montalbano.

Il se leva et entra dans la grotte sans allumer la torche. Il sentit sous ses pieds le ciment du quai, avança, sa main gauche effleura le fer rouillé de la porte. Il y colla l'oreille, rien, silence absolu. Il poussa de la main et sentit qu'elle cédait, elle était à peine repoussée. La pression fut légère, mais elle suffit pour ouvrir de quelques centimètres. Les gonds devaient être bien lubrifiés. Et s'il y avait querqu'un qui l'avait entendu et l'attendait avec une kalachnikov ? Et tant pis. Il prit le pistolet et alluma la torche. Personne ne lui tira dessus, personne ne lui dit bonjour. C'était la remise du hors-bord, pleine de bidons. Au fond, sous une voûte creusée dans la roche, on apercevait le début d'un escalier. L'échelle conduisant à la villa, comme il l'avait supposé. Il éteignit la torche, referma la porte. Il poursuivit dans l'obscurité sur encore trois pas, puis alluma. Le quai continuait encore sur quelques mètres, ensuite il s'interrompait d'un coup, devenant une espèce de belvédère, car la partie postérieure de la grotte était un amas de rochers de diverses grandeurs, une chaîne de montagne désordonnée en miniature sous la très haute voûte. Il éteignit.

Mais comment étaient-ils faits, ces rochers ? Il y avait querque chose d'étrange. Tandis qu'il essayait de comprendre pourquoi ces roches lui étaient parues si bizarres, Montalbano, dans l'obscurité et le silence, perçut une rumeur qui le glaça. Il y avait querque chose de vivant dans la grotte. C'était un bruit traînant, continu, piqueté de coups légers comme du bois sur du bois. Et il nota que l'air qu'il respirait avait une couleur jaune moisi. Inquiet, il alluma nouvellement la torche puis l'éteignit. Mais ça lui avait suffi pour voir que les rochers, verts d'algue au niveau de l'eau, changeaient de couleur dans la partie supérieure parce qu'ils étaient littéralement recouverts de centaines, de milliers de crabes de toutes dimensions et de toutes couleurs qui bougeaient sans cesse, fourmillaient, grimpaient les uns sur les autres jusqu'à former de grosses pommes de pin vivantes et horribles qui, sous leur propre poids, se détachaient et tombaient à l'eau. Un spectacle répugnant.

Et Montalbano remarqua aussi que la partie postérieure de la grotte était séparée de l'autre par une grille métallique qui s'élevait à un demi-mètre au-dessus de la surface de l'eau et qui allait du bout du quai jusqu'à la paroi en face. A quoi pouvait-elle servir ? A empêcher l'accès à de gros poissons ? Mais quelles conneries pinsait-il ? Peut-être, au contraire, à empêcher que quelque chose en sorte ? Mais quoi, si, dans cette partie de la grotte, il n'y avait rien d'autre que les écueils ?

Et tout à coup, il comprit. Que lui avait dit le Dr Pasquano ? Que le *catafero* avait été mangé par les crabes, on lui en avait trouvé un dans la gorge… C'était là l'endroit où, par punition, Errera-Lococo qui, évidemment, l'avait un peu trop ramenée, avait été mis à tremper. Et pendant longtemps, Baddar Gafsa en avait gardé le cadavre exposé, pieds et poings liés par du fil de fer, tandis que les crabes par centaines se le mangeaient, nouveau trophée à montrer aux amis et à tous ceux qui auraient pu avoir de mauvaises intentions traîtresses. Après, il avait donné l'ordre de le jeter en haute mer. Et le *catafero*, en naviguant, était arrivé jusque devant Marinella.

Qu'est-ce qu'il y avait d'autre à voir ? Il refit le chemin inverse, sortit de la grotte, plongea dans l'eau, nagea, passa par-dessus la barre, tourna autour de la roche et se sentit d'un coup submergé d'une fatigue mortelle, infinie. Cette fois, il eut peur. Il lui manquait même la force de lever le vras pour faire une brassée, il s'était déchargé d'un coup. Visiblement, il n'avait tenu debout qu'avec l'aide de la tension nirveuse et maintenant qu'il avait fait ce qu'il avait à faire, il n'y avait plus rien dedans son corps pour lui donner un minimum d'élan, d'énergie. Alors, il se mit sur le dos et fit la planche, c'était la seule manière de s'y prendre, tôt ou tard le courant le ramènerait à la rive. A un certain moment, il lui sembla s'aréveiller parce que son dos frottait contre quelque chose. Il s'était endormi ? Etait-ce possible ? Avec cette mer et dans cet état, il s'était mis à dormir comme dans une baignoire ? En tout cas, il comprit qu'il était arrivé sur la plage mais il n'aréussit pas à se lever, ses jambes ne le portaient plus. Il se mit sur le ventre et regarda autour de lui. Le courant avait été charitable avec lui, il l'avait emmené très près de l'endroit où il avait laissé les jumelles. Il ne pouvait les laisser là. Mais comment y arriver ? Après deux ou trois tentatives pour se mettre debout, il se résigna à avancer à quatre pattes, comme un arnimal. A chaque mètre franchi, il devait s'arrêter, le souffle lui manquait et il transpirait. Quand il arriva à la hauteur des jumelles, il n'aréussit pas à les prendre, le vras ne s'étirait pas, il s'arefusait à prendre de la consistance, on aurait dit de la gelée tremblotante. Il se résigna. Il lui faudrait attendre. Mais il ne pouvait pas perdre trop de temps, aux premières lueurs du jour, ceux de la villa le verraient.

« Rien que cinq minutes », se dit-il en fermant les yeux et en se recroquevillant sur le flanc, comme un minot.

Il ne lui manquait plus que de se mettre le pouce dans la bouche, et c'était complet. Là, pour l'instant, il voulait dormir un peu, reprendre des forces, de toute façon, dans l'état où il était, ce terrible escalier, il n'arriverait pas à le grimper. A peine avait-il fermé l'œil qu'il entendit un bruit très proche, une lumière violente lui perfora les paupières, disparut.

On l'avait découvert ! Il eut la certitude de la fin. Mais il était tellement privé de forces, si content de pouvoir garder les yeux fermés qu'il ne voulut pas réagir, il garda la même position, en se contrefoutant éperdument de ce qui allait certainement lui arriver.

— Flingue-moi et va te faire enculer, dit-il.

— Et pourquoi voulez-vous que je vous flingue ? demanda la voix étouffée de Fazio.

La montée de l'escalier, il se la fit en s'arrêtant à peu près à toutes les marches, malgré Fazio qui le poussait d'une main dans le dos. Il ne lui manquait plus que cinq marches pour arriver en haut quand il fut obligé de s'asseoir, le cœur lui était remonté dans la gargoulette, il avait l'impression qu'il allait d'un moment à l'autre lui sortir par la bouche. Fazio s'assit aussi, en silence. Montalbano ne pouvait le voir en face, mais il le sentait nirveux et furieux.

— Depuis combien de temps tu me suis ?

— Depuis à hier soir. Quand Mme Ingrid vous a raccompagné à Marinella, j'ai attendu un peu, je ne suis pas parti tout de suite, j'imaginais plus ou moins que vous alliez ressortir. Et c'est ce qui s'est passé. J'ai réussi à bien vous suivre jusqu'à l'entrée de Spigonella, puis je vous ai perdu. Et on peut dire que la zone, maintenant, je la connais. Pour retrouver votre auto, j'ai mis presque une heure.

Montalbano regarda en bas, la mer avait grossi sous le vent qui, déjà, sentait l'approche de l'aube. Sans Fazio, il serait certainement encore sur la plage, à moitié évanoui. C'était Fazio qui avait ramassé les maudites jumelles, qui l'avait fait se dresser, qui se l'était quasiment porté sur les épaules, qui l'avait incité à réagir. En un mot, qui l'avait sauvé. Il poussa un profond soupir.

— Merci.

Fazio n'arépondit pas.

— Mais toi, ici, avec moi, tu n'y as jamais été.

Cette fois encore, Fazio ne dit mot.

— Tu me donnes ta parole ?

— Oui. Mais vous me donnez la vôtre ?

— Sur quoi ?

— D'aller chez un médecin vous faire examiner. Dès que vous pourrez.

Montalbano ravala son amertume.

— Je te la donne.

Il était pirsuadé que cette parole, il allait la tenir. Non passqu'il avait peur pour sa santé, mais passqu'on ne peut pas manquer à la promesse faite à un ange gardien. Et il reprit la montée.

Il conduisit sans difficulté sur les routes encore désertes, talonné par la voiture de Fazio qu'il n'y avait pas eu moyen de convaincre qu'il pouvait très bien aller seul à Marinella. Au fur et à mesure que le ciel s'éclairait, il se sentait mieux, la journée était prometteuse. Il entra chez lui.

— Sainte mère ! Les voleurs ! s'exclama Fazio en voyant en quel état étaient les pièces.

— C'est moi qui ai fait ça, je cherchais quelque chose.

— Vous l'avez trouvé ?

— Oui.

— Et tant mieux, passque sinon, vous creusiez les murs !

— Ecoute, Fazio, il est presque cinq heures. On se voit au commissariat à dix heures passées. D'accord ?

— D'accord, *dottore*, reposez-vous.

— Je veux voir aussi le *dottor* Augello.

Quand Fazio s'en fut allé, il écrivit un billet pour Adelina, en capitales.

« ADELINA, N'AIE PAS PEUR, IL N'Y A PAS EU DE VOLEURS À LA MAISON. REMETS EN ORDRE MAIS SANS FAIRE DE BRUIT PARCE QUE JE DORS. PRÉPARE-MOI A MANGER. »

Il ouvrit la porte de la maison, y colla le billet avec une punaise de manière que la bonne le voie avant d'entrer. Il décrocha le téléphone, alla à la salle de bains, se mit sous la douche, s'essuya et se lova dans le lit. L'accès atroce de faiblesse avait miraculeusement disparu et même, pour dire toute la vérité, il se sentait certes un peu fatigué, mais pas plus que la normale. Du reste, ça avait été une rude nuit, on ne pouvait pas le nier. Il se passa une main sur la poitrine, comme pour contrôler si les deux élancements y avaient laissé une trace, une cicatrice. Rin, pas de blessure, ni ouverte, ni cicatrisée. Avant de s'endormir, il eut une ultime pinsée pour satisfaire son ange gardien : mais c'était vraiment absolument nécessaire d'aller chez le médecin ? Non, conclut-il, la nécessité ne s'en imposait pas vraiment.

Dix-sept

A onze heures, il s'apprésenta tout pimpant au commissariat et, sinon souriant, au moins d'une humeur excellente. Les heures de sommeil qu'il s'était faites l'avaient carrément rajeuni, il sentait que tous les engrenages fonctionnaient au mieux. Des deux terribles élancements de la nuit et de la terrible fatigue consécutive, pas même l'ombre. Sur le seuil, il faillit heurter Fazio qui sortait et qui, en le voyant, s'immobilisa et le scruta longuement. Le commissaire se laissa scruter.

— Ce matin, vous avez une bonne tête, fut le verdict.

— J'ai changé de fond de teint, dit Montalbano.

— Non, la virité, c'est que vous, *dottore*, vous avez sept vies, comme les chats. Je reviens de suite.

Le commissaire se plaça devant Catarella.

— Comment tu me trouves ?

— Et *come voli ca la trovi*, comment voulez-vous que je vous trouve, *dottori* ? Un dieu, vous êtes !

Tout au fond, ce culte de la personnalité tant décrié n'était pas si mauvais.

Même Mimì Augello avait un aspect reposé.

— Beba t'a laissé dormir ?

— Oui, nous avons passé une bonne nuit. Même, elle ne voulait pas que je vienne au commissariat.

— Et pourquoi ?

— Elle avait envie que je l'emmène se promener, vu que la journée était si belle. La pauvre, ces derniers temps, elle ne sort plus de la maison.

— Me voici, dit Fazio.

— Ferme la porte, qu'on commence.

— Je vais faire un récapitulatif général, commença Montalbano. Même si vous connaissez déjà certains de ces faits. S'il y a quelque chose qui ne vous va pas, dites-le-moi.

Il parla pendant une demi-heure sans être interrompu, expliquant comment Ingrid avait reconnu Errera et comment son enquête parallèle sur le minot immigré avait lentement conflué dans celle sur le noyé sans nom. Et là, il raconta ce que lui avait raconté le journaliste Melate. Arrivé au moment de la frousse que s'était prise Marzilla en revenant d'avoir convoyé Jamil Zarzis et un autre homme à la villa, ce fut lui qui s'interrompit pour demander :

— Il y a des questions ?

— Oui, dit Augello. Mais d'abord, je dois demander à Fazio de sortir de la pièce, de compter lentement jusqu'à dix et de rentrer.

Sans broncher, Fazio se leva, sortit, ferma la porte.

— La question, dit Augello, est : quand arrêteras-tu de faire le con ?

— En quel sens ?

— Dans tous les sens, merde ! Mais pour qui tu te prends ? Le justicier nocturne ? Le loup solitaire ? Tu es commissaire ! Tu l'as oublié ? Tu reproches à la police de ne pas respecter les règles et tu es le premier à ne pas les respecter. Tu te fais carrément accompagner dans une enquête risquée, non pas par l'un de nous, mais par une dame suédoise ! Un truc de fou ! De tout cela, tu devais informer tes supérieurs ou au moins nous tenir au courant et ne pas te mettre à jouer les chasseurs de primes !

— Ah, c'est pour ça ?

— Ça ne te suffit pas ?

— Ça ne me suffit pas parce que j'ai fait pire, Mimì.

Augello ouvrit grand la vouche, effrayé.

— Pire ?

— Et dix, dit Fazio en rentrant.

— Reprenons, dit Montalbano. Quand Ingrid a bloqué la voiture de Marzilla, il a cru avoir affaire à celui qui lui donnait des ordres. Et il a cru qu'ils voulaient le tuer, peut-être parce que désormais il en savait trop. Il s'est pissé dessus en suppliant qu'on ne le tue pas. Le nom qu'il a prononcé, sans même s'en rendre compte, ce fut celui de don Pepè Aguglia.

— Le promoteur ? demanda Augello.

— Je crois que c'est bien lui, confirma Fazio. Au pays, on dit qu'il prête de l'argent à des taux usuraires.

— De lui, on va s'occuper dès demain, mais il est bon que quelqu'un le surveille dès maintenant. Je ne veux pas qu'il m'échappe.

— Je m'en occupe, assura Fazio. Je vais lui mettre sur le dos Corelli, qui est fort.

Maintenant venait la partie la plus difficile à raconter, mais il devait le faire.

— Après qu'Ingrid m'a raccompagné à Marinella, j'ai pensé retourner à Spigonella pour donner un coup d'œil à la villa.

— Seul, naturellement, dit Mimì, sardonique, en s'agitant sur sa chaise.

— J'y suis allé seul et je suis revenu seul.

Cette fois, celui qui s'agita sur la chaise, ce fut Fazio. Mais n'ouvrit pas la vouche.

— Quand le *dottor* Augello t'a fait sortir de la pièce, dit Montalbano en s'adressant à lui, c'est parce qu'il ne voulait pas te faire entendre qu'il me disait que je suis un con. Tu veux peut-être me le dire toi aussi ? Vous pourriez faire un chœur.

— Je ne me permettrais jamais, *dottore*.

— Ben, alors, si tu ne veux pas me le dire, tu es autorisé à le penser.

Rassuré sur le silence et la complicité de Fazio, il décrivit le petit port, la grotte, la porte de fer et l'escalier intérieur. Et il parla aussi des rochers avec les crabes qui s'étaient dépecé le *catafero* d'Errera.

— Et ça, c'est la partie passée, conclut-il. Maintenant, il faut penser à comment nous allons intervenir. Si les informations que j'ai eues par Marzilla sont bonnes, cette nuit, il va y avoir des débarquements et étant donné que Zarzis s'est dérangé, cela signifie qu'il arrive de la marchandise pour lui. Et nous devons nous trouver là au moment de l'arrivée.

— D'accord, dit Mimì, mais, alors que tu sais tout de la villa, nous, nous ne savons rien ni de la villa ni du territoire qui l'entoure.

— Faites-vous donner le film que j'ai fait du côté de la mer. C'est Torrisi qui les a.

— Ça ne suffit pas. J'y vais moi, je vais voir en personne, décida Mimì.

— Je suis pas convaincu, intervint Fazio.

— S'ils te voient et que tu éveilles leurs soupçons, on fait tout foirer, insista le commissaire.

— Du calme. J'y vais avec Beba qui avait envie de respirer l'air de la mer. Je lui fais faire une belle promenade et pendant ce temps, je regarde ce qu'il y a à regarder. Je ne crois pas qu'ils vont s'affoler en voyant un homme et une femme enceinte. Au grand maximum à cinq heures de l'après-midi, on se voit ici.

— Très bien, dit Montalbano et, tourné vers Fazio : note bien que je veux l'équipe restreinte. Peu d'hommes, mais décidés et fiables. Gallo, Galluzzo, Imbrò, Germanà et Grasso. Augello et toi vous prenez le commandement.

— Pourquoi, tu n'y seras pas ? s'étonna Mimì.

— J'y serai. Mais je serai en bas, au port. Si quelqu'un essaie de s'enfuir, je le bloque.

— L'équipe, c'est le *dottor* Augello qui la commandera parce que moi, je viens avec vous, dit sèchement Fazio.

Surpris par le ton, Mimì le fixa.

— Non, dit Montalbano.

— *Dottore*, attention que…

— Non. C'est une affaire personnelle, Fazio.

Cette fois, Mimì fixa Montalbano, lequel fixait yeux dans les yeux Fazio qui ne baissait pas les siens. On aurait dit une scène d'un film de Quentin Tarantino, ils se pointaient dessus leurs regards à la place des revolvers.

— A vos ordres, dit enfin Fazio.

Pour dissiper le peu de tension qui restait, Mimì Augello formula une question :

— Comment on fait pour savoir si cette nuit il y aura ou pas des débarquements ? Qui peut nous le dire ?

— Le *dottor* Riguccio pourrait nous informer, suggéra Fazio au commissaire. En général, vers les six heures du soir, à la Questure de Montelusa, ils ont un tableau assez clair de la situation.

— Non, à Riguccio, j'ai déjà demandé trop de choses. C'est un vrai flic, ce type, il est capable d'avoir des soupçons. Non, peut-être qu'il y a une autre voie. La Capitainerie du port. Là arrivent toutes les informations, de Lampedusa aussi bien que des bateaux de pêche et des vedettes et eux, ils les transmettent à la Questure. Ce qu'ils arrivent à savoir, naturellement, parce que, de toute façon, de beaucoup de débarquements clandestins, on ne sait rin de rin. Tu connais quelqu'un à la Capitainerie ?

— Oh que non, *dottore*.

— Moi oui, dit Mimì. Jusqu'à l'année dernière, j'ai fréquenté un sous-lieutenant. Qui est encore là, nous nous sommes rencontrés par hasard dimanche dernier.

— Bien. Quand est-ce que tu peux aller parler à ce sous-lieutenant ?

— Cette sous-lieutenant, corrigea Mimì et d'ajouter : mais n'aie pas de mauvaises pinsées. Nous sommes restés amis. Dès que je reviens de Spigonella, je raccompagne Beba à la maison et je vais la trouver.

— *Dottore*, et de Marzilla, qu'est-ce qu'on fait ? demanda Fazio.

— Celui-là, après Spigonella, on se l'accommode avec M. Augella.

En ouvrant le réfrigérateur, il eut une surprise amère. Adelina lui avait bien remis la maison en ordre mais comme repas, elle lui avait préparé un demi-kilo de poulet bouilli. Et c'était quoi, cette saleté ? Ça, c'était un plat de malades ! Carrément d'extrême-onction ! Et lui vint un soupçon affreux : que Fazio avait communiqué à la bonne qu'il avait été mal et que donc il fallait le nourrir légèrement. Mais comment avait-il pu la mettre au courant, si le téléphone était décroché ? Par pigeon voyageur ? Non, c'était certainement une vengeance d'Adelina, furieuse du désordre dans lequel elle avait trouvé l'appartement. Sur la table de la cuisine, il y avait un billet qu'il n'avait pas remarqué quand il s'était fait le café :

« La chambre, arranggez là vous-même étant doné que vou dormé »

Il s'assit sur la véranda et avala le poulet bouilli avec l'aide d'une bocal entier de légumes au vinaigre. Juste à la fin du repas, le téléphone sonna. Apparemment, Adelina avait rebranché. C'était Livia.

— Salvo, enfin ! Je me suis tellement inquiétée ! Hier soir, j'ai téléphoné une dizaine de fois, jusqu'à minuit. Où étais-tu ?

— Excuse-moi, mais il y avait une planque et...

— Je voulais t'annoncer une bonne nouvelle.

— C'est-à-dire ?

— J'arrive demain.

— C'est vrai ?

— Oui. J'ai tant fait, j'ai tant dit qu'ils m'ont donné trois jours.

Montalbano se sentit envahi d'une onde de contentement.

— Beh, tu ne dis rien ?

— A quelle heure arrives-tu ?

— A midi, à Punta Raisi.

— Ou je viens moi, ou j'envoie quelqu'un te prendre. Je suis...

— Ben ? C'est si difficile à dire ?

— Non. Je suis heureux.

Avant d'aller se coucher, car il lui était venu envie d'une petite sieste, il dut remettre en ordre la chambre à coucher, sinon, il n'aurait pas pu fermer l'œil.

— Tu es pire qu'un homme d'ordre, lui avait dit un jour Livia, mécontente d'avoir été grondée d'avoir laissé ses affaires à la *sanfasò* à travers la maison. Tu es un homme ordonné.

Mimì Augello se pointa vers six heures passé et derrière lui entra Fazio.

— Tu as pris ton temps, il me semble, le réprimanda Montalbano.

— Mais j'amène du grain à moudre.

— C'est quoi ?

— D'abord, ça.

Et il tira de sa poche une dizaine de photographies au polaroïd. Sur chacune, il y avait Beba, avec son gros ventre, qui souriait, avec, en arrière-plan, sous chaque angle possible, la villa de Spigonella. Sur deux ou trois, Beba était carrément appuyée au portail fermé par une chaîne et un gros cadenas.

— Mais tu l'as dit à Beba ce que tu étais allé faire et qui se trouve dans la villa ?

— Non. En quoi était-ce nécessaire ? Comme ça, elle s'est montrée plus naturelle.

— Personne ne s'est manifesté ?

— Peut-être qu'ils nous surveillaient de l'intérieur, mais dehors personne ne s'est montré. Tu vois le cadenas ? Ce n'est qu'une apparence parce qu'en glissant la main entre les barreaux, on peut facilement ouvrir aussi de l'intérieur.

Il choisit une autre photo, la tendit au commissaire.

— Ça, c'est la façade droite. Il y a l'escalier extérieur qui mène au premier et la grande porte en dessous doit être celle du garage. Ingrid t'a dit qu'il y a une communication entre le garage et le reste de la maison ?

— Non. Le garage est une pièce sans autres ouvertures que l'entrée. En revanche, il y a un escalier intérieur entre le rez-de-chaussée et l'étage, même si Ingrid ne l'a jamais vu parce qu'on y accède par une porte de laquelle Errera disait ne pas avoir les clés. Et je suis certain qu'un autre escalier relie le rez-de-chaussée avec la grotte.

— A vue de nez, le garage peut contenir deux voitures.

— Il y en a une, c'est sûr. Celle qui a écrasé le minot. A propos, attention : quand on les aura pris, la voiture doit être examinée par la Scientifique. Je parie mes roubignoles qu'ils y trouveront même du sang du minot.

— Mais d'après vous, comment ça s'est passé ? demanda Fazio.

— Simplement. Le minot avait compris, je ne sais pas comment, qu'il allait au-devant de quelque chose de terrible. Et il a commencé à essayer de s'échapper à peine débarqué. Par ma faute, la première fois, ça n'a pas marché. On l'a conduit à Spigonella. Là, il a dû découvrir l'escalier intérieur qui conduisait à la grotte. Certainement, il s'est échappé de là. Quelqu'un s'en est aperçu et a donné l'alarme. Alors Zarzis a pris la voiture et l'a cherché jusqu'à ce qu'il le trouve.

— Mais si ce Zarzis est arrivé à hier soir ! le reprit Augello.

— D'après ce que j'ai cru comprendre, Zarzis fait des allées et venues. Il est toujours présent quand il s'agit de trier la marchandise et de prendre l'argent. Comme maintenant. C'est lui qui est responsable de ces opérations devant son chef.

— Je voudrais parler des débarquements, dit Mimì.

— Tu en as la possibilité, dit Montalbano.

L'idée d'avoir Zarzis à portée de main lui donnait une sensation de bien-être.

— Mon amie m'a dit qu'il s'agit d'une véritable situation d'urgence. Nos vedettes ont intercepté quatre embarcations surchargées et endommagées dirigées respectivement vers Seccagrande, Capobianco, Manfia et Fela. On espère seulement que les embarcations réussissent à toucher terre avant de couler et il n'est pas question d'opérer des transbordements ou des changements de route. Nos marins ne peuvent rien faire d'autre que leur coller le train, prêts à recueillir les naufragés s'il devait arriver quelque malheur.

— J'ai compris, dit Montalbano, pinsif.

— Qu'est-ce que tu as compris ? demanda Mimì.

— Que ces quatre débarquements ont été organisés pour servir de diversion. Seccagrande et Capobianco se trouvent à l'ouest de la zone Vigàta-Spigonella, alors que Manfia et Fela sont à l'est. La mer devant la section Vigàta-Spigonella est donc momentanément privée de surveillance, les côtes aussi. Un bateau de pêche qui connaît l'existence de ce corridor provisoire peut arriver jusque sous nos côtes sans être vu.

— Et alors ?

— Alors, cher Mimì, cela signifie que Zarzis va aller prendre sa cargaison en mer, avec le pneumatique. Je ne sais pas si je vous ai dit qu'au premier étage de la villa, il y a un émetteur-récepteur avec lequel ils peuvent rester constamment en contact et se rencontrer au bon endroit. Ta sous-lieutenant…

— Ce n'est pas « ma ».

— … t'a dit vers quelle heure sont prévus ces débarquements ?

— Vers minuit.

— Alors, il faut que l'équipe et vous soyez prêts à Spigonella au maximum à dix heures. Ça se passera comme ça. Sur deux rochers à l'entrée du petit port de la villa, il y a deux petits phares. Ils seront allumés au moment où le hors-bord devra sortir et seront rallumés au retour. Ces phares, et aussi la barre mobile, je crois qu'ils sont manœuvrés par le troisième homme, le gardien de la villa. Vous devrez agir en douceur, c'est-à-dire neutraliser le gardien seulement après, je répète, après qu'il aura allumé les phares pour le retour du hors-bord. Puis, vous attendrez que Zarzis et son adjoint entrent dans la maison et vous les cueillerez par surprise. Mais attention : ces types ont avec eux les minots et sont capables de tout. Maintenant, mettez-vous d'accord entre vous. Je vous salue et que ce soit un garçon[1].

— Et tu vas où, toi ? demanda Augello.

— Je passe un moment à Marinella et puis je vais à Spigonella. Mais je répète : vous besognez pour votre compte et moi pour le mien.

Il sortit de la pièce et, en passant devant Catarella, lui demanda :

— Catarè, tu le sais si Torretta a des grosses pinces et une paire de bottes de caoutchouc hautes, de celles qui arrivent à mi-cuisses ?

Il les avait. Les grosses pinces et les jambières.

A Marinella, il s'habilla d'un pull noir à col roulé, d'un pantalon de velours noir qu'il glissa à l'intérieur des bottes, d'un bonnet de laine à pompon noir lui aussi dont il se coiffa. Il ne lui manquait plus que la petite pipe tordue dans la vouche et il ressemblerait comme deux gouttes d'eau au loup de mer à la façon des films américains de troisième ordre. Il alla se regarder dans le miroir. La seule chose à faire, c'était rire.

— En avant toute, vieux boucanier !

Il arriva à la petite villa blanche et rouge de Spigonella qu'il était dans les dix heures, mais au lieu de prendre la route pour le bungalow, il fit celle de la première fois, quand il y avait été avec Fazio. La dernière partie, il la parcourut phares éteints. Le ciel était couvert et il faisait si sombre qu'on ne voyait qu'un putain de que dalle à un pas de distance. Il descendit de la voiture et jeta un regard circulaire. A main droite, à une centaine de mètres, la masse obscure de la villa. De

1. Auguri et figlio maschio : bons vœux traditionnels siciliens. *(N.d.T.)*

ses hommes, rin, pas un soupir. Ou ils n'étaient pas encore arrivés ou ils étaient arrivés et s'étaient très bien fondus dans le paysage. Pinces en main et pistolet en poche, il marcha sur le bord de la falaise jusqu'à ce qu'il repère le début de l'escalier qu'il avait remarqué quand il avait été là, en bas. La descente ne fut pas aussi difficile qu'avec l'autre escalier, soit parce qu'il avait été creusé moins à la perpendiculaire, soit parce que la conscience de la présence de ses hommes dans les parages le réconfortait.

Il était arrivé à mi-chemin quand il entendit gronder un moteur. Il comprit tout de suite qu'il s'agissait du hors-bord en partance, le bruit était amplifié par le silence et la grotte faisait caisse de résonance. Il s'immobilisa. Devant l'embouchure du petit port, l'eau de la mer d'un coup se teignit de rouge. Etant donné sa position, Montalbano ne pouvait voir directement le petit phare allumé, car il était dissimulé par l'autre îlot rocheux qui se trouvait devant, mais ce reflet rouge ne pouvait rien signifier d'autre. Et à l'intérieur du reflet, il vit distinctement passer la silhouette du hors-bord, même s'il n'aréussit pas à comprendre combien de personnes il y avait à bord. Juste après, le reflet disparut, la rumeur du moteur s'éloigna, elle dura longtemps sous forme d'un bourdonnement de mouche, disparut. Tout se déroulait comme prévu. Tandis qu'il recommençait à descendre l'escalier, il dut se retenir de se mettre à chanter à tue-tête, jusqu'à présent il n'avait pas fait d'erreur.

Mais son contentement fut de brève durée car la difficulté de marcher sur le sable sec et mou avec ses bottes se présenta tout de suite. Une dizaine de pas allaient suffire pour lui briser le dos et par ailleurs, se déplacer vers le bord pour trouver le sable mouillé était très périlleux, il se retrouverait trop à découvert. Il s'assit à terre et tenta de s'enlever la première botte. Laquelle bougea un peu le long de la cuisse, mais s'arefusa testardement de dépasser le genou. Il se leva pour répéter la tentative debout. C'était pire. Il commençait à suer et jurer. Enfin, il aréussit à encastrer un talon entre deux pierres qui dépassaient de la falaise et s'alibéra. Il recommença à marcher pied nu, les pinces dans une main et les jambières dans l'autre. Dans l'obscurité, il ne vit pas une touffe d'herbes sauvages qui formait un amas piquant et il marcha dedans. Une centaine d'épines s'enfoncèrent avec délices dans la plante de son pied. Il fut humilié. Non, il devait en prendre acte, ces entreprises, pour lui, c'était plus son truc. Arrivé au bord du fossé, il s'assit en enfilant les bottes, avec des sueurs froides pour la douleur que lui infligeaient les dizaines d'épines dérangées par la friction du caoutchouc.

Il se laissa aller lentement dans le fossé et eut la satisfaction de constater qu'il avait deviné juste : l'eau lui arrivait à mi-cuisses, juste un doigt au-dessous du rebord des bottes. Maintenant, il avait devant lui le premier des îlots nains qui formaient le petit port, il naissait pratiquement contre la falaise même. Montalbano glissa dans sa ceinture les pinces et, à tâtons, dénicha deux prises sur la roche. L'ascension lui fut facilitée par les semelles de caoutchouc qui collaient bien à la pierre. Il ne glissa qu'une fois, mais réussit à se rattraper d'une seule main. En s'agrippant comme un crabe, il arriva au grillage métallique. Il prit les pinces et, travaillant de haut en bas, coupa le premier fil. Le deuxième « tchac » métallique résonna dans le silence comme un coup de revorber, ou du moins lui sembla-t-il. Il s'aparalysa, n'osant plus bouger un doigt. Il ne comprit rin, personne ne cria, personne n'arriva en courant. Et « tchac » après « tchac », en mettant entre chaque « tchac » une bonne pause précautionneuse, il aréussit en une demi-heure à couper tous les fils du grillage dans la falaise. Il ne trancha pas les deux fils dans la partie supérieure, l'un à gauche et l'autre à droite, qui servaient à maintenir le grillage suspendu, donnant ainsi l'impression qu'il était encore intact. Ceux-là, il les couperait le moment venu. Maintenant, il fallait y aller.

Il laissa les pinces sous le grillage et, agrippé des deux mains à la partie supérieure du rocher, il se recroquevilla, cherchant du pied un appui. Il lui sembla l'avoir trouvé, y enfila la pointe des bottes et lâcha la prise. Ce fut une erreur. L'appui était peu profond et ne supporta pas le poids. Montalbano glissa le long du rocher, tentant d'arrêter la glissade en griffant de ses doigts. Il lui sembla être adevenu le chat Sylvestre dans un de ses meilleurs moments comiques. Il se râpa les mains et tomba droit dans le fossé. Pourquoi est-ce qu'il ne fonctionna pas, le principe d'Aristote, pardon, d'Archimède ? Le principe disait qu'un corps immergé dans un liquide reçoit une poussée de bas en haut égale à la quantité de liquide déplacée. C'était comme ça ou pas ? Mais lui, il ne reçut aucune poussée, ce fut l'eau qui la reçut, elle lui arriva comme une fontaine pardessus la tête, retomba, lui trempa le pull, glissa allégrement entre ses roubignoles, pénétra dans les bottes. Et de plus, il lui sembla que la chute avait produit le même genre de bruit que celui d'une baleine se jetant à l'eau. Il tendit l'oreille, encore une fois, rin, pas une voix ni un bruit. Comme la mer était assez agitée, peut-être le gardien avait-il pinsé à une vague plus forte que les autres contre les rochers. Il s'extirpa du fossé, se recroquevilla sur le sable.

Et maintenant, que faire ? Compter de zéro à un milliard ? Essayer de se repasser toutes les poésies qu'il connaissait par cœur ? Se revoir mentalement toutes les manières de cuisiner le rouget ? Acommencer à penser aux justifications à fournir au Questeur et au procureur sur le fait d'avoir besogné dans cette affaire sans rien dire, sans « la permission des Supérieurs » ? A l'improviste, arriva l'envie violente d'éternuer, il tenta de la réprimer, n'y réussit pas, bloqua l'explosion au niveau du nez en le bouchant de la main. Dans chaque botte, il sentait qu'il avait un demi-litre d'eau. Il ne lui manquait plus que le tracassin du refroidissement ! Surtout, il commençait à avoir froid. Il se leva et commença à marcher le long de la falaise, tant pis si le lendemain il aurait mal au dos. Au bout de cent pas, il revint en arrière. Arrivé au fossé, il tourna le dos et repartit. Il fit une dizaine d'allers et retours. Tu parles d'avoir froid ! Maintenant, il avait très chaud et suait. Il décida de s'arreposer un peu et s'assit à terre. Puis il se recroquevilla complètement. Au bout d'une demi-heure, il se sentit gagné d'une somnolence gênante. Il ferma les yeux et les rouvrit, il n'aurait su dire au bout de combien de temps, gêné par le bourdonnement d'une mouche.

Une mouche ?! Mais ça, c'était le hors-bord qui revenait ! D'un coup, il roula vers le fossé, y entra debout, mais en restant pelotonné. Le bourdonnement devint un bruit qui se transforma en grondement fracassant tandis que le hors-bord arrivait en vue du petit port. Le fracas cessa d'un coup, le pneumatique courait certainement sur son erre pour remonter le canal et entrer dedans la grotte. Montalbano se hissa sur le rocher sans problème, la force et la lucidité lui venaient de la cirtitude que d'ici peu il s'offrirait la satisfaction tant désirée. A peine sa tête arriva-t-elle à la hauteur du grillage qu'il vit un grand faisceau de lumière sortir de l'entrée de la grotte. Il entendit deux voix furieuses d'hommes et des pleurs et des plaintes de minots qui lui mordirent le cœur et l'estomac. Les mains moites et tremblantes, non de tension mais de colère, il attendit jusqu'à ce qu'il ne perçoive plus une voix ou un bruit provenant de la grotte et comme il s'apprêtait à couper le premier des deux fils qui restaient, la lumière aussi s'éteignit. Bon signe, cela signifiait que la grotte était évacuée. Il coupa les fils l'un après l'autre sans précautions, faisant glisser le grand carré de grillage qui lui resta entre les mains le long du rocher et ensuite, il le laissa tomber dans le fossé. Il passa entre les deux poteaux de fer et sauta sur le sable, dans l'obscurité, du haut du rocher. Un saut de plus de trois mètres et le petit Jésus fut bon avec lui. En ces quelques instants, il semblait avoir perdu une bonne dizaine d'années. Il dégaina l'arme, fit passer une balle dans le canon et entra dans la grotte. Silence et obscurité profonde. Il marcha sur le quai étroit jusqu'à ce que sa main sente la porte de fer à demi ouverte. Il entra dans la remise et rapidement, comme s'il voyait, arriva jusqu'à la voûte, la passa, se hissa sur la première marche et là, s'arrêta.

Comment se faisait-il que tout soit aussi tranquille ? Pourquoi ses hommes n'avaient-ils pas encore commencé à faire ce qu'ils avaient à faire ? Un pinsée lui traversa la tête et le fit transpirer : tu veux voir qu'ils ont eu un contretemps et qu'ils ne sont pas encore arrivés ? Et lui qui se tenait là dans l'obscurité, pistolet à la main, habillé en boucanier comme une tête de nœud ! Mais pourquoi ils s'adécidaient pas ? Seigneur, mais ils voulaient galéjer, ou quoi ? Et comme ça, M. Zarzis et ses petits copains s'en tireraient les doigts dans le nez ? Eh non, dût-il monter seul dans la villa et déclencher l'estrambord.

Et juste à ce moment, il entendit, quoique étouffés par la distance, exploser presque en même temps des coups de pistolet, des rafales de mitraillette, des voix altérées dont il ne comprenait pas les paroles. Que faire ?

Attendre là ou courir à l'appui des siens ? Au-dessus, la fusillade continuait, violente, et semblait s'être rapprochée. Tout d'un coup, une lumière très forte s'alluma dans l'escalier, dans la remise et dans la grotte. Querqu'un s'apprêtait à s'enfuir. Il entendit distinctement des pas précipités dans l'escalier. Très vite, le commissaire sortit de la voûte et se plaça à côté, dos au mur. Un instant plus tard, un homme haletant surgit, avec une espèce de bond en tout point semblable à celui d'un rat jaillissant d'un égout.

— Halte ! Police ! cria Montalbano en s'avançant d'un pas.

L'homme ne s'arrêta pas, il se tourna à peine, leva le vras droit armé d'un gros revorber et tira derrière lui presque au hasard. Le commissaire ressentit un choc violent à l'épaule gauche, si violent que toute la partie supérieure de son corps tourna vers la gauche. Mais les pieds et les jambes non, ils restèrent à leur place, *'nchiuvati 'n terra*, cloués à terre. L'homme était arrivé à la porte de la remise quand le premier et unique coup tiré sur lui par Montalbano le prit en plein entre les omoplates. Il s'immobilisa, écarta les vras, lâcha le revorber et tomba la tête en avant. Le commissaire, lentement, parce qu'il n'y arrivait pas à marcher vite, s'approcha de lui et, de la pointe de la botte, le retourna.

Jamil Zarzis semblait lui sourire de sa bouche édentée.

Une fois, une pirsonne lui avait demandé s'il s'était jamais senti content d'avoir tué quelqu'un. Et lui, il avait répondu que non. Et pas même cette fois, il ne se sentait content, mais satisfait, oui. Satisfait était le mot juste.

Lentement, il s'agenouilla, ses jambes flageolaient et il avait une grande envie de dormir. Le sang giclait à flots de la blessure à son épaule et lui trempait le pull. Le coup avait dû lui faire un gros pertuis.

— Commissaire ! Mon Dieu, commissaire ! J'appelle une ambulance !

Il gardait les paupières serrées et reconnut la voix de Fazio.

— Pas d'ambulance. Pourquoi vous avez mis tant de temps avant de commencer ?

— Nous avons attendu qu'ils mettent les minots dedans une chambre, comme ça, on pouvait mieux bouger.

— Combien sont-ils ?

— Sept minots. On dirait une maternelle. Tous sains et saufs. Un des deux hommes, on l'a tué, l'autre s'est rendu. Le troisième, vous l'avez abattu, vous. Le compte est bon. Et maintenant, on peut appeler quelqu'un qui me donne un coup de main ?

Il reprit connaissance qu'il était dans une voiture conduite par Gallo. Fazio était à l'arrière avec lui et le tenait, étant donné que la voiture rebondissait sur la route pleine de pertuis. Ils lui avaient enlevé le pull et fait un pansement provisoire. Il ne sentait pas la douleur de la blessure, peut-être viendrait-elle plus tard. Il tenta de parler, mais du premier coup, il n'aréussit pas passqu'il avait les lèvres sèches.

— Ce matin… à Punta Raisi… à midi… il y a Livia qui arrive.

— Ne vous inquiétez pas, dit Fazio. Quelqu'un de nous ira certainement la chercher.

— Où… où m'emmenez-vous ?

— A l'hôpital de Montechiaro. C'est le plus proche.

Et là advint une chose qui effraya Fazio. Passqu'il comprit que le bruit qu'émettait Montalbano n'était pas une toux ou un raclement de gorge, mais un rire. Et où est-ce qu'il y avait de quoi rire dans cette situation ?

— Pourquoi vous riez, *dottore* ? demanda-t-il, inquiet.

— Moi, je voulais baiser… l'ange gardien… et ne pas aller chez le médecin… et en fait, c'est lui… qui m'a baisé… en m'envoyant à l'hôpital.

A cette réponse, Fazio fut atterré. Le commissaire, manifestement, commençait à délirer. Mais il fut encore plus atterré par le cri du blessé.

— Halte !

Gallo freina, la voiture dérapa.

— Là… devant nous… c'est… un embranchement ?

— Oh que oui, *dottore*.

— Prends la route pour Tricase.

— Mais, *dottore*… intervint Fazio.

— Je vous ai dit de prendre la route pour Tricase.

Gallo remit en marche lentement, tourna à droite, et presque tout de suite, Montalbano lui ordonna de s'arrêter.

— Allume les phares.

Gallo s'exécuta et le commissaire se pencha pour regarder hors de la portière. Le monticule de gravier avait disparu, il avait servi à aplanir la draille.

— C'est mieux comme ça, dit-il.

Tout d'un coup, très violemment, l'assaillit la douleur de la blessure.

— Allons à l'hôpital.

Ils repartirent.

— Ah, Fazio, autre chose… continua-t-il avec difficulté en se passant inutilement une langue sèche sur les lèvres. Rappelle-toi… rappelle-toi d'avertir… Ponce Pilate… il est à l'hôtel Regina.

Petite Madone sainte ! Et d'où il sortait, ce Ponce Pilate ? Fazio prit une voix pleine de compréhension, comme on fait avec les fous.

— Bien sûr, bien sûr, restez calme, on l'avertira, ce sera la première chose qu'on fera.

Trop de difficultés pour parler, pour s'expliquer. Et Montalbano se laissa aller, à demi évanoui. Alors Fazio, qui s'était trempé de sueur à entendre ces propos pour lui dépourvus de sens, se pencha en avant et murmura à Gallo :

— Fonce, je t'en prie, fonce. Tu vois pas que le *dottore* a perdu la tête ?

Note

Les personnages de ce roman, leurs noms et les situations dans lesquelles ils se retrouvent et agissent sont, naturellement, pure invention.

Ce qui appartient en revanche à la réalité, ce sont les données sur l'immigration clandestine des mineurs tirées de l'enquête de Carmelo Abbate et Paola Ciccioli et parues sur *Panorama* le 19 septembre 2002, et les informations sur le chef des négriers et son organisation prises dans un article du quotidien *La Repubblica*, du 26 septembre 2002. L'histoire du faux mort m'a aussi été suggérée par un fait divers (*Gazzetta del Sud*, 17, 20 et 25 août 2002).

A. C.

Affaires de mœurs

La forme de l'eau

Andrea Camilleri

À Vigàta, on a retrouvé le corps du parrain local au « Bercail », décharge publique et rendez-vous de tous les dealers et proxénètes siciliens. Le cadavre avait le pantalon baissé aux chevilles. Contre des autorités bien décidées à enterrer l'affaire, le commissaire Montalbano décide de mener sa propre enquête. Homme de terrain, il connaît bien la pègre. D'ailleurs Gegè, son meilleur ami, n'est-il pas maquereau au « Bercail » ?

(Pocket n° 11264)

Énigmes siciliennes

L'excursion à Tindari

Andrea Camilleri

Découvrir à Vigàta, sa ville légendaire, les cadavres d'un vieux couple cruellement exécuté attise la mélancolie de notre cher commissaire et le trouble plus qu'il ne le voudrait. Existe-t-il un lien entre cette affaire et l'exécution d'un jeune don juan de village ? Et qu'en est-il du mystère qu'entretient Mimi Angelo, l'adjoint de Montalbano, autour d'informations soi-disant secrètes ? Pour découvrir la vérité, rien de tel que de longues méditations sous un olivier centenaire et de savoureux déjeuners en compagnie d'un fort joli témoin...

(Pocket n° 12153)

www.pocket.fr
Le site qui se lit comme
un bon livre
Informer
Toute l'actualité de Pocket,
les dernières parutions
collection par collection,
les auteurs, des articles,
des interviews,
des exclusivités.
Découvrir
Des 1ers chapitres
et extraits à lire.
Choisissez vos livres
selon vos envies :
thriller, policier,
roman, terroir,
science-fiction...
POCKET
Il y a toujours un Pocket à découvrir
sur www.pocket.fr

Achevé d'imprimer sur les presses de

BUSSIÈRE

GROUPE CPI

à Saint-Amand-Montrond (Cher)
en janvier 2006

POCKET - 12, avenue d'Italie - 75627 Paris Cedex 13
Tél. : 01-44-16-05-00

— N° d'imp. : 60134. —
Dépôt légal : février 2006.

Imprimé en France